浙江大学文科高水平学术著作出版基金项目资助

中国历史与图像研究丛书

古朗月行

中国古代名画观咏

黄 杰 著

浙江大学出版社
·杭州·

图书在版编目（CIP）数据

古朗月行：中国古代名画观咏 / 黄杰著. -- 杭州：浙江大学出版社, 2024. 9. -- ISBN 978-7-308-25368-0

Ⅰ. I222

中国国家版本馆CIP数据核字第20249L3R79号

浙江省哲学社会科学重点研究基地浙江大学中国古代书画研究中心成果

古朗月行

中国古代名画观咏

GULANG YUEXING
ZHONGGUO GUDAI MINGHUA GUANYONG

黄　杰　著

策　　划	陈　洁　宋旭华
责任编辑	徐凯凯
责任校对	蔡　帆
封面设计	项梦怡
出版发行	浙江大学出版社
	（杭州市天目山路148号　邮政编码310007）
	（网址：http://www.zjupress.com）
排　　版	云水文化
印　　刷	浙江海虹彩色印务有限公司
开　　本	710mm×1000mm　1/16
印　　张	23.5
字　　数	268千
版 印 次	2024年9月第1版　2024年9月第1次印刷
书　　号	ISBN 978-7-308-25368-0
定　　价	188.00元

版权所有　侵权必究　印装差错　负责调换

浙江大学出版社市场运营中心联系方式：0571-88925591；http://zjdxcbs.tmall.com

序

艳雪铺峦，范华原之寒林大景；香衣荐月，顾闳中之韡烛长夜。铁网珊瑚之目，自昔称雄；燕石楚凤之书，于今为烈。沈沦什伯，搜辑若干；咀其三昧，凭君点染。偶出微云疏竹之吟，乃绍观画百咏之意。闻之有感，聊缀芜句。不论平仄，但致祝贺也。甲辰夏月，范景中奉题。

| 目　录 |

序 | 范景中
前　言 | 001

论展子虔 | 007
画家小传
载记选录
观展子虔《游春图》步冯子振跋诗韵（古体）| 013

论顾闳中 | 014
画家小传
载记选录
观顾闳中《韩熙载夜宴图》步班惟志题诗韵（古体）| 020

论李成 | 024
画家小传
载记选录
观李成（传）《寒林策驴图》（古体）| 030
观李成《晴峦萧寺图》（古体）| 034

论范宽 | 036
画家小传
载记选录
观范宽《溪山行旅图》（集《诗经》句）| 040

观范宽（传）《雪景寒林图》（古体）| 045

论郭熙 | 046

画家小传
载记选录
观郭熙《早春图》| 050

论宋徽宗 | 052

画家小传
载记选录
观宋徽宗《祥龙石图》步其原题诗韵 | 056
观宋徽宗《瑞鹤图》步其原题诗韵 | 060
观宋徽宗款《芙蓉锦鸡图》步其原题诗韵 | 062
观宋徽宗款《腊梅山禽图》步其原题诗韵 | 064
观宋徽宗款《文会图》步其原题诗韵 | 067
观宋徽宗《五色鹦鹉图》步其原题诗韵 | 069

论苏汉臣 | 070

画家小传
载记选录
观苏汉臣《靓妆仕女图》| 072
观苏汉臣《秋庭戏婴图》| 072

论李唐 | 073

画家小传
载记选录
观李唐《万壑松风图》（古体）| 075
观李唐《采薇图》步夷齐《采薇歌》韵（古体）| 076

论扬无咎 | 078

画家小传
载记选录

观扬无咎《四梅图》步其原题词韵（四首）| 081

论马远 | 082

画家小传
载记选录
观马远《宋帝命题册》
    观《宋帝命题册》之一步原题杨万里《岭云》韵 | 083
    观《宋帝命题册》之二步原题陈与义《观雪》韵 | 084
    观《宋帝命题册》之三步原题王安石《杂咏五首》其五韵 | 085
    观《宋帝命题册》之四步原题李石《扇子诗》韵 | 086
    观《宋帝命题册》之五步原题邵雍《和王规甫司勋见赠》韵 | 087
    观《宋帝命题册》之六步原题宋徽宗《宫词》韵 | 088
    观《宋帝命题册》之七步原题杨万里《晚登连天观望越台山》韵 | 089
    观《宋帝命题册》之八步原题宋祁《大椿》韵 | 090
    观《宋帝命题册》之九步原题范成大《浯溪道中》韵（古体）| 091
    观《宋帝命题册》之十步原题宋徽宗《宫词》韵 | 092
观马远《江亭望雁图》| 093
观马远《梅石溪凫图》| 095

论夏珪 | 096

画家小传
载记选录
观夏珪《西湖柳艇图》步乾隆题诗韵 | 099
观夏珪《遥山书雁图》| 100

论李嵩 | 101

画家小传
载记选录
观李嵩《木末孤亭图》| 102
观李嵩《画阑游赏图》| 105

论戴泽 | 106

画家小传

观戴泽《牧童图》| 107

论赵孟坚 | 108

画家小传
载记选录
观赵孟坚《水仙图》步其《题水仙》诗韵 | 113
观赵孟坚《墨兰图》步其题诗韵 | 115

论宋佚名者 | 116

观宋佚名《风雨归舟图》（古体）| 117
观南宋佚名《松风楼观图》| 118
观南宋佚名《山水图》| 119
观南宋佚名《蕉阴击球图》| 121

论钱选 | 122

画家小传
载记选录
观钱选《山居图》步其原题诗韵 | 124
观钱选《烟江待渡图》步其原题诗韵 | 125

论赵孟頫 | 126

画家小传
载记选录
观赵孟頫《饮马图》步柯九思跋诗韵 | 133
观赵孟頫《秀石疏林图》步其原题诗韵 | 136
观赵孟頫《鹊华秋色图》步张雨咏图诗韵（古体）| 140

论黄公望 | 141

画家小传
载记选录
观黄公望《九峰雪霁图》步其《顾恺之秋江晴嶂图》诗韵 | 144

观黄公望《富春山居图》（古体） |149

论吴镇 |150

画家小传
载记选录
观吴镇《秋江渔隐图》步其原题诗韵 |152
观吴镇《洞庭渔隐图》步其原题词韵 |153
观吴镇《芦滩钓艇图》步其原题词韵 |154
观吴镇《草亭诗意图》步其原题诗韵 |157

论赵雍 |158

画家小传
载记选录
观赵雍《挟弹游骑图》步迺贤原题诗韵（古体） |161

论倪瓒 |162

画家小传
载记选录
观倪瓒《江岸望山图》步其原题诗韵 |167
观倪瓒《安处斋图》步其原题诗韵 |169
观倪瓒《容膝斋图》步其原题诗韵 |171
观倪瓒《渔庄秋霁图》步其原题诗韵 |173
观倪瓒《琪树秋风图》步其原题诗韵 |175
观倪瓒《虞山林壑图》步其原题诗韵 |177
观倪瓒《秋亭嘉树图》步其原题诗韵 |179

论王蒙 |180

画家小传
载记选录
观王蒙《竹石图》步其原题诗韵（四首） |182
观王蒙《丹崖翠壑图》步其原题诗韵 |184
观王蒙《谷口春耕图》步其原题诗韵 |185
观王蒙《春山读书图》步其原题诗韵（二首） |188

V

观王蒙《花溪渔隐图》步其原题诗韵（二首）｜190
观王蒙《空林草亭图》步其原题诗韵（古体）｜192
观王蒙《秋山萧寺》步其原题诗韵（二首）｜194
观王蒙《丹山瀛海图》｜195

论王冕 ｜196

画家小传
载记选录
观王冕《墨梅》步其原题诗韵 ｜198
观王冕《墨梅图》步其原题诗韵 ｜200

论沈周 ｜201

画家小传
载记选录
观沈周《青山红树图》步其原题诗韵 ｜205
观沈周《杖藜远眺图》步其原题诗韵 ｜207
观沈周《瓶荷图》步其原题诗韵 ｜209
观沈周《竹林茅屋》步其原题诗韵 ｜210
观沈周《黄菊丹桂图》步其原题诗韵 ｜212
观沈周《仿王蒙山水图》步其原题诗韵（三首）｜216
观沈周《落花图》步其原题诗三十章韵（三十首）｜221

论唐寅 ｜233

画家小传
载记选录
观唐寅《骑驴归思图》步其原题诗韵 ｜239
观唐寅《松林扬鞭图》步其原题诗韵（二首）｜241
观唐寅《莳田行犊图》步其原题诗韵 ｜245
观唐寅《事茗图》步其原题诗韵 ｜247
观唐寅《雪山会琴图》步其原题诗韵 ｜249
观唐寅《溪山渔隐图》步其原题诗韵 ｜253
观唐寅《蜀宫妓图》步其原题诗韵 ｜255
观唐寅《金昌送别图》步其原题诗韵 ｜260

观唐寅《山路松声图》步其原题诗韵 |263
观唐寅《烧药图》步其原题诗韵 |265

论董其昌 |266

画家小传
载记选录
观董其昌《西山雪霁图》（古体） |269
观董其昌《山水图》步其原题诗韵 |271
观董其昌《石磴飞流图》步其原题朱熹《过飞泉岭》诗韵 |273

论蓝瑛 |274

画家小传
载记选录
观蓝瑛《溪山雪霁图》 |277

论八大山人 |278

画家小传
载记选录
观八大山人《河上花图卷》步其原题诗韵（古体） |285

论石涛 |287

画家小传
载记选录
观石涛《搜尽奇峰打草稿》（古体） |292
观石涛《花卉册》十二开
　观《白菜图》步其原题诗韵 |295
　观《芭蕉图》步其原题诗韵（古体） |297
　观《蔷薇图》步其原题诗韵 |299
　观《水仙图》步其原题诗韵 |301
　观《桃花图》步其原题诗韵 |303
　观《梅花图》步其原题诗韵（古体） |305
　观《绣球花图》步其原题诗韵 |307
　观《芍药图》步其原题诗韵 |309

观《石榴图》步其原题诗韵（古体） |311
观《杏花图》 |313
观《玉兰山茶图》步其原题诗韵 |315
观《梨花图》步其原题诗韵 |317

论恽寿平 |318

画家小传
载记选录
观恽寿平《牡丹》步其原题诗韵 |321
观恽寿平《栀子花》步其原题诗韵（二首） |324
观恽寿平《杏花》步其原题唐人郑谷《杏花》诗韵 |327

论李鱓 |328

画家小传
载记选录
观李鱓《秋光万古图》步其原题诗韵 |330
观李鱓《牡丹双清图》步其原题诗韵 |332
观李鱓《松石牡丹图》步其原题诗韵 |334

引用书目 |335

部分诗词原发表情况简录 |345

图版目录 |350

前 言

吾国人文之大要，盖肇基于《易》也。孔子传曰："圣人立象以尽意"[1]，可谓垂示缉熙，而诗画之道亦于是乃弘开矣。

东汉初王逸解题《天问》，称屈原"见楚有先王之庙及公卿祠堂，图画天地山川神灵，琦玮僪佹，及古贤圣怪物行事。周流罢倦，休息其下，仰见图画，因书其壁，何而问之，以渫愤懑、舒泻愁思"[2]云云，则仿佛早期诗画之嘤鸣矣。

若夫西汉扬雄《赵充国画颂》，[3] 聊证心画。[4] 东汉武梁祠榜题画像石，行气渊迈。西晋夏侯湛《东方朔画赞》，[5] 慷慨于遗像；傅咸《画像赋》，[6] 凄恻以情伤。东晋顾恺之迁想妙得，图《洛神赋》，抗八斗之才；又以形写神，绘《女史箴》，穿百世之埃。[7] 北周庾信，叠咏画屏廿又五篇，春日长安风物，一一如在目前。[8] 有唐上官、九龄，画障感遇；[9] 复有之问、子昂，鹤壁托慕。[10] 及至王孟李杜崛起，[11] 呼应踵武者，不可胜数也。[12] 逮乎天水一朝，乃有径题留白，[13] 亦或从容装潢，[14] 所谓诗画合璧也。名匠宗师，未有不与者，如星汉之照耀，如江海之层波。至若圣者，其惟子美乎！凡所咏题，戛戛独造，深美闳约，有不可及者焉。[15]

故摩诘有"无声箴颂"[16]之谓,东坡有"诗画一律"[17]之论,宣和有《诗》《易》表里"[18]之断,河阳则深钦前人"诗是无形画,画是有形诗"[19]之说,皆后世向上之镃基也。又有《二十四诗品》者,[20]不惟诗之华梁,亦画之圭臬也。至于香光、清湘[21]标举"画禅",云仍何改,移步换形而已。流风余韵,浸至今日。

却顾所来,其惟诗画合璧之传统乎!或托古香草美人,或玄鉴深赜隐微。诗意画境,相为表里。幽深无际,温雅皎洁。元气淋漓,神光赫戏。不惟有大美也,亦且进乎道哉。然环视周遭,吉光片羽,冥鸿雾豹,又何可轻言别无所见者也。若古埃及《亡灵书》咒语彩绘,莎草炳照,通于冥河。[22]若古希腊荷马铺摛骄雄之坚盾,气象万千;[23]埃克塞基亚斯黑绘二士之戏骰,迹出荷马;[24]又有西摩尼德斯言"画是无声诗,诗是有声画"[25],光照旷野。若古印度《摩诃婆罗多》与《罗摩衍那》,衍图无数,恢诡谲怪,远播异域。[26]若九世纪荷兰《乌特勒支诗篇》,插画弥伙,赞叹圣德。[27]若十三世纪英国《教化圣经》,图示多方,表征二约。[28]故知图文资发,固人类审美之天性也,而我国乃独成诗画合璧之绪业,虽历重劫而终不坠,抑亦具十力之果报也欤!

余生何幸,自己卯(1999)之春,忝"诗词题跋"讲席,挹诗画合璧之清芬。己丑(2009)春,忝"宋画综合研究"团队,稍窥画学之幽微。日就月将,课徒之稿渐积。至丙申(2016)春,方始投稿,盖亦求其友声也。先后承蒙《中国美术报》、《美术报》、《光明日报》、《中国书画报》、凤凰网提携,复承蒙《中国书画报》邀设《墨迹诗心》专栏,迄已四十五期。亦曾不期而蒙人民网、新华网、中国社会科学网、中国作家网等转载。去秋承蒙浙江大学中国古代书画研究中心给以后期研究资助,年前又承蒙学校给以"文科高水平学术著作出版基金"资助,遂增删而成是稿。

稿总计观咏我国古名画一百一十二幅,得诗词一百五十四首,涉顶尖三十四家(佚名者四),以论叙为主,涉笔墨、章法、旨趣、意境、风格、名物、鉴藏、画家、画理、画论等,并翼以画家小传、重要载记及相关注释,使微具隋以迄清前期画史之规模。遇原有题跋诗词者,则步韵赓和,略表仰止前规之意。倘有助读者诸君赏爱旧时月色,感应故国之诗心,则余之至幸矣,故聊借太白拟古之"古朗月行"以名焉。

然酒醉千日,终有醒时。自知谫陋,无可如何,亦知将辱没厚爱余之诸尊长良友亲人矣。尚祈读者诸君不吝赐正!

甲辰新正黄杰谨识

注释

1 《周易·系辞上》，《周易注疏》卷七，中华书局校刊《聚珍仿宋版十三经注疏》本，2020。
2 ［战国］屈原《天问》，［宋］洪兴祖《楚辞补注》本，中华书局，1983，第85页。
3 ［汉］班固《汉书》卷六十九，《赵充国传》："初，充国以功德与霍光等列，画未央宫。成帝时，西羌尝有警，上思将帅之臣，追美充国，乃召黄门郎杨雄即充国图画而颂之。"中华书局，1962，第2994页。
4 ［西汉］扬雄《法言》卷四《问神篇》："抒中心之所欲，通诸人之嚍嚍者，莫如言。弥纶天下之事，记久明远，著古昔之㖫㖫，传千里之忞忞者，莫如书。故言，心声也。书，心画也。声画形，君子小人见矣！声画者，君子小人之所以动情乎！"汉魏丛书本。
5 见［梁］萧统辑，［唐］李善注《文选》卷四十七，中华书局，1977。
6 见［唐］欧阳询辑《艺文类聚》卷七十四，宋绍兴刻本。
7 迁想妙得、以形写神：［唐］张彦远《历代名画记》卷五："顾恺之论画曰：凡画人最难，次山水，次狗马，台榭一定器耳，难成而易好，不待迁想妙得也。""又恺之《魏晋胜流画赞》曰：……凡生人亡有手揖眼视而前亡所对者。以形写神，而空其实对，荃生之用乖，传神之趋失矣。"人民美术出版社，2016，第116—118页。
8 按：庾信（513—581）《哀江南赋并序》自纪曰："粤以戊辰之年，建亥之月，大盗移国，金陵瓦解。余乃窜身荒谷，公私涂炭。华阳奔命，有去无归。中兴道销，穷于甲戌。三日哭于都亭，三年囚于别馆。"（［清］倪璠《庾子山集注》卷二，中华书局，1980，第94页）庾信集之北周滕王宇文逌原序曰："昔在扬都，有集十四卷。值太清罹乱，百不一存。及到江陵，又有三卷，即重遭军火，一字无遗。今之所撰，止入魏以来，爰洎皇代。"（前揭卷前，第66页）清倪璠《庾子山年谱》繋梁元帝萧绎承圣三年甲戌（554），庾信使西魏至长安，不久之同年冬，西魏攻陷江陵，信遂仕西魏（前揭卷前，第22—23页）。而《咏画屏风诗》铺写安逸豪奢，多涉北地风物，故当为庾信仕北周时所作。又，庾信原集散佚，《咏画屏风诗》，今辑存本多题作《咏画屏风诗二十五首》，然明屠隆评《庾子山集》本，题作《咏画屏风诗》，收二十四首（［明］屠隆评《庾子山集》卷五，四部丛刊本）；最通行之清倪璠《庾子山集注》本，则径题作《咏画屏风诗二十四首》（前揭卷四，第353页），且将《咏画屏风诗二十五首》首篇"侠客重连镳"，依《文苑英华》所录，以"狭客行"为题，"附录于四卷诗末，五卷乐府之前"。（前揭，第386页）（参见［宋］李昉等编《文苑英华》卷一百九十六，乐府五，中华书局1966年配补影印本，第965页）
9 ［唐］上官仪《咏画障》，［清］彭定求等编《全唐诗》卷四〇，中华书局，1960，第508页。［唐］张九龄《题画山水障》，［清］彭定求等编《全唐诗》卷四十七，中华书局，1960，第578页。
10 ［唐］宋之问《咏省壁画鹤》，［清］彭定求等编《全唐诗》卷五十三，中华书局，1960，第658页。［唐］陈子昂《咏主人壁上画鹤，寄乔主簿崔著作》，［清］彭定求等编《全唐诗》卷八十四，中华书局，1960，第905页。
11 王孟李杜：王维、孟浩然、李白、杜甫。
12 如内蒙古赤峰宝山造于辽天赞二年（923）的辽壁画墓2号墓石房南壁画《寄锦图》，左上角橘黄地竖界框内墨书题诗曰："□□征辽岁月深，苏娘憔［悴］□难任，丁宁织寄迥［文］［锦］，表妾平生缱绻心。"其北壁画《颂经图》，右上角橘红地竖界框内墨书题诗曰："雪衣丹觜陇山禽，每受宫闱指教深。不向人前出凡语，声声皆［是］念经音。"参见内蒙古文物考古研究所、阿鲁科尔沁旗文物管理所《内蒙古赤峰宝山辽壁画墓发掘简报》，《文物》1998年第1期，第73-95页。

13　如现存六幅宋徽宗款题之画作，均题诗文于留白处。参见拙文《象必有意：现存六件宋徽宗款画作所体现的政治宣谕及其赋形之源》，《浙江大学学报（人文社科版）》2021年第6期，第53—65页。

14　装潢：此言接裱题跋诗文于画之周围。如现存苏轼、黄庭坚、米芾题跋文，多有"跋某某画后"、"跋某某卷后"、"题某某图"云云者。

15　杜甫咏题书画，约有二十余篇。神思妙辞，莫不佳者，后人讽诵取资不绝。如《天育骠骑歌》、《奉先刘少府新画山水障歌》、《戏题画山水图歌》、《丹青引》、《房兵曹胡马诗》、《画鹰》、《殿中杨监见示张旭草书图》等。参见［唐］杜甫撰，［清］仇兆鳌注《杜诗详注》，中华书局，1979。

16　［唐］王维《为画人谢赐表》，［唐］王维撰，［清］赵殿臣笺注《王右丞集笺注》卷十七，上海古籍出版社，1984，第305页。

17　［宋］苏轼《书鄢陵王主簿所画折枝二首》其一："论画以形似，见与儿童邻。赋诗必此诗，定非知诗人。诗画本一律，天工与清新。边鸾雀写生，赵昌花传神。何如此两幅，疏淡含精匀。谁言一点红，解寄无边春。"（［清］王文诰辑注，孔凡礼点校《苏轼诗集》卷二十九，中华书局，1982，第1525页。）苏轼《书摩诘蓝田烟雨图》："味摩诘之诗，诗中有画。观摩诘之画，画中有诗"（［宋］苏轼撰，孔凡礼点校《苏轼文集》卷七十，中华书局，1986，第2209页）

18　［宋］《宣和画谱》卷九，"龙鱼叙论"："《易》之《乾》，龙有所谓在田、在渊、在天，以言其变化超忽，不见制畜，以比夫利见大人。《诗》之《鱼藻》，有所谓'颁其首'、'莘其尾'、'依其蒲'，以言其游深泳广，相忘江湖，以比夫难致之贤者。曰龙曰鱼，作《易》删《诗》，前圣所不废，则画虽小道，故有可观。其鱼龙之作，亦《诗》《易》之相为表里者也。"（中国书店影印《钦定四库全书》本，2014，第199页）按：《宣和画谱》为宋徽宗所主持编撰，代表其观念。

19　［宋］郭熙《林泉高致·画意》："更如前人言：'诗是无形画，画是有形诗。'哲人多谈此言，吾人所师。"（黄宾虹、邓实编《美术丛书》本，江苏古籍出版社，1997，第1070页）又如［宋］张舜民《跋百之诗画》诗，似亦有引用："诗是无形画，画是有形诗。丹青不知老将至，李陵苏武真吾师。太平本学治礼乐，犹有暇日能临池。区中孰最奇，庞眉皓首苟住著，安得一区我安之。"（［宋］张舜民《画墁集》卷一，知不足斋丛书本）

20　按：唐司空图《二十四诗品》，近年学者陈尚君等疑为明人伪托。

21　香光、清湘：董其昌、石涛。

22　如古埃及《奥西里斯对死者的审判》，公元前1275年，莎草纸画，英国伦敦大英博物馆藏；又如古埃及《阿尼纸莎草》，约公元前1250年，莎草纸画，英国伦敦大英博物馆藏。

23　古希腊《荷马史诗》描述跛足匠神赫菲斯托斯为英雄阿基琉斯所作之盾，为最早之艺格敷辞（Ekphrasis）。参见［古希腊］荷马著，罗念生、王焕生译《荷马史诗·伊利亚特》第十八卷，赫菲斯托斯为阿基琉斯制造铠甲，人民文学出版社，1994，第494—500页。

24　［古希腊］埃克塞基亚斯《黑绘瓶画》，约公元前六世纪，表现阿基琉斯与埃阿斯玩骰子，情节出自《荷马史诗》，梵蒂冈格里高利伊特鲁里亚博物馆藏。

25　参见［德］莱辛著，朱光潜译《拉奥孔·前言》："希腊的伏尔泰有一句很漂亮的对比语，说画是一种无声的诗，而诗则是一种有声的画。这句话并不见于哪一本教科书里。它是一种突如其来的奇想，像西摩尼德斯所说过的许多话那样，其中所含的真实的道理是那样明显，以至容易使人忽视其中所含的不明确的和错误的东西。"安徽教育出版社，2006，第2页。

26　《摩诃婆罗多》、《罗摩衍那》为古印度两大史诗，有石刻、壁画、雕塑、插图等丰富多彩的图像形式。学界一般认为前者成书于公元前4世纪至4世纪，后者成书于5世纪至14

世纪。参见陈明《印度两大史诗的图像呈现与流传》,《广西民族大学学报(哲学社会科学版)》2022年第5期,第118—131页。
27 〔荷兰〕《乌特勒支诗篇》,9世纪初,有大量插图,藏乌特勒支大学图书馆。
28 〔英国〕《教化圣经》,制作于13世纪20年代,有大量插图,绘旧约、新约故事,藏牛津大学博德利图书馆。

论展子虔

画家小传

展子虔，生卒不详，渤海（今山东阳信）人。历北齐、北周、隋，在隋曾任朝散大夫、帐内都督等职。善画佛道、人物、楼阁等，为晋唐艺术传承之津梁，以传世之《游春图》彪炳百代。

载记选录

唐张彦远《历代名画记》卷八："展子虔（中品下），历北齐、周、隋，在隋为朝散大夫、帐内都督。僧悰云：触物留情，备皆妙绝。尤善台阁、人马、山川，咫尺千里。李云：董、展同品，董有展之车马，展亡董之台阁。（法华变白麻纸，长安车马人物图，弋猎图，杂宫苑，南郊白画，王世充像，北齐后主幸晋阳图，朱买臣覆水图，并传于代。）"（人民美术出版社，2016，第159页）

唐张彦远《历代名画记》卷八："董伯仁（中品上），汝南人也，多才艺，乡里号为智海，官至光禄大夫、殿中将军。……李云：董与展皆天生纵任，亡所祖述，动笔形似，画外有情，足使先辈名流，动容变色，但地处平原，阙江山之助，迹参戎马，少簪裾之仪，此是所未习，非其所不至。若较其优劣，则欣戚笑言，皆穷生动之意，驰骋弋猎，各有奔飞之状，必也三休轮奂，董氏造其微；六辔沃若，展生居其骏。

董有展之车马，展亡董之台阁。汝南今多画迹，是其绝思，石泉公王方庆观之而叹曰：向使展董二人，与江东诸子易地而处，张侯已降，咸应病之，鉴者以为知言。初董与展同召入隋室，一自河北，一自江南，初则见轻，后乃颇采其意，古来词人，亦有此累。"（人民美术出版社，2016，第161—162页）

宋《宣和画谱》卷一： "展子虔历北齐、周、隋，至隋为朝散大夫。而所画台阁，虽一时如董，展不得以窥其妙。写江山远近之势尤工，故咫尺有千里趣。僧琮谓'子虔触物留情，备皆绝妙'。是能作难写之状，略与诗人同者也。今御府所藏二十。"（《宣和书画谱》，中国书店2014年影印《钦定四库全书》本，第22—23页）

元汤垕《古今画鉴》： "展子虔画山水法，唐李将军父子多宗之，画人物描法甚细，随以色晕开，余尝见故实人物、春山人马等图，又见《北齐后主幸晋阳宫图》，人物面部神彩如生，意度具足，可为唐画之祖。"（清道光十一年六安晁氏木活字排印学海类编本）

元汤垕《古今画鉴》： "李思训画著色山水，用金碧辉映为一家法，其子昭道变父之势，妙又过之，时人号为大李将军、小李将军。至五代蜀人李昇工画著色山水，亦呼为小李将军。宋宗室伯驹，字千里，复仿效，为人妩媚，无古意。余尝见《神女图》、《明皇御苑出游图》，皆思训平生合作也，又见昭道《海岸图》，绢素百碎，粗存神采，观其笔墨之源，皆出展子虔辈也。"（清道光十一年六安晁氏木活字排印学海类编本）

［隋］展子虔，《游春图》，绢本设色，纵43厘米、横80.5厘米，故宫博物院藏

元冯子振跋：春漪吹鳞动轻澜，桃蹊李径葩未残。红桥瘦影迷远近，缓勒仰面何人看。高岩下谷韶景媚，瑟瑟芳菲韵纤细。层青峻碧草树腾，照野甋甀摊绣被。李唐岁月脚底参，杨隋能事笔不惭。东风晴陌苕复颖，浓绿正要君停骖。前集贤待制冯子振奉皇姊大长主命题。

元赵岩跋：暖风吹浪生鱼鳞，画图仿佛西湖春。锦鞯诗人两相逐，碧山桃杏霞初匀。粉阶朱槛眼欲醉，垂杨浅试修蛾颦。人间别自有蓬岛，仙源之说元非真。危桥凌空路欲转，飞流直下烟迷津。画船亦有诗兴好，婵娟未必飞梁尘。两翁隔水俯晴渌，韶光似酒融芳晨。望中白云无变态，我欲乘风听松濑。落花出洞世岂知，瑶池池上春千载。赵岩。

元张珪跋：东风一样翠红新，绿水青山又可人。料得春山更深处，仙源初不限红尘。中书平章政事张珪敬题。

明宋濂跋：冰解泥融生水澜，初葩秾艳未应残。夭桃喷火柳金嫩，深谷莺啼听且看。花影淡梳燕粉媚，春煖野郊风细细。游人醉以天为幕，酩酊阴浓春意被。行来树下实相参，瞑目无言心自惭。黄蝶逐风翻上下，赏花此处更停骖。洪武十年孟春观于奉天门因和冯子振韵。

明董其昌跋：展子虔笔世所罕见，曾从馆师韩宗伯所一寓目，岁在庚午再见之朝延世兄虎丘山楼，敬识岁月。董其昌。

清高宗（乾隆帝）题：柳暗花明霁景寰，如茵陌上草萋萋。王孙底识春游倦，剩得宣和六字题。软勒平堤试骦骦，晴丝罥柳柳丝长。湖光山色天然句，不用奚童负锦囊。乾隆御题。

清高宗（乾隆帝）跋：水随笔底生波澜，意著花丛芳未阑。伊人妙解寓法外，艳裔韶光正好看。韶光只以物情媚，更值景明与风细。游人各尽凭赏豪，小步亦骄锦鞯被。锦鞯绣径盘差参，开唐画祖诚无惭。圣湖厓略颇相似，起予兴在巡方骖。此韵为冯子振奉长公主命题画者，又有洪武十年观于奉天门和子振韵，而不书其为谁者，二诗均不足称画，故用其韵题之。丙申孟春月中浣随安室御识。

观展子虔《游春图》步冯子振跋诗韵（古体）

故国山河动心澜，色丝丹青璧未残。

峰簇华莲分远近，咫尺千里耐人看。

浓点簪花照眼媚，振振鳞漪风细细。

碧湍直下草木腾，琼萼初发烟霞被。

悠游岁月天地参，敦美太平不自惭。

东风和暖万物颖，恨不入画同舟骖。

注释

1. 色丝：黄绢也，绝也。南朝宋刘义庆《世说新语·捷悟》："魏武尝过曹娥碑下，杨修从，碑背上见题作'黄绢幼妇，外孙齑臼'八字。魏武谓修曰：'解不？'答曰：'解。'魏武曰：'卿未可言，待我思之。'行三十里，魏武乃曰：'吾已得。'令修别记所知。修曰：'黄绢，色丝也，于字为绝。幼妇，少女也，于字为妙。外孙，女子也，于字为好。齑臼，受辛也，于字为辞：所谓绝妙好辞也。'魏武亦记之，与修同，乃叹曰：'我才不及卿，乃觉三十里。'"
2. 峰簇华莲分远近：言攒峰如莲花，并界分出了全图景物的远近。宋郭熙《林泉高致·山水训》："大山堂堂，为众山之主，所以分布以次冈阜林壑，为远近大小之宗主也。其象若大君赫然当阳，而百辟奔走朝会，无偃蹇背却之势也。"
3. 浓点簪花：言点苔用浓石青，如美女插花。南朝梁袁昂《古今书评》："卫恒书如插花美女。"
4. 振振鳞漪风细细：言用高古游丝描。振振：盛多貌。《诗经·螽斯》："宜尔子孙，振振兮。"

论顾闳中

画家小传

顾闳中（910—980），江南人，五代南唐画院待诏，与周文矩并称。用笔圆劲，设色秾丽，状人物意态精微传神。历代著录顾闳中《韩熙载夜宴图》多本，现藏故宫者最为著名，此卷一般定为顾闳中原作，而徐邦达等考证为南宋高手所摹。

载记选录

《宣和画谱》卷七："顾闳中，江南人也。事伪主李氏为待诏。善画，独见于人物。是时，中书舍人韩熙载，以贵游世胄多好声伎，专为夜饮，虽宾客揉杂，欢呼狂逸，不复拘制。李氏惜其才，置而不问，声传中外，颇闻其荒纵。然欲见樽俎灯烛间觥筹交错之态，度不可得，乃命闳中夜至其第窃窥之，目识心记，图绘以上之，故世有《韩熙载夜宴图》。李氏虽僭伪一方，亦复有君臣上下矣，至于写臣下私亵以观，则泰至多奇乐，如张敞所谓不特画眉之说，已自失体，又何必令传于世哉！一阅而弃之可也。"（中国书店影印《钦定四库全书》本，2014，第160—161页）

元汤垕《古今画鉴》："李后主命周文矩、顾宏仲图韩熙载夜燕图，余见周画二本，至京师，见宏仲笔，与周事迹稍异，有史魏王浩题字，并绍勋印。虽非文房清玩，亦可为淫乐之戒耳。"（清道光十一年六安晁氏木活字排印学海类编本）

[五代十国] 顾闳中,《韩熙载夜宴图》,绢本长卷,设色,纵 28.7 厘米、横 342.7 厘米,故宫博物院藏

明程南云题：夜宴图。

清乾隆帝题：是卷后书小传云熙载以朱温时登进士第，耽声色，不事名检。继得别卷载陆游所撰熙载传，则云唐同光中擢进士第，元宗朝，每言朝廷事，无所回隐，又言齐丘党与必基祸。使周时识赵点检，顾视非常。两卷所载，出身不同，而品识亦异，纪载之不可尽信如此。及考欧阳《五代史》，云熙载尽忠，能直言。又云后蓄妓妾数十人，以此不得为相。观其与李毂酒酣，临诀之语，意气甚壮，及周师渡淮之役，毫不能有所为，则其人亦不免于大言无当，非有干济之实用者。跋内又载后主伺其家宴，命闳中辈丹青以进，岂非叔季之君臣专事声色游戏，徒贻笑于后世乎！然闳中此卷，绘事特精妙，故收之秘笈甲观中，以备鉴戒。乾隆御识。

无名氏残题：熙载风流清……为天官侍郎，以……修，为时论所诮。……旨著此图。

无名氏题：南唐韩熙载，齐人也。朱温时进士登第，与乡人史虚白在嵩岳闻先主辅政。顺义六年，易姓名为商贾，偕虚白渡淮归建康，并补郡从事，而虚白不就，退隐庐山。熙载词学博赡，然率性自任，颇耽声色，不事名检，先主不加进擢。殆禅位，迁秘书郎，嗣主于东宫。元宗即位，累迁兵部侍郎。及后主嗣位，颇疑北人，多以死之，且惧，遂放意杯酒间，竭其财致妓乐殆百数以自汙。后主屡欲相之，闻其猥杂即罢。常与太常博士陈致雍、门生舒雅、紫微朱铣、状元郎粲、教坊副使李家明会饮。李之妹按胡琴，公为击鼓，女妓王屋山舞六幺。屋山俊惠非常，二妓公最爱之，幼令出家，号凝酥、素质。后主每伺其家宴，命画工顾宏中辈丹青以进。既而黜为左庶子，分司南都，尽逐群妓，乃上表乞留，后主复留之阙下。不数日群妓复集，饮逸如故。月俸至，则为众妓分有，既而日不能给。尝弊衣屦，作瞽者，持独

弦琴，俾舒雅执板挽之，随房求丐，以给日膳。陈致雍家屡空，畜妓十数辈，与熙载善，亦累被尤迁，公以诗戏之云："陈郎衫色如装戏，韩子官资似弄铃。"其放肆如此。后迁中书侍郎，卒于私第。

元班惟志题：唐衰藩镇窥神器，有识谁甘近狙辈。韩生微服客江东，不特避嫌兼避地。初依李昇作从事，便觉相期不如意。郎君友狎若通家，声色纵情潜自晦。胡琴娇小六幺舞，蹀躞掺挝如鼓吏。一朝受禅耻预谋，论比中原皆僭伪。却持不检惜进用，渠本忌才非命世。往往北臣以计去，赢得宴耽长夜戏。齐丘虽尔位端揆，末路九华终见绐。图画柩随痴说梦，后主终存故人义。身名易全德量难，此毁非因狂药累。司空乐妓惊醉寝，袁盎侍儿追作配。不妨杜牧朗吟诗，与论庄王绝缨事。泰定三年十月十一日大梁班惟志彦功题。

观顾闳中《韩熙载夜宴图》步班惟志题诗韵（古体）

韩生本是瑚琏器，遭难渡淮脱狙辈。
依从李主据江东，年资虽久不得地。
欲效中流击楫事，长驱中原未如意。
亦曾北使访大家，何若江南潜自晦。
最爱笙歌六幺舞，掺挝扬桴如鼓吏。
后主登位无长谋，备礼北朝甘作伪。
由此愈加轻擢用，自汙沉沦怜身世。
俸禄诸伎例分去，募钱且扮瞽丐戏。
丝纶蹊蹰拜阁揆，犹记齐丘终死缢。
密遣闳中摹醉梦，却见不羁存古义。
醉入花丛我实难，抛去名节心还累。
兰膏烛跋乐未寝，绿醑酒酣浪作配。
佳人公子宛如诗，赢得千年说余事。

注释

1.瑚琏器：《论语注疏》卷五，公冶长第五："子贡问曰：'赐也何如？'子曰：'女器也。'曰：'何器也？'曰：'瑚琏也。'"
2.遭难渡淮脱狙辈：此言韩熙载遭家变，渡淮河投杨吴欲成大事。狙，猕猴。《庄子·齐物论》："狙公赋芧，曰朝三而暮四，众狙皆怒。曰然则朝四而暮三，众狙皆悦。"宋马令《南唐书》卷十三，《韩熙载传》："韩熙载，字叔言，北海人也，弱冠擢进士第。同光末，北海军乱，推熙载父光嗣为留后，明宗即位，平北海，光嗣见杀，熙载来奔于吴。"此卷无名氏题："南唐韩熙载，齐人也。朱温时进士登第，与乡人史虚白在嵩岳闻先辅政。顺义六年，易姓名为商贾，偕虚白渡淮归建康，并补郡从事，而虚白不就，退隐庐山。"

3. 依从李主据江东，年资虽久不得地：此言韩熙载跟从南唐先主而未得重用。旧题南唐史虚白《钓矶立谈》："昌黎韩熙载，字叔言，慷慨有才学。尝著书，号《格言》，传于世。家故富豪，颇好侈侈，不为烈祖所礼。元宗爱其词章，且东宫旧僚也，故骤见任用。在朝挺挺谅直，不为权势所喜，至诬以纵酒，黜为和州司马。其实熙载酒量，涓滴而已。久之，复入纶掖，诰令典雅，有元和风采，江表碑碣大手笔，咸出其手。"宋马令《南唐书》卷十三，《韩熙载传》："连补和、常、滁三州从事，亦晏然不介意。烈祖受禅，除祕书郎，辅元宗于东宫。熙载谭笑而已，不预世务。及元宗即位，拜虞部员外郎、史馆修撰，于是始言朝廷之事所当修理者，前后数上。又吉凶礼仪不如式者，随事举正，由是宋齐邱之党大忌之。"

4. 中流击楫：《晋书》卷六十二，《祖逖传》："中流击楫而誓曰：'祖逖不能清中原而复济者，有如大江！'辞色壮烈，众皆慨叹。"

5. 长驱中原未如意：宋欧阳修《新五代史》卷六十二，南唐世家第二："熙载，北海将家子也，初与李穀相善。明宗时，熙载南奔吴，穀送至正阳，酒酣临诀，熙载谓穀曰：'江左用吾为相，当长驱以定中原。'穀曰：'中国用吾为相，取江南如探囊中物尔。'及周师之征淮也，命穀为将，以取淮南，而熙载不能有所为也。"

6. 亦曾北使访大家，何若江南潜自晦：旧题南唐史虚白《钓矶立谈》："又熙载曾将命大朝，留不得遣，有诗题馆中曰：'我本江北人，去作江南客。还至江北时，举目无相识。清风吹我寒，明月为谁白。不如归去来，江南有人忆。'时宰见而悯之，为白天子遣还。以此之故，嫌疑不及。然熙载内亦不自安，因弥事荒宴，殆于废日，俸禄之数，不得充其用。及没身之日，后主痛惜曰：'天夺吾良臣何速也！'遂不爱立，顾左右曰：'今将赠熙载以平章事，前代尝有此例乎？'或对曰：'刘穆之赠开府仪同三司，即其例也。'后主即日出手书诏，赠以平章事，追谥曰文靖。葬于梅岭冈谢安墓侧。江南人臣恩礼，少有其比。"

7. 掺挝：一种击鼓之法。《世说新语·言语》："祢衡被魏武谪为鼓吏，正月半试鼓，衡扬枹为渔阳掺檛，渊渊有金石声，四坐为之改容。"

8. 后主登位无长谋，备礼北朝甘作伪：宋马令《南唐书》卷五，《后主书》："每遇皇朝使至，国主衣紫袍，备藩臣礼，使退服御如初。"

9. 由此愈加轻擢用，自汙沉沦怜身世：此言韩熙载于末世中，无心进用，自取污名，自怜身世。

10. 俸禄诸伎例分去，募钱且扮瞽丐戏：此言韩熙载俸禄为养乐伎耗尽，竟假扮盲人持琴讨钱。此卷无名氏题："月俸至，则为众妓分有，既而日不能给。（韩熙载）尝弊衣屦，作瞽者，持独弦琴，俾舒雅执板挽之，随房求丐，以给日膳。"

11. 丝纶踌躇拜阁揆：此言李后主欲任韩熙载为相而犹豫不决。丝纶，诏书。《礼记·缁衣》："子曰王言如丝，其出如纶。"旧题南唐史虚白《钓矶立谈》："后主即位，适会朱元反叛，颇有疑北客之意，唯待熙载不衰。"欧阳修《新五代史》卷六十二，南唐世家第二："（李）煜尝以熙载尽忠，能直言，欲用为相，而熙载后房妓妾数十人，多出外舍私侍宾客，煜以此难之，左授熙载右庶子，分司南都。熙载尽斥诸妓，单车上道，煜喜留之，复其位。已而诸妓稍稍复还，煜曰：'吾无如之何矣！'是岁，熙载卒，煜叹曰：'吾终不得熙载为相也。'"
12. 犹记齐丘终死缢：此言韩熙载之戒惧。宋马令《南唐书》卷二十，《党与传·宋齐丘》："及放归青阳，即旧第之外，别院处之，重门外锁，穴墙以给食，明年自缢死，年七十三。"
13. 密遣闳中摹醉梦：此言李后主令顾闳中潜入韩熙载宴会图画以进。宋陶岳《五代史补》卷五，韩熙载帷箔不修："韩熙载仕江南，官至诸行侍郎。晚年不羁，女仆百人，每延请宾客而先令女仆与之相见，或调戏，或驱击，或加以争夺靴笏，无不曲尽。然后熙载始缓步而出，习以为常。复有医人及烧炼僧数辈，每来无不升堂入室，与女仆等杂处。伪主知之，虽怒，以其大臣，不欲直指其过，因命待诏画为图以赐之，使其自愧，而熙载视之安然。"
14. 却见不羁存古义：此言顾闳中造诣高超，画出韩熙载不羁中尚存道义。
15. 兰膏烛跋乐未寝：此言宾主长夜寻欢。兰膏：以兰香炼膏。《楚辞·招魂》："兰膏明烛，华容备些。"烛跋：烛将燃尽。宋陆游《十月一日浮桥成以故事宴客凌云》："众宾共醉忘烛跋，一径却下缘云根。"
16. 绿醑：美酒。唐白居易《戏招诸客》："黄醅绿醑迎冬熟，绛帐红炉逐夜开。"
17. 余事：多余之事，不重要之事。《庄子·让王》："帝王之功，圣人之余事也，非所以完身养生也。"

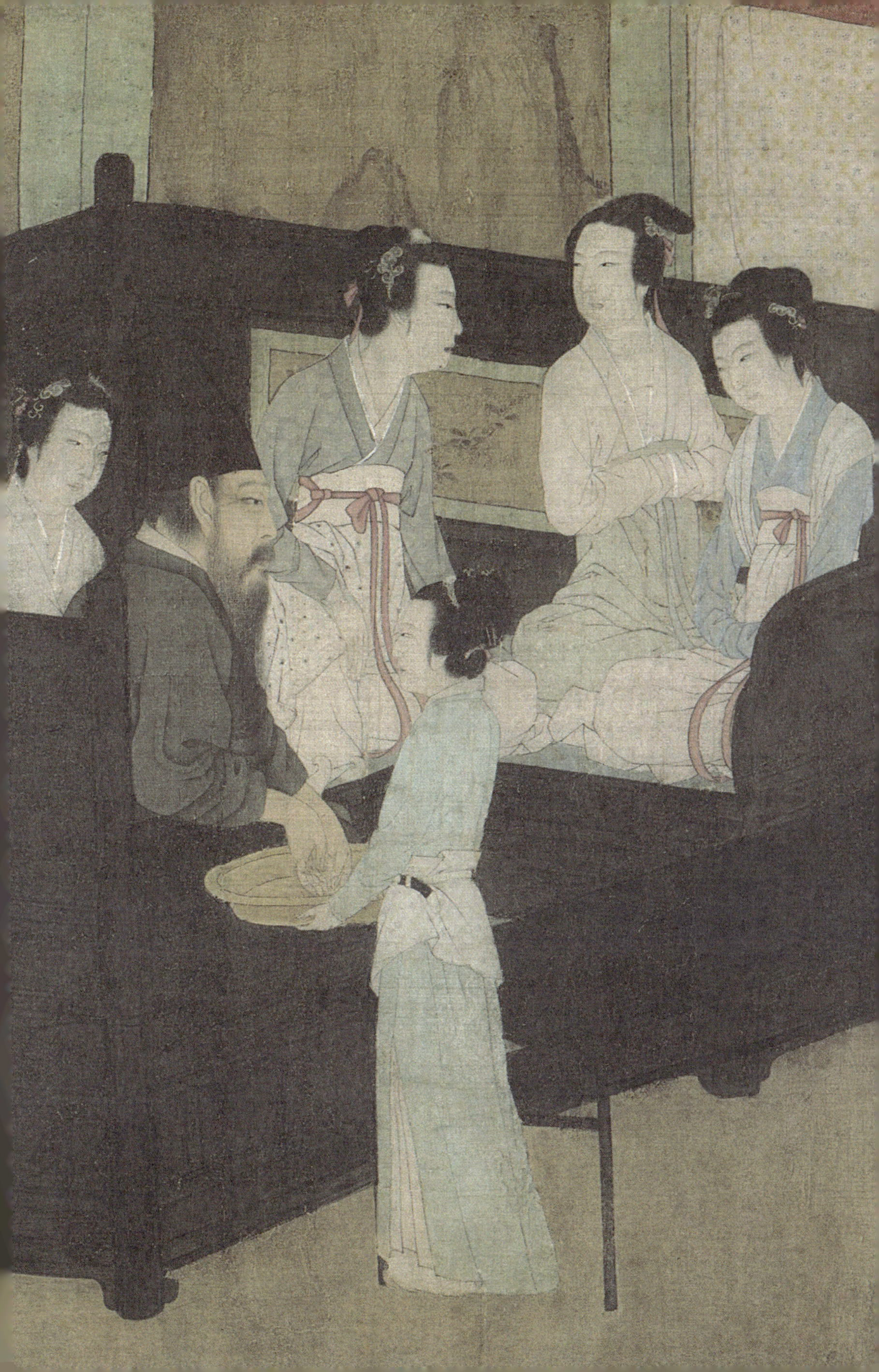

论李成

画家小传

李成（919—967），字咸熙，号营丘，京兆长安（今陕西省西安）人。系出唐宗室，出生时唐已亡。祖父李鼎曾官苏州刺史，五代时避乱徙家营丘（今山东昌乐）。博学多才，胸有大志，不得施展，醉心书画。北宋乾德五年，病逝于陈州，年四十九。创平远寒林，创卷云皴、蟹爪枝法，时称"古今第一"，为北宋三家山水之首，标程百代。

载记选录

宋郭若虚《图画见闻志》卷一"论三家山水"："画山水唯营丘李成、长安关同、华原范宽，智妙入神，才高出类，三家鼎跱，百代标程。前古虽有传世可见者，如王维、李思训、荆浩之伦，岂能方驾。近代虽有专意力学者，如翟院深、刘永、纪真之辈，难继后尘（翟学李，刘学关，纪学范）。夫气象萧疏，烟林清旷，毫锋颖脱，墨法精微者，营丘之制也；石体坚凝，杂木丰茂，台阁古雅，人物幽闲者，关氏之风也；峰峦浑厚，势状雄强，抢（上声）笔俱匀，人屋皆质者，范氏之作也（烟林平远之妙，始自营丘，画松叶谓之攒针，笔不染淡，自有荣茂之色。关画木叶，间用墨揾，时出枯梢，笔踪劲利，学者难到。范画林木，或侧或欹，形如偃盖，别是一种风规，但未见画松柏耳。画屋既质，以墨笼染，后辈目为铁屋）。复有王士元、王端、燕贵、许道宁、高克明、郭熙、李宗成、丘讷之流，或有一体，或具体而微，或预造堂室，或各开户牖，皆可称尚，然藏画者方之三家，犹诸子之于正经矣（关同虽师荆浩，盖青出于蓝也）。"（人民美术出版社，2016，第20—21页）

宋刘道醇《圣朝名画评》卷二："李成，营丘人，世业儒，为郡名族。成幼属文能画，山水林木当时称为第一。开宝中孙四皓者，延四方之士，知成妙手不可遽得，以书招之，成曰：'吾儒者，粗识去就，性爱山水，弄笔自适耳，岂能奔走豪士之门，与工技同处哉。'遂不应，孙甚衔之，遣人往营丘，以厚利啖当涂者，卒获数图，后成举进士，来集于春官，孙卑辞坚召，成不得已往之，见其数图，惊忿而去。章圣每见成笔，必嗟赏之，故声益甚。直史馆刘鳌者，时推精鉴，于曹武惠王第，见成山水图，爱之不已，有诗曰：'六幅冰绡挂翠庭，危峰迭嶂斗峥嵘。却因一夜芭蕉雨，疑是岩前瀑布声。'识者以为实录。成之为画，精通造化，笔尽意在，扫千里于咫尺，写万趣于指下，峰峦重迭，间露祠墅，此为最佳。至于林木稠薄，泉流深浅，如就真景，思清格老，古无其人。景祐中成孙宥为开封尹，命相国寺僧惠明购成之画，倍出金币，归者如市，故成之迹，于今少有。评曰：成之命笔，惟意所到。宗师造化，自创景物，皆合其妙。耽于山水者，观成所画，然后知咫尺之间夺千里之趣，非神而何？故列神品。"（明刻《王氏书画苑》本）

宋米芾《画史》："山水李成只见二本，一松石，一山水。四轴松石，皆出盛文肃家，今在余斋。山水在苏州宝月大师处。秀甚不凡，松劲挺，枝叶郁然有阴，荆楚小木无冗笔，不作龙蛇鬼神之状。今世贵侯所收大图，犹如颜柳书药牌，形貌似尔，无自然，皆凡俗。林木怒张，松干枯瘦多节，小木如柴，无生意。成身为光禄丞第进士，子祐为谏议大夫，孙宥为待制，赠成金紫光禄大夫，使其是凡工，衣食所仰，亦不如是之多，皆俗手假名，余欲为无李论。"（美术丛书本，江苏古籍出版社，1997，第1197页）

宋米芾《画史》："宝月所收李成四幅，路上一才子骑马，一童随，清秀如王维画孟浩然，成作人物不过如是，他图画人丑怪，赌博村野如伶人者，皆许道宁专作成时画。"（美术丛书本，江苏古籍出版社，1997，第1204页）

宋米芾《画史》："李成淡墨如梦雾中，石如云动，多巧少真意。范宽势虽雄杰，然深暗如暮夜晦暝，土石不分，物象之幽雅，品固在李成上。"（美术丛书本，江苏古籍出版社，1997，第1208页）

宋董逌《广川画跋》卷六"书李成画后"："由一艺已往，其至有合于道也，此古之所谓进乎技也。观咸熙画者，执于形相，忽若忘之，世人方且惊疑，以为神矣，其有寓而见邪。咸熙盖稷下诸生，其于山林泉石，岩栖而谷隐，层峦叠嶂，嶔崟崒崪，盖其生而好也，积好在心，久则化之，凝念不释，殆与物忘，则磊落奇特蟠于胸中，不得遁而藏也。它日忽见群山横于前者，累累相负而出矣。岚光霁烟，与一一而下上，慢然放乎外而不可收也，盖心术之变化，有时出则托于画以寄其放，故云烟风雨，雷霆变怪，亦随以至，方其时，忽乎忘四支形体，则举天机而见者，皆山也，故能尽其道。后世按图求之，不知其画忘也，谓其笔墨有蹊辙，可随其位置求之，彼其胸中自无一丘一壑，且望洋乡若，其谓得之，此复有真画者邪。"（清光绪归安陆氏刻十万卷楼丛书本）

《宣和画谱》卷十一："李成，字咸熙。其先唐之宗室，五季艰难之际，流寓于四方，避地北海，遂为营丘人。父祖以儒学吏事闻于时。家世中衰，至成犹能以儒道自业。善属文，气调不凡，而磊落有大志。因才命不偶，遂放意于诗酒之间，又寓兴于画，精妙初非求售，唯以自娱于其间耳。故所画山林薮泽，平远险易，萦带曲折，飞流危栈，断桥绝涧水石，风雨晦明，烟云雪雾之状，一皆吐其胸中，而写之笔下。如孟郊之鸣于诗，张颠之狂于草，无适而非此也。笔力因是大进，于时凡称山水者，必以成为古今第一，至不名而曰李营丘焉。然虽画家素喜讥评，号为善褒贬者，无不敛衽以推之。尝有显人孙氏知成善画得名，故贻书招之。成得书且愤且叹曰：'自古四民不相杂处，吾本儒生，虽游心艺事，然适意而已，奈何使人羁致入戚里宾馆，研吮丹粉而与画史冗人同列乎？此戴逵之所以碎琴也。'却其使不应。孙忿之，阴使人以贿厚赂营丘之在仕相知者，冀其宛转以术取之也。不逾时而果得数图以归。未几成随郡计赴春官较艺，而孙氏卑辞厚礼复招之，既不获已，至孙馆，成乃见前之所画，张于谒舍中。成作色振衣而去。其后王公贵戚，皆驰书致币恳请者不绝于道，而成漫不省也。晚年好游江湖间，终于淮阳逆旅。子觉以经术知名，践历馆阁。孙宥尝为天章阁待制，尹京，故出金帛以购成之所画甚多，悉归而藏之。自成殁后名益著，其画益难得，故学成者皆摹仿成所画峰峦泉石，至于刻画图记名字等，庶几乱真，可以欺世，然不到处，终为识者辨之。第名之不可掩而使人慕之如是，信公议所同焉。或云又兼善画龙水，亦奇绝也，但所长在于山水之间，故不称云。今御府所藏一百五十有九。"（《宣和书画谱》，中国书店2014年影印《钦定四库全书》本，第247—250页）

［宋］李成（传），《寒林策驴图》，绢本立轴，淡设色，纵162厘米、横100.4厘米，美国大都会艺术博物馆藏（张大千大风堂旧藏）

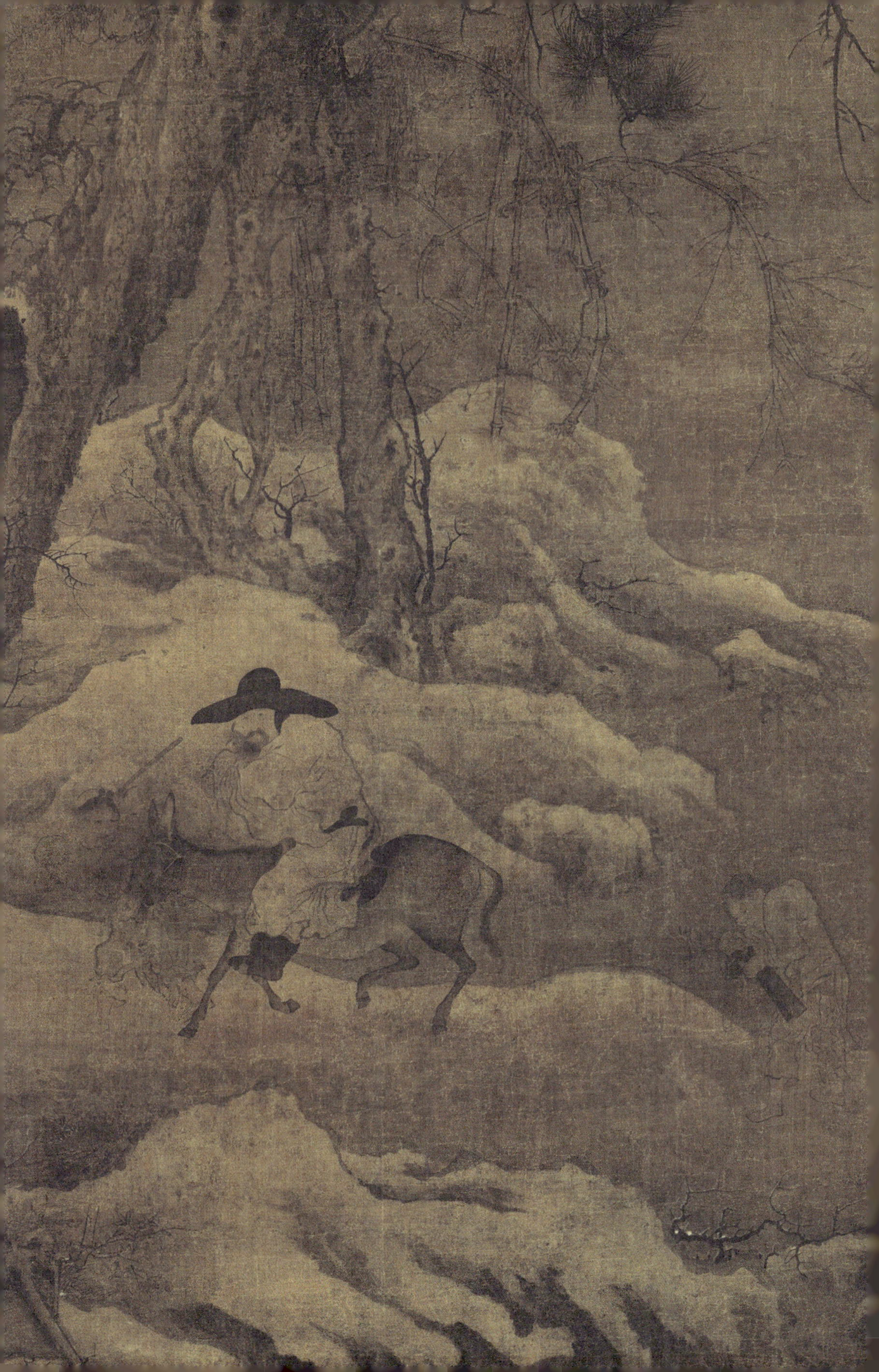

张大千原题：

上题：大风堂供养天下第一李成画。蜀郡张大千爱。

下题：米元章《画史》云："宝月大师收李成四幅，路上一才子骑马，一童随，清秀如摩诘画孟浩然。"摩诘有《浩然骑驴图》，此云画马，一时误书耳。又云："他图画人丑怪，赌博村野如伶人，皆许道宁专作成时画。"又云："松劲挺，枝叶郁然有阴，荆棘小木无一冗笔，不作龙蛇鬼神之状"，即此图是也。宝月大师蜀人，游寓苏州，予亦蜀人，游寓苏州而得此。世无成画，予得而宝之，楚弓楚得，又一段奇缘也。此画未入历朝内府，故无玺鉴，或谓即《雪麓早行图》，予不谓然。自具真赏，何必倚《宣和画谱》方为左券耶。大千居士题。

观李成（传）《寒林策驴图》（古体）

瞥眼老松拔地起，气压堂堂五岳尊。
斜插夭矫直到顶，透出雪景清氤氲。
攒针蟹爪枝半死，根啮皴陷贯搏风。
岁月周流天行健，柤竹杂木竞崇隆。
松下高士骑驴过，毡帽扑楞目炯炯。
寒风扑面浓髯掀，高鼻广颊真龙种。
笼袖叉手频得句，诗囊欲满喜奚奴。
顾看主人呼酒不，小童肩挑酒葫芦。
缅思张侯天机精，游寓苏州识李成。
大风堂中勤供养，米氏画史搜信征。
慨然最是方祭酒，玄通笔墨识过人。
高侯依旧弹别调，隔水看花迷五云。

注释

1. 攒针：谓画松叶之攒针法。宋郭若虚《图画见闻志》卷一："烟林平远之妙，始自营丘，画松叶谓之攒针，笔不染淡，自有荣茂之色。"
2. 蟹爪：谓画树之蟹爪枝法。清方薰《山静居画论》卷上："枯树有垂枝、仰枝，仰为鹿角，垂为蟹爪，李成、范宽多作仰枝，郭熙、李唐多作垂枝，后人率变通为之。"
3. 高士骑驴：五代孙光宪《北梦琐言》卷七"郑綮相诗"："唐相国郑綮虽有诗名，本无廊庙之望。……或曰：'相国近有新诗否？'对曰：'诗思在灞桥风雪中驴子上，此处何以得之？'盖言平生苦心也。"
4. 笼袖叉手频得句：五代王定保《唐摭言》卷十三"敏捷"："温庭筠烛下未尝起草，但笼袖凭几，

每赋一咏一吟而已，故场中号为温八吟。"五代孙光宪《北梦琐言》卷四"温李齐名"："（温庭筠）才思艳丽，工于小赋，每入试，押官韵作赋，凡八叉手而八韵成。"

5. 诗囊欲满喜奚奴：唐李商隐《李贺小传》："（李贺）恒从小奚奴，骑距驉，背一古破锦囊，遇有所得，即书投囊中。"

6. 缅思张侯天机精，游寓苏州识李成：言张大千游寓苏州得此图。

7. 大风堂中勤供养，米氏画史搜信征：言张大千依据米芾记载，鉴定珍藏此图，详见前录张大千题跋。

8. 慨然最是方祭酒，神通笔墨识过人：方闻以西洋风格法兼中国之笔墨法，精鉴购藏此图，并断此图为仿李成之作，时在12世纪初。参见方闻《超越再现：8世纪至14世纪中国书画》之"第二章 造化与艺术——宏伟山水"。

9. 高侯依旧弹别调，隔水看花迷五云：高居翰断此图与《溪岸图》均系张大千伪造。参见高居翰《溪山清远：中国古代早期绘画史（先秦至宋）》之"附录 第二节 《溪岸图》之争"、"第三节 《溪岸图》近观"、"第四节 关于鉴定与年代"。

［宋］李成，《晴峦萧寺图》，绢本立轴，设色，纵111.8厘米、横56厘米，美国纳尔逊—阿特金斯艺术博物馆藏

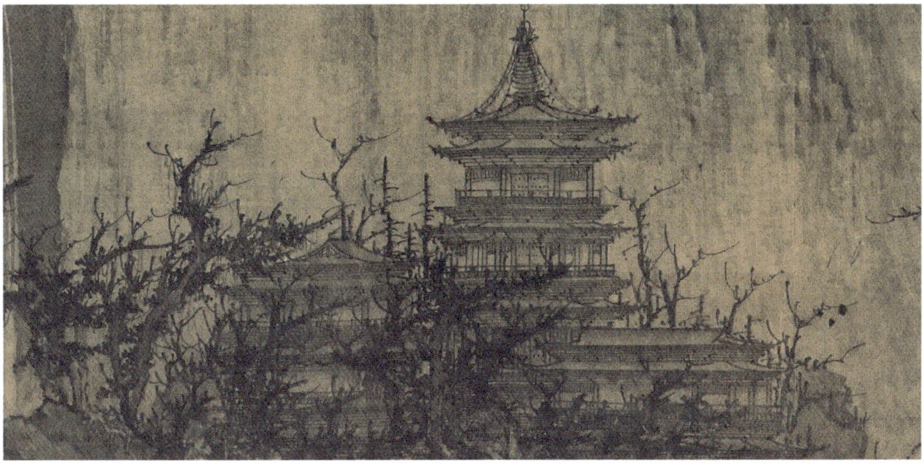

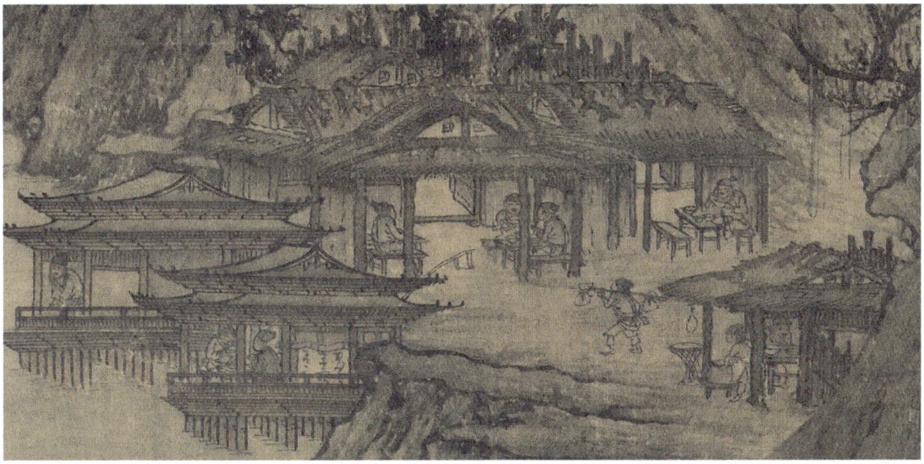

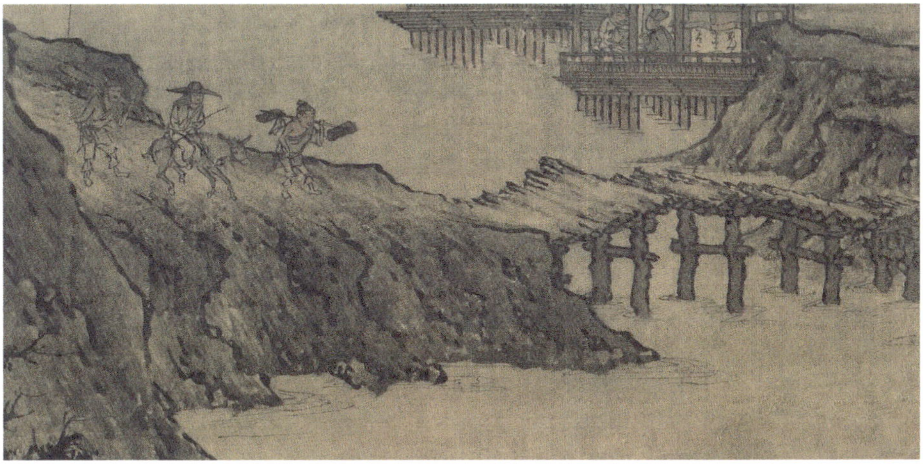

观李成《晴峦萧寺图》（古体）

嵯峨乘运祖德遐，左萦右带生莲花。
莲心参差琳宫殿，阿阁峻嶒示无遮。
鹿角寒树浓苍苍，欺风斗雪气轩昂。
墨分明暗才破晓，浮玉岚烟半面光。
两仪是生造化钟，西是白虎东青龙。
有情左右发源远，溪涧三叠泻溶溶。
烟水六气衍何极，阴阳相搏不能息。
只合突驰上昆仑，泠泠一片了空色。
山下茅店水榭敞，丰俭由人各悦赏。
锁澜一道野桥横，便利行旅无道枉。
高士骑驴欲过桥，担橐携伞有仆劳。
堪喜早发行将歇，二仆不禁乐陶陶。
独有主人守渊默，溶溶曳曳若相即。

注释

1. 嵯峨乘运祖德遐：言图中主山堂堂而有靠山，如人之祖宗有德，家业兴旺。
2. 左萦右带生莲花：言图中主山、次山相互映带，如莲花聚结。宋郭熙《林泉高致·山水训》："大山堂堂，为众山之主，所以分布以次冈阜林壑，为远近大小之宗主也。其象若大君赫然当阳，而百辟奔走朝会，无偃蹇背却之势也。"
3. 莲心参差琳宫殿：言萧寺所在，正是众山结聚而成的莲花中心处。
4. 峻嶒：高峻重叠貌、特出不凡貌。梁沈约《游钟山诗应西阳王教》："郁律构丹巘，峻嶒起青嶂。"
5. 无遮：无遮蔽。《楞严经》卷一："钦仰如来开阐无遮，度诸疑谤。"

6. 鹿角寒树浓苍苍：言此图画树多以鹿角法，墨色浓重。清方薰《山静居画论》卷上："枯树有垂枝、仰枝，仰为鹿角，垂为蟹爪，李成、范宽多作仰枝，郭熙、李唐多作垂枝，后人率变通为之。"

7. 半面光：言图中最高的两座山明暗突出。半面：《南史·元帝徐妃传》："妃以帝眇一目，每知帝将至，必为半面妆以俟，帝见则大怒而出。"

8. 两仪是生：《周易·系辞上》："易有太极，是生两仪，两仪生四象。"

9. 六气：《春秋左传·昭公元年》："天有六气，降生五味，发为五色，徵为五声，淫生六疾。六气曰阴、阳、风、雨、晦、明也。"《庄子·逍遥游》："若夫乘天地之正，而御六气之辩，以游无穷者，彼且恶乎待哉。"

10. 道枉：绕路，走冤枉路。唐刘长卿《送侯中丞流康州》："迁播共知臣道枉，猜谗却为主恩深。"

11. 渊默：《庄子·在宥》："故君子苟能无解其五藏，无擢其聪明，尸居而龙见，渊默而雷声，神动而天随，从容无为而万物炊累焉。"

12. 溶溶曳曳若相即：言高士渊默恰似与全图氤氲之气相应。溶溶曳曳，晃动貌，荡漾貌。唐罗隐《浮云》："溶溶曳曳自舒张，不向苍梧即帝乡。"相即，不二，融为一体。唐澄观《大方广佛华严经疏》卷二："唯是无尽法界性海，圆融缘起无碍，相即相入，如因陀罗网，重重无际，微细相容。"

论范宽

画家小传

范宽（950？—1032？），又名中正，字中立，陕西华原（今陕西铜川耀州区）人，性情宽厚豁达，时人称之宽，遂以范宽自名。初学李成，后自成一家，与李成并称百代之师。所画山水之雄阔壮美，古今无匹。

载记选录

宋郭若虚《图画见闻志》卷四："范宽，字中立，华原人。工画山水，理通神会，奇能绝世，体与关、李特异，而格律相抗。宽仪状峭古，进止疏野，性嗜酒，好道。尝往来雍、雒间。天圣中犹在，耆旧多识之。有冒雪高峰、四时山水并故事人物传于世。（或云，名中立，以其性宽，故人呼为范宽也。）"（人民美术出版社，2016，第85—86页）

宋刘道醇《圣朝名画评》卷二："范宽，姓范，名中正，字仲立，华原人，性温厚，有大度，故时人目为范宽。居山林间，常危坐终日，纵目四顾，以求其趣，虽雪月之际，必徘徊凝览，以发思虑。学李成笔，虽得精妙，尚出其下，遂对景造意，不取繁饰，写山真骨，自为一家，故其刚古之势，不犯前辈，由是与李成并行。宋有天下，为山水者，惟中正与成称绝，至今无及之者。时人议曰：'李成之笔，近视如千里之远；

范宽之笔，远望不离坐外'，皆所谓造乎神者也，然中正好画冒雪出云之势，尤有气骨。评曰：范宽以山水知名，为天下所重。真石老树，挺生笔下，求其气韵，出于物表，而又不资华饰，在古无法，创意自我，功期造化，而树根浮浅，平远多峻，此皆小瑕，不害精致，亦列神品。"（明刻王氏书画苑本）

宋《宣和画谱》卷十一："范宽，一名中正，字中立，华原人也。风仪峭古，进止疏野，性嗜酒，落魄不拘世故，常往来于京洛。喜画山水，始学李成，既悟，乃叹曰：'前人之法未尝不近取诸物，吾与其师于人者，未若师诸物也。吾与其师于物者，未若师诸心。'于是舍其旧习，卜居于终南、太华岩隈林麓之间，而览其云烟惨淡、风月阴霁难状之景，默与神遇，一寄于笔端之间，则千岩万壑，恍然如行山阴道中，虽盛暑中，凛凛然使人急欲挟纩也，故天下皆称宽善与山传神，宜其与关、李并驰方驾也。蔡卞尝题其画云：'关中人谓性缓为宽，中立不以名著，以俚语行，故世传范宽山水。'今御府所藏五十有八。"（《宣和书画谱》，中国书店2014年影印《钦定四库全书》本，第254—256页）

董其昌观款： 北宋范中立溪山行旅图。

［宋］范宽,《溪山行旅图》，绢本立轴，浅设色，纵206.3厘米、横103.3厘米，台北故宫博物院藏

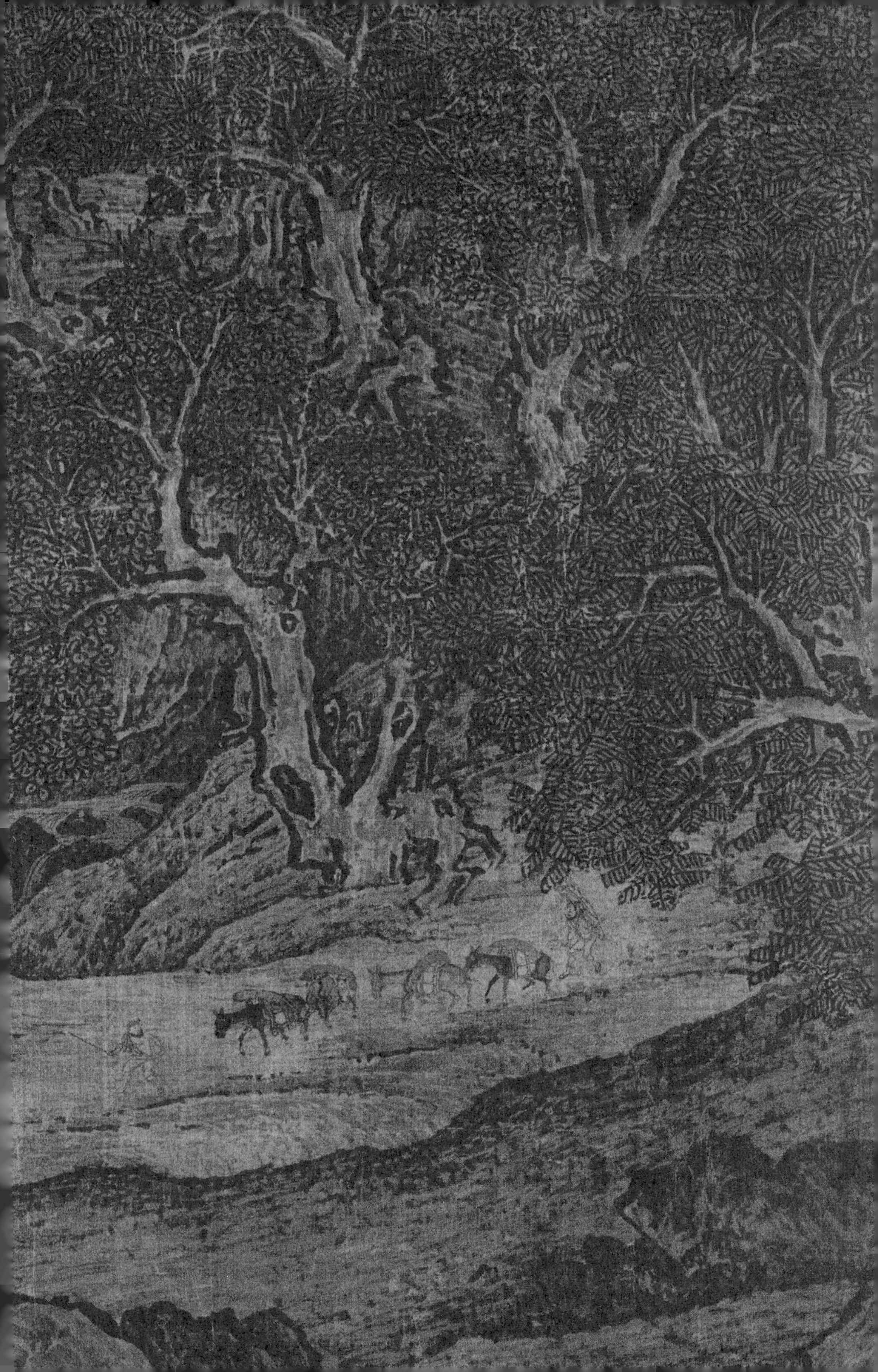

观范宽《溪山行旅图》（集《诗经》句）

倬彼云汉，维山崔嵬。

岂弟君子，民之攸归。

高山仰止，景行行止。

我行其野，习习谷风。

惠此中国，夙夜在公。

沔彼流水，克咸厥功。

注释

1. 倬彼云汉：云河浩大。倬，大也。云汉，天河也。出自《诗经·大雅·棫朴》、《诗经·大雅·云汉》。
2. 维山崔嵬：维，语气助词。崔嵬，山高貌。出自《诗经·小雅·谷风》。
3. 岂弟君子：恺悌君子，和乐平易的君子。出自《诗经·大雅·泂酌》。
4. 民之攸归：民所归附。出自《诗经·大雅·泂酌》。
5. 高山仰止，景行行止：有高德者则慕仰之，有明行者则而行之。出自《诗经·小雅·车舝》。
6. 我行其野：出自《诗经·小雅·我行其野》。
7. 习习谷风：习习，和舒貌。谷风，东风谓之谷风。出自《诗经·邶风·谷风》、《诗经·小雅·谷风》。
8. 惠此中国：福惠中国。出自《诗经·大雅·民劳》。
9. 夙夜在公：从早到夜忙于公事。出自《诗经·召南·小星》。
10. 沔彼流水：流水盛大。沔，水流满也。出自《诗经·小雅·沔水》。
11. 克咸厥功：能同其功。咸，同也。出自《诗经·鲁颂·閟宫》。

[宋]范宽（传），《雪景寒林图》，绢本立轴，水墨，纵193.5厘米、横160.3厘米，天津博物馆藏

古朗月行——中国古代名画观咏

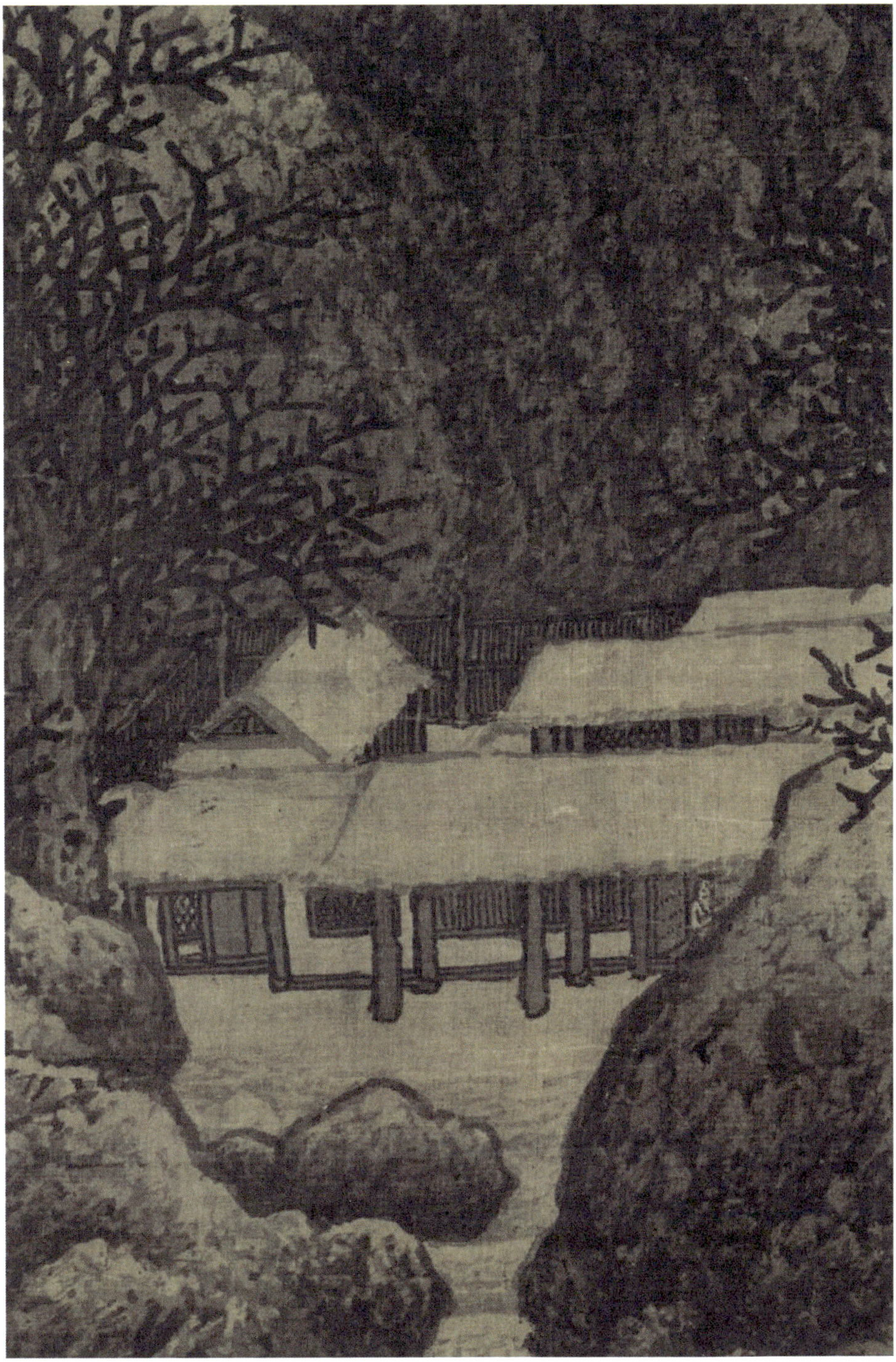

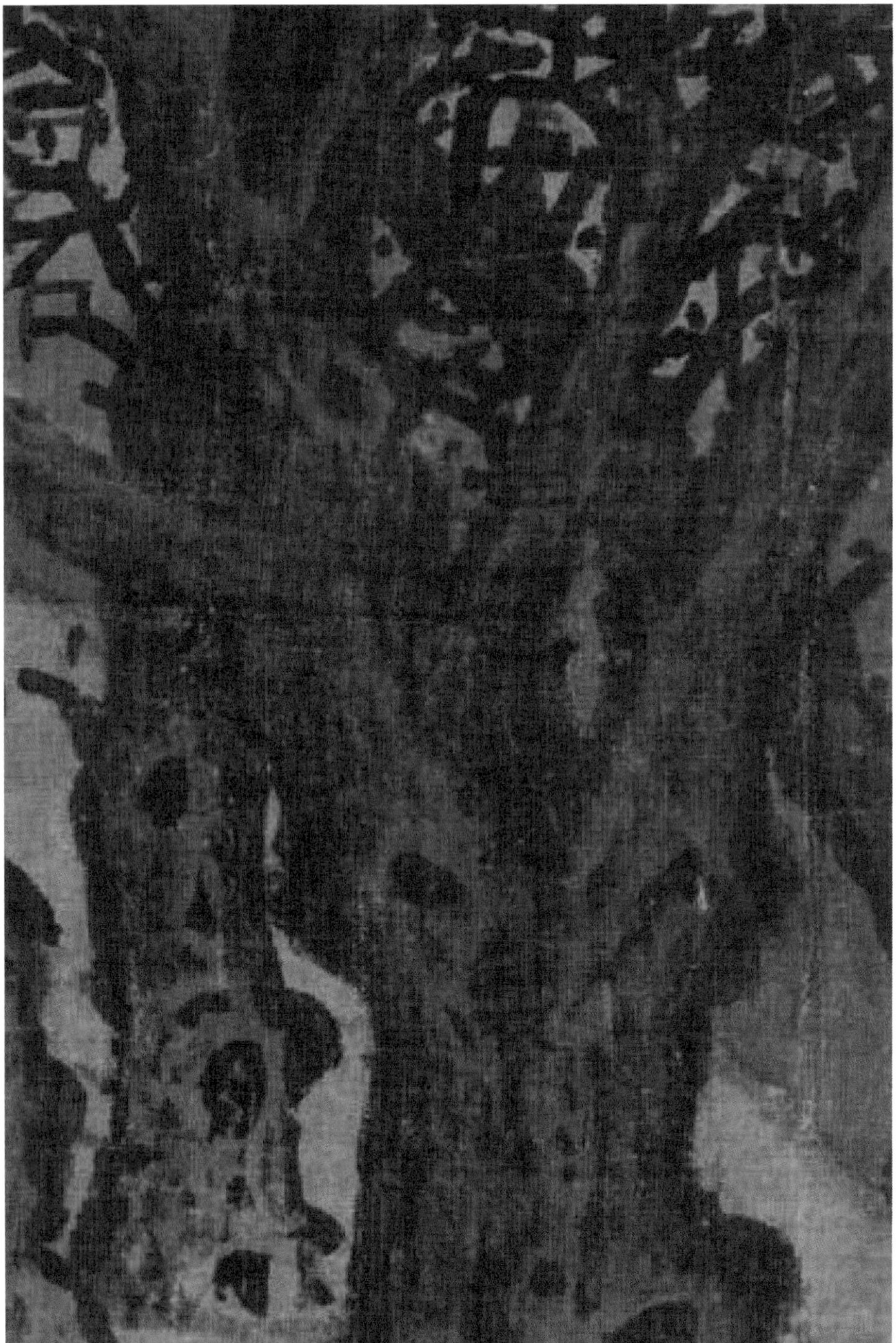

观范宽（传）《雪景寒林图》（古体）

雪龙矫首势欲腾，寒林如墨气蒸蒸。

昆仑群玉何磅礴，世界华藏照眼澄。

访戴子猷经宿返，珠宫贝阙粲琅玕。

冰溪冻彴寂若睡，宝楯衡门且静观。

造化神功钦美赞，树皮谨落臣字款。

穿云破月到如今，岿然不动从君断。

注释

1. 群玉：《穆天子传》卷四："辛卯，天子北征，东还，乃循黑水。癸巳，至于群玉之山。"晋郭璞注曰："即《山海经》玉山，西王母所居者。"
2. 世界华藏：莲花藏世界。唐实叉难陀译《华严经》卷八，华藏世界品第五之一："此华藏庄严世界海，是毘卢遮那如来，往昔于世界海微尘数劫修菩萨行时，一一劫中，亲近世界海微尘数佛，一一佛所，净修世界海微尘数，大愿之所严净。诸佛子，此华藏庄严世界海，有须弥山，微尘数风轮所持其最下风轮，名平等住，能持其上。"
3. 访戴子猷经宿返：《世说新语·任诞》："王子猷居山阴，夜大雪，眠觉开室，命酌酒。四望皎然，因起仿偟，咏左思招隐诗，忽忆戴安道。时戴在剡，即便夜乘小船就之，经宿方至，造门不前而返，人问其故，王曰：'吾本乘兴而行，兴尽而返，何必见戴？'"
4. 珠宫贝阙粲琅玕：言萧寺、民居如珠宫贝阙，琅玕玉石。琅玕，《山海经·西山经》："又西三百二十里曰槐江之山，邱时之水出焉，而北流注于泑水，其中多蠃母，其上多青、雄黄，多藏琅玕、黄金、玉。"晋郭璞注曰："琅玕，石似珠者。"
5. 冰溪冻彴寂若睡：言大溪小桥封冻如睡。彴，小桥。唐徐坚《初学记》卷七，桥第七："《广志》云独木之桥曰榷（音角），亦曰彴（音灼，榷，水上横一木为渡。彴，今谓之略彴）。"
6. 宝楯衡门且静观：图中萧寺之高楼栏杆内、民居之门边，各有一人在观看。宝楯，栏杆。《华严经》卷二十二，升兜率天宫品第二十三："百万亿宝栏楯，周匝围绕。"衡门，横木为门，浅陋之门。《诗经·陈风·衡门》："衡门之下，可以栖迟。"
7. 树皮谨落臣字款：图中前景大树皴皮藏有"臣范宽制"落款。
8. 岿然不动从君断：此《雪景寒林图》是否为范宽真笔，直至晚近方成为问题。如启功《鉴定书画二三例》："有一幅宋人画的雪景山水，山头密林丛郁，确是范宽画法。三拼绢幅，更不是宋以后画所有的。宋人画多半无款，这也是文物鉴赏方面的常识。但这幅画中一棵大树干上不知何时有人写上'臣范宽制'四个字，便成画蛇添足了。"（《文物》1981年第6期）陈传席《〈雪景寒林图〉应是范宽作品》："范宽《雪景寒林图》风格、名款俱在，如果没有更充分的证据，目前还不能轻易地否认是范宽之作。"（《文物》1985年第4期）

论郭熙

画家小传

郭熙（1000？—1090？），字淳夫，河阳府温县（今属河南孟县）人。早年信奉道教，游于方外，以画闻名，熙宁元年召入画院，后任翰林待诏直长。传世有《早春图》、《关山春雪图》、《窠石平远图》等，所著画论《林泉高致》由其子郭思整理而行世，洵为杰作。

载记选录

宋郭若虚《图画见闻志》卷四："郭熙，河阳温人，今为御书院艺学。工画山水寒林，施为巧赡，位置渊深，虽复学慕营丘，亦能自放胸臆，巨障高壁，多多益壮，今之世为独绝矣。（熙宁初，敕画小殿屏风，熙画中扇，李宗成、符道隐画两侧扇，各尽所蕴，然符生鼎立于郭李之间，为幸矣。）"（人民美术出版社，2016，第90页）

宋《宣和画谱》卷十一："郭熙，河阳温县人，为御画院艺学。善山水寒林，得名于时。初以巧赡致工，既久又益精深，稍稍取李成之法，布置愈造妙处，然后多所自得。至抒发胸臆，则于高堂素壁，放手作长松巨木，回溪断崖，岩岫巉绝，峰峦秀起，云烟变灭，晻霭之间，千态万状。论者谓熙独步一时，虽年老落笔益壮，如随其年貌焉。熙后著《山水画论》，言远近浅深、风雨明晦、四时朝暮之所不同，则有'春山淡（一作艳）冶而如笑，夏山苍翠而如滴，秋山明净而如妆，冬山惨淡而如睡'之说。至于溪谷桥彴、渔艇钓竿、人物楼观等，莫不分布使得其所。言皆有序，可为画式。文多不载。至其所谓'大山堂堂为众山之主，长松亭亭为众木之表'，则不特画矣，盖进乎道欤！熙虽以画自业，然能教其子思以儒学起家，今为中奉大夫管勾成都府、兰、湟、秦、凤等州茶事，兼提举陕西等买马监牧公事，亦深于论画，但不能以此自名。今御府所藏三十。"（《宣和书画谱》，中国书店2014年影印《钦定四库全书》本，第265—267页）

宋邓椿《画继》卷十："先大夫在枢府日，有旨赐第于龙津桥侧。先君侍郎作提举官，仍遣中使监修。比背画壁，皆院人所作翎毛、花、竹及家庆图之类。一日，先君就视之，见背工以旧绢山水揩拭几案，取观，乃郭熙笔也。问其所自，则云不知。又问中使，乃云：'此出内藏库退材所也。昔神宗好熙笔，一殿专背熙作，上即位后，易以古图。退入库中者，不止此耳。'先君云：'幸奏知，若只得此退画足矣。'明日，有旨尽赐，且命舆至第中，故第中屋壁，无非郭画。诚千载之会也。"（人民美术出版社，2016，第123页）

［宋］郭熙，《早春图》，绢本立轴、浅设色，纵158.3厘米、横108.1厘米，台北故宫博物院藏

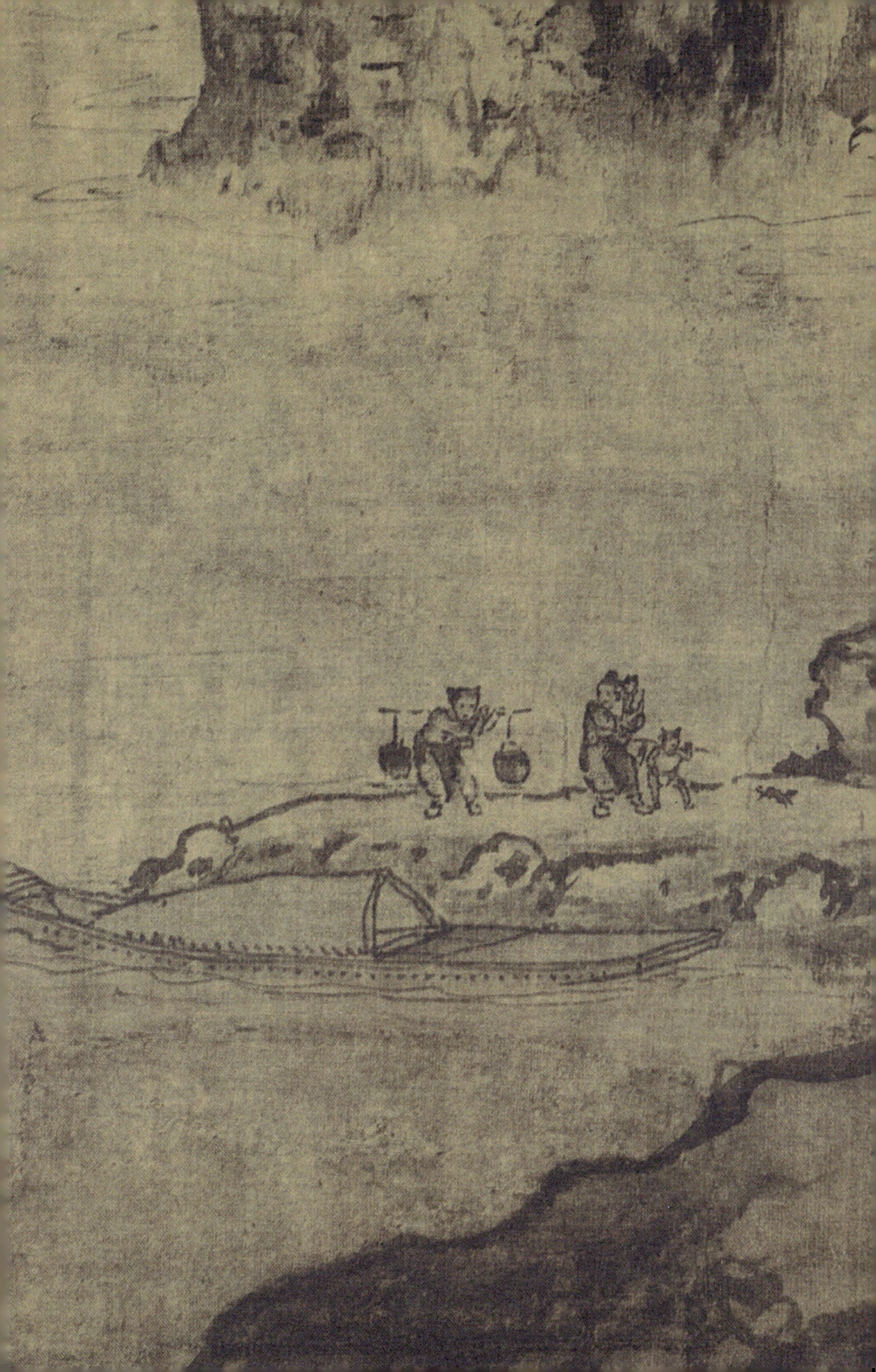

观郭熙《早春图》

冲融重晦拱高远,蟹爪卷云树石寒。
郁勃蒸腾气飞动,潺湲迸激水奔湍。
层层琳宇沐华曜,寂寂茅亭透碧峦。
山路逶迤波淡淡,打鱼朝圣各安安。

注释
1. 郭熙《林泉高致·山水训》:"山有三远:自山下而仰山颠谓之高远,自山前而窥山后谓之深远,自近山而望远山谓之平远。高远之色清明,深远之色重晦,平远之色有明有晦。高远之势突兀,深远之意重叠,平远之意冲融而缥缥缈缈。"
2. 蟹爪卷云树石寒:言其树用蟹爪法,石用卷云皴法。
3. 安安:《礼记·曲礼上》:"安安而能迁。"隋文帝杨坚《营建新都诏》:"今区宇宁一,阴阳顺序,安安以迁,勿怀胥怨。"

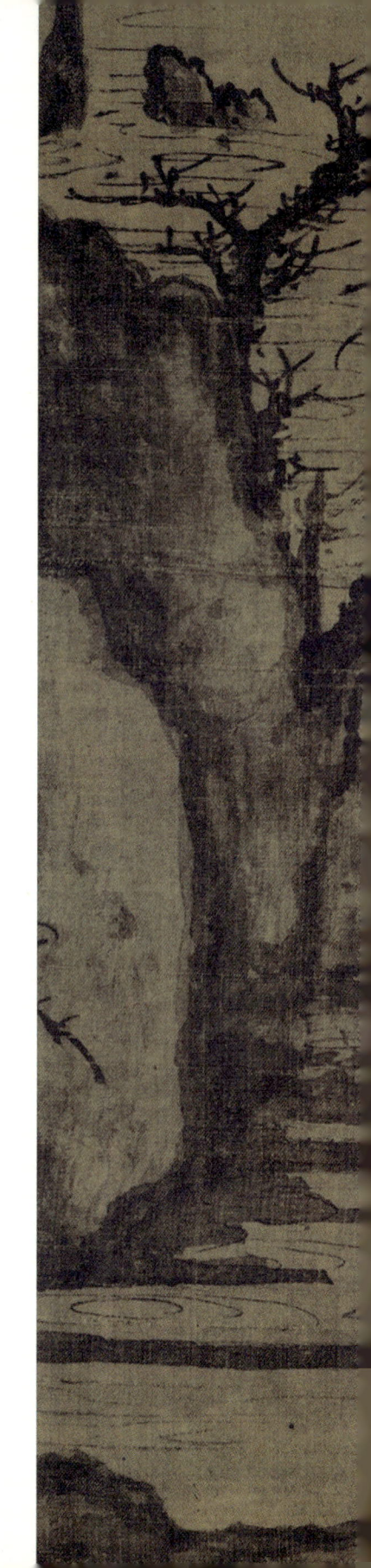

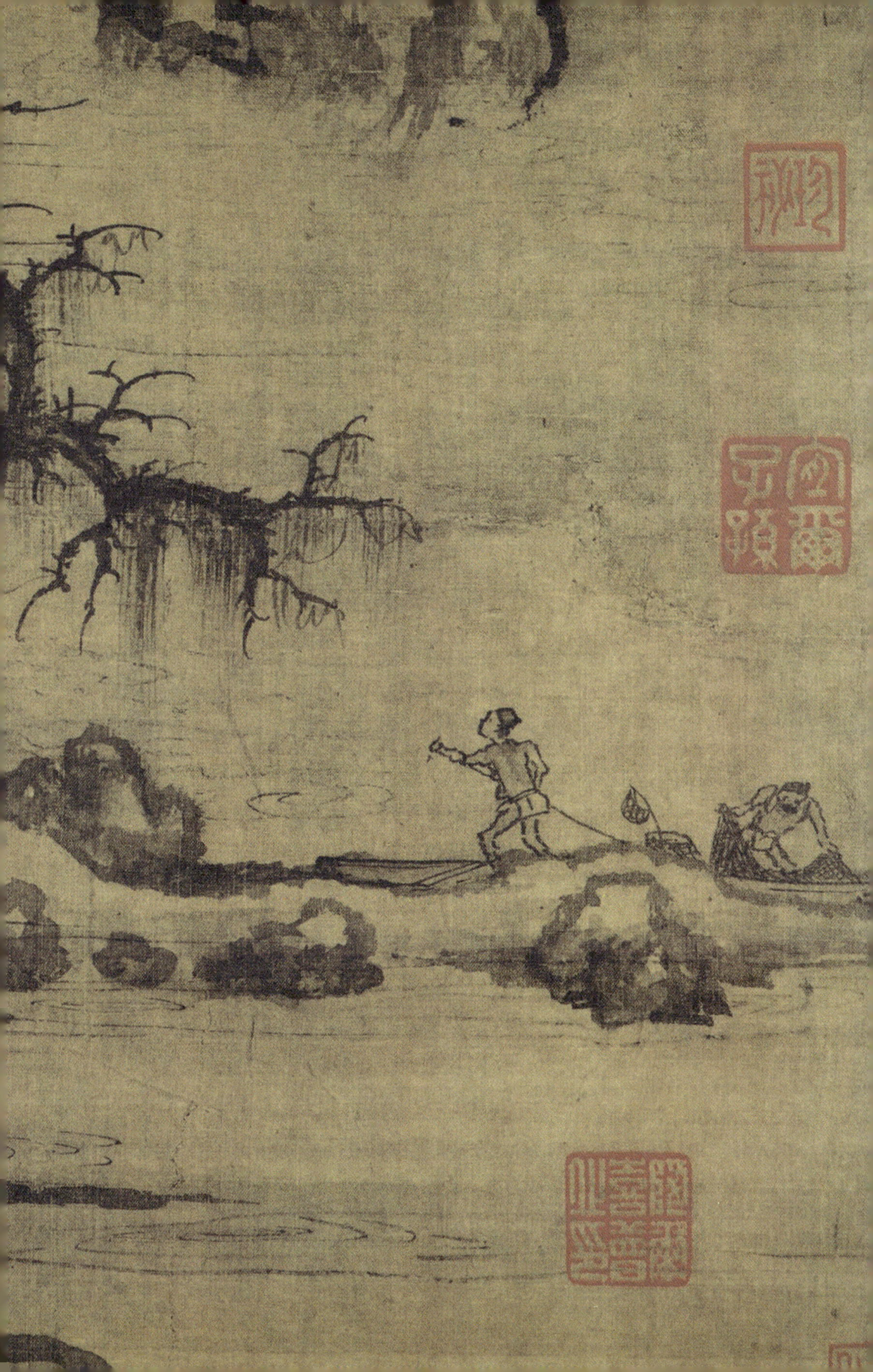

论宋徽宗

画家小传

宋徽宗（1082—1135），宋朝第八位皇帝，宋神宗第十一子、宋哲宗之弟。重要年号有政和、宣和等。设立画学，扩充翰林图画院，组织编撰《宣和书谱》、《宣和画谱》、《宣和博古图》等。创"瘦金（筋）"书体，是中国诗书画合璧艺术的主要创建者。存世有《瑞鹤图》、《祥龙石图》、《牡丹帖》、《秾芳诗帖》、《草书千字文》等。

载记选录

宋邓椿《画继》卷一"圣艺"："徽宗皇帝，天纵将圣，艺极于神。即位未几，因公宰奉清闲之宴，顾谓之曰：'朕万几余暇，别无他好，惟好画耳。'故秘府之藏，充牣填溢，百倍先朝。又取古今名人所画，上自曹弗兴，下至黄居寀，集为一百秩，列十四门，总一千五百件，名之曰《宣和睿览集》。盖前世图籍，未有如是之盛者也。于是圣鉴周悉，笔墨天成，妙体众形，兼备六法。独于翎毛，尤为注意。多以生漆点睛，隐然豆许，高出纸素，几欲活动，众史莫能也。政和初，尝写仙禽之形，凡二十，题曰《筠庄纵鹤图》。或戏上林，或饮太液。翔凤跃龙之形，警露舞风之态，引吭唳天，以极其思；刷羽清泉，以致其洁。并立而不争，独行而不倚，闲暇之格，清迥之姿，寓于缣素之上。各极其妙，而莫有同者焉。已而又制《奇峰散绮图》，意匠天成，工夺造化，妙外之趣，咫尺千里。其晴峦叠秀，则阆风群玉也；明霞纾彩，则天汉银潢也；飞观倚空，则仙人楼居也。至于祥光瑞气，浮动于缥缈之间，使览之者欲跨汗漫，登蓬瀛，飘飘焉，峣峣焉，若投六合而隘九州也。五年三月上巳，赐宰臣以下燕于琼林，侍从皆预。酒半，上遣中使持大盃劝饮，且以《龙翔池鸂鶒图》并题序宣示群臣。凡预燕者，皆起立环观，无不仰圣文，睹奎画，赞叹乎天下之至神至精也。其后以太平日久，诸福之物，可致之祥，凑无虚日，史不绝书。动物则赤乌、白鹊、天鹿、文禽之属，扰于禁御；植物则桧芝、珠莲、金柑、骈竹、瓜花、来禽之类，连理并蒂，不可胜纪。乃取其尤异者，凡十五种，写之丹青，亦目曰《宣和睿览册》。复有素馨、末利、天竺、娑罗，种种异产，究其方域，穷其性类，赋之于咏歌，载之于图绘，续为第二册。已而玉芝竞秀于宫闼，甘露宵零于紫筜。阳乌、丹兔、鹦鹉、雪鹰、越裳之雉，玉质皎洁，鸑鷟之雏，金色焕烂。六目七星，巢莲之龟；盘螭蟠凤，万岁之石。并干双叶，连理之蕉，亦十五物，作册第三。又凡所得纯白禽兽，一一写形，作册第四。增加不已，至累千册。各命辅臣题跋其后，实亦冠绝古今之美也。宣和四年三月辛酉，驾幸秘书省。讫事，御提举厅事，再宣三公、宰执、亲王、使相、从官观御府图画。既至，上起就书案，徙倚观之。左右发箧，出御书画。公宰、亲王、使相、执政，人各赐书画两轴。于是上顾蔡攸分赐从官以下，各得御画兼行书、草书一纸。又出祖宗御书，及宸笔所摸名画，如展子虔作《北齐文宣幸晋阳》等图。灵台郎奏辰正，宰执以下，逡巡而退。是时既恩许分赐，群臣皆断佩折巾以争先，帝为之笑。此君臣庆会，又非特币帛筐篚之厚也。始建五岳观，大集天下名手。应诏者数百人，咸使图之，多不称旨。自此之后，益兴画学，教育众工，如进士科，下题取士，复立博士，考其艺能。当是时，臣之先祖，适在政府，荐宋迪犹子子房，以当博士之选。是时子房笔墨，妙出一时，咸谓得人。所试之题，如野水无人渡，孤舟尽日横，自第二人以下，多系空舟岸侧，或拳鹭于舷间，或栖鸦于篷背，独魁则不然。画一舟人，卧于舟尾，横一孤笛，其意以为非无舟人，止无行人耳，且以见舟子之甚闲也。又如乱山藏古寺，魁则画荒山满幅，上出幡竿，以见藏意。余人乃露塔尖或鸱吻，往往有见殿堂者，则无复藏意矣。乱离后有画院旧史，流落于蜀者二三人，尝谓臣言：'某在院时，每旬日，蒙恩出御府图轴两匣，命中贵押送院，以示学人。仍责军令状，以防遗坠渍污。故一时作者，咸竭尽精力，以副上意。其后宝箓宫成，绘事皆出画院。上时时临幸，少不如意，即加漫垩，别令命思。虽训督如此，而众史以人品之限，所作多泥绳墨，未脱卑凡，殊乖圣王教育之意也。'"（人民美术出版社，2016，第1—6页）

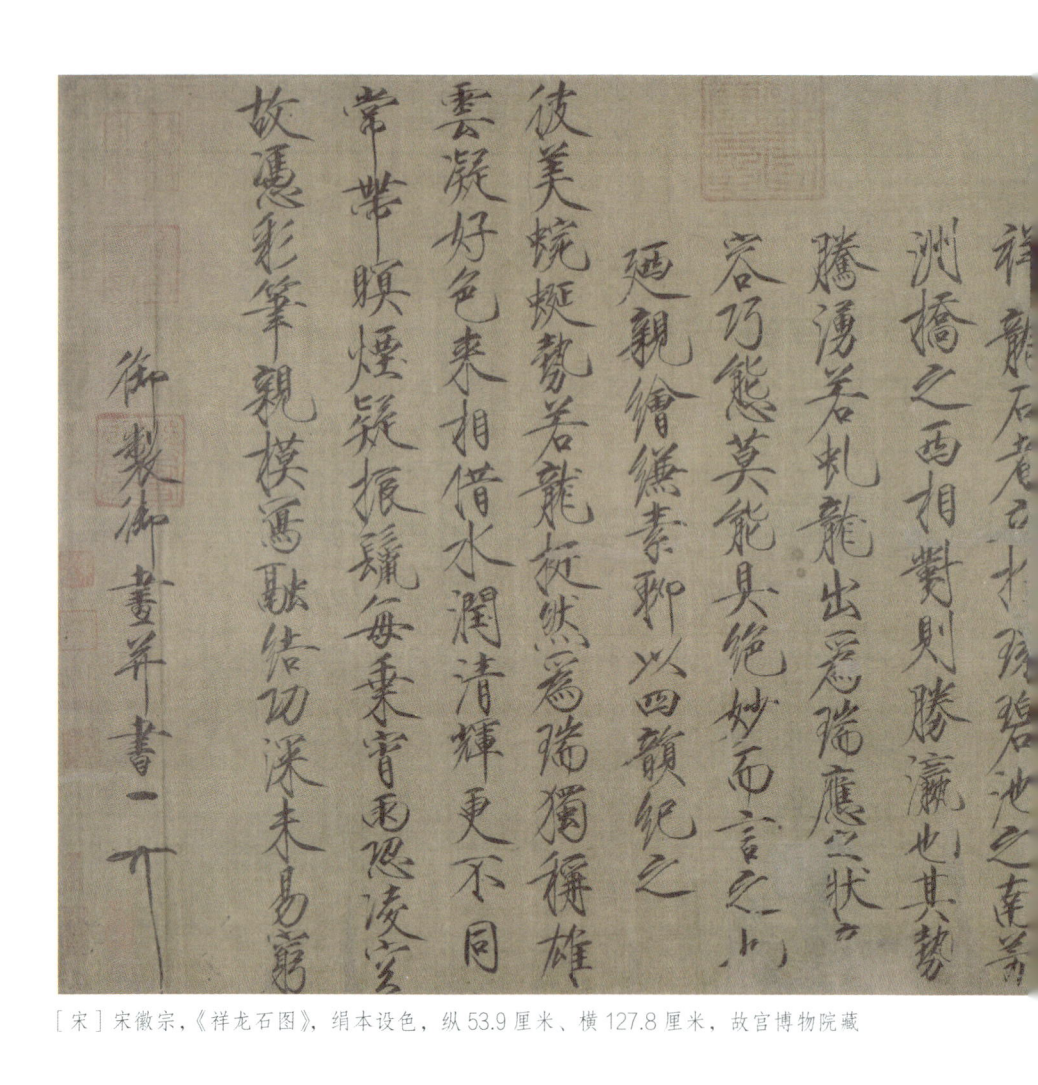

[宋]宋徽宗,《祥龙石图》,绢本设色,纵53.9厘米、横127.8厘米,故宫博物院藏

宋徽宗原题： 祥龙石者，立于环碧池之南，芳洲桥之西，相对则胜瀛也。其势腾涌若虬龙出，为瑞应之状，奇容巧态，莫能具绝妙而言之也。乃亲绘缣素，聊以四韵纪之。

彼美蜿蜒势若龙，挺然为瑞独称雄。云凝好色来相借，水润清辉更不同。常带暝烟疑振鬣，每乘宵雨恐凌空。故凭彩笔亲模写，融结功深未易穷。御制御画并书。天下一人。

观宋徽宗《祥龙石图》步其原题诗韵

环碧池南一瘦龙，太湖浪底昔称雄。

玲珑剔透云烟借，般礴恣睢寥廓同。

四月天寒惊振鬣，七年瑞应顿成空。

主人当日亲模写，孰料胡沙恨不穷。

注释

1. 环碧池南一瘦龙，太湖浪底昔称雄：观此祥龙石，当属太湖石。宋杜绾《云林石谱》卷上"太湖石"："平江府太湖石，产洞庭水中，性坚而润，有嵌空穿眼宛转险怪势。一种色白，一种色青而黑，一种微青。其质纹理纵横，笼络隐起，于石面遍多坳坎，盖因风浪冲激而成，谓之弹子窝。扣之微有声。采人携锤錾入深水中，颇艰辛。度其奇巧取凿，贯以巨索，浮大舟，设木架，绞而出之。其间稍有巉岩特势，则就加镌砻取巧，复沉水中，经久为风水冲刷，石理如生。此石最高有三五丈，低不踰十数尺，间有尺余。惟宜植立轩槛，装治假山，或罗列园林广树中，颇多伟观，鲜有小巧可置几案间者。"《渔阳公石谱》："（米）元章相石之法有四语焉：曰秀，曰瘦，曰皱，曰透。四者虽不尽石之美，亦庶几云。"
2. 般礴恣睢：广大自得也。《庄子·田子方》："宋元君将画图，众史皆至，受揖而立，舐笔和墨，在外者半。有一史后至者，儃儃然不趋，受揖不立，因之舍。公使人视之，则解衣般礴臝。君曰：'可矣，是真画者也。'"《庄子·大宗师》："夫尧既已黥汝以仁义，而劓汝以是非矣，汝将何以游夫遥荡恣睢转徙之涂乎？"
3. 四月天寒惊振鬣：此设想祥龙石在靖康之难中的遭遇。《宋史》卷二十三，《钦宗本纪》："（靖康二年）夏四月庚申朔，大风吹石折木。金人以帝及皇后、皇太子北归。凡法驾、卤簿、皇后以下车辂、卤簿、冠服、礼器、法物、大乐、教坊乐器、祭器、八宝、九鼎、圭璧、浑天仪、铜人、刻漏、古器、景灵宫供器、太清楼秘阁三馆书、天下州府图及官吏、内人、内侍、技艺、工匠、娼优、府库畜积，为之一空。辛酉，北风大起，苦寒。"
4. 七年瑞应顿成空：宋徽宗最后一个宣和年号，自1119年至1125年，合使用7年。《宋史》卷二十二，《徽宗本纪》："宣和元年春正月戊申朔，日下有五色云。壬子，进建安郡王枢为肃王，文安郡王杞为景王，并为太保。乙卯，诏：'佛改号大觉金仙，余为仙人、大士。僧为德士，易服饰，称姓氏。寺为宫，院为观。'改女冠为女道，尼为女德。""（宣和七年）

十二月乙巳，童贯自太原遁归京师。己酉，中山奏金人斡离不、粘罕分两道入攻。郭药师以燕山叛，北边诸郡皆陷。又陷忻、代等州，围太原府。太常少卿傅察奉使不屈，死之。丙辰，罢浙江诸路花石纲、延福宫、西城租课及内外制造局。金兵犯中山府，詹度御之。戊午，皇太子桓为开封牧。罢修蕃衍北宅，令诸皇子分居十位。己未，下诏罪己。令中外直言极谏，郡邑率师勤王，募草泽异才有能出奇计及使疆外者。罢道官，罢大晟府、行幸局；西城及诸局所管缗钱，尽付有司。以保和殿大学士宇文虚中为河北、河东路宣谕使。庚申，诏内禅，皇太子即皇帝位。"

5. 胡沙：宋徽宗被掳至北地，有《眼儿媚》词云："花城人去今萧索，春梦绕胡沙。家山何处，忍听羌管，吹彻梅花。"

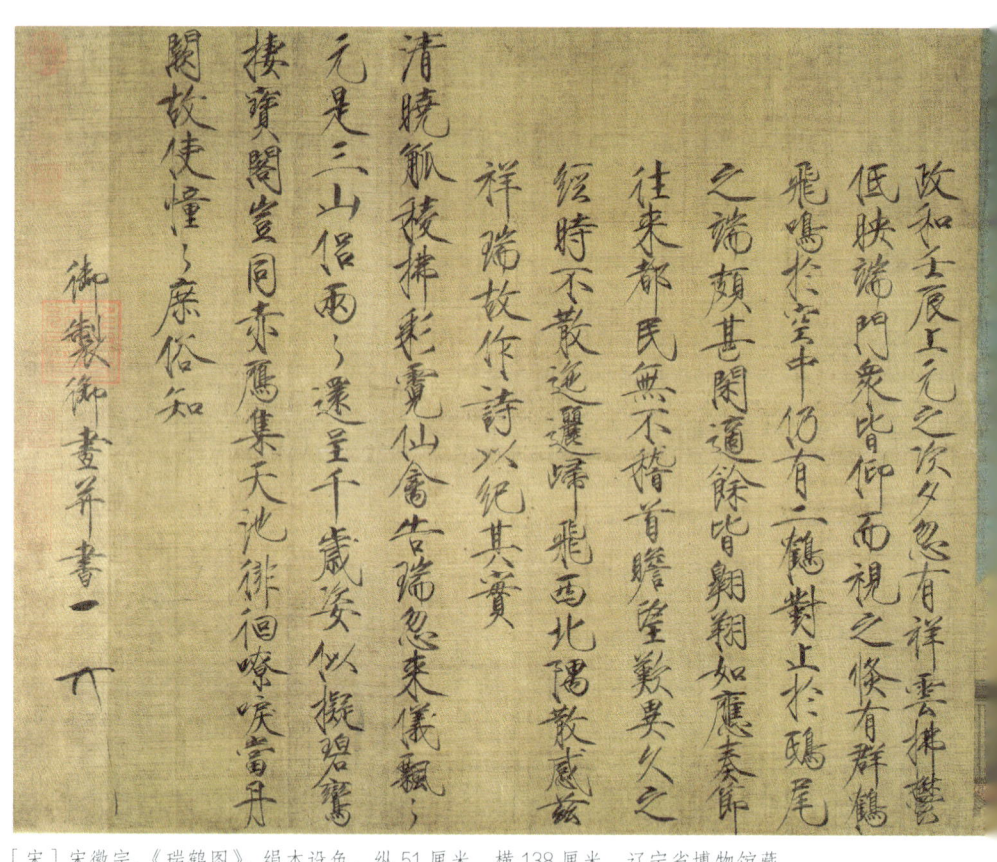

政和壬辰上元之次夕忽有祥雲拂鬱
低映端門眾皆仰而視之倏有群鶴
飛鳴於空中仍有二鶴對止於鴟尾
之端頗甚閑適餘皆翱翔如應奏節
往來都民無不稽首瞻望歎異久之
經時不散迤邐歸飛西北隅散愈玆
祥瑞故作詩以紀其實

清曉觚稜拂彩霓仙禽告瑞忽來儀飄飄
元是三山侶兩兩還呈千歲姿似擬碧鸞
棲寶閣豈同赤鴈集天池徘徊嘹唳當丹
闕故使憧憧庶俗知

御製御畫並書

[宋]宋徽宗,《瑞鶴圖》,絹本設色,縱51厘米、橫138厘米,遼寧省博物館藏

宋徽宗原题： 政和壬辰，上元之次夕，忽有祥云拂郁，低映端门，众皆仰而视之。倏有群鹤，飞鸣于空中，仍有二鹤对止于鸱尾之端，颇甚闲适，余皆翱翔，如应奏节。往来都民无不稽首瞻望叹异久之。经时不散，迤逦归飞西北隅散。感兹祥瑞，故作诗以纪其实。

清晓觚稜拂彩霓，仙禽告瑞忽来仪。飘飘元是三山侣，两两还呈千岁姿。似拟碧鸾栖宝阁，岂同赤雁集天池。徘徊嘹唳当丹阙，故使憧憧庶俗知。御制御画并书。天下一人。

观宋徽宗《瑞鹤图》步其原题诗韵

翼翼金甍浮彩霓，鹤仙二十恰来仪。
颉颃回舞云霞侣，飒沓扬鸣霜雪姿。
堪比徵清绕宝阁，更同鸾碧下神池。
何人封事补天阙，可叹君王宁不知。

注释

1. 堪比徵清：《韩非子·十过》："公曰：'清徵可得而闻乎？'师旷曰：'不可。古之听清徵者，皆有德义之君也。今吾君德薄，不足以听。'平公曰：'寡人之所好者音也，愿试听之。'师旷不得已，援琴而鼓。一奏之，有玄鹤二八，道南方来，集于郎门之垝。再奏之而列。三奏之，延颈而鸣，舒翼而舞，音中宫商之声，声闻于天。平公大说，坐者皆喜。平公提觞而起为师旷寿，反而问曰：'音莫悲于清徵乎？'师旷曰：'不如清角。'平公曰：'清角可得而闻乎？'师旷曰：'不可。昔者黄帝合鬼神于泰山之上，驾象车而六蛟龙，毕方并辖，蚩尤居前，风伯进扫，雨师洒道，虎狼在前，鬼神在后，腾蛇伏地，凤皇覆上，大合鬼神，作为清角。今主君德薄，不足听之。听之，将恐有败。'平公曰：'寡人老矣，所好者音也，愿遂听之。'师旷不得已而鼓之。一奏而有玄云从西北方起；再奏之，大风至，大雨随之，裂帷幕，破俎豆，隳廊瓦，坐者散走。平公恐惧，伏于廊室之间。晋国大旱，赤地三年。平公之身遂癃病。"
2. 鸾碧下神池：徽宗原题曰："似拟碧鸾栖宝阁，岂同赤雁集天池。"鸾为凤属，时有道乃现。《太平御览》卷九百一十六，羽族部三，"鸾"条，汇集多种记载，兹摘录数种：《春秋元命苞》曰："火离为鸾"；《春秋孔演图》曰："天子官守以贤举，则鸾在野"；《春秋运斗枢》曰："天枢得，则鸾鸟集"；《诗含神雾》曰："王者德化充塞，照洞八冥，则鸾臻"；《山海经》曰："女床之山有鸟言，其状如翟而五采以文，名曰鸾鸟。见则天下安宁"；《说文》曰："鸾者，神灵之精也。赤色，五采，鸡形，鸣中五音，颂声作则至"；《抱朴子》曰："《昆仑图》曰：鸾鸟似凤而白缨，闻乐则蹈节而舞，至则国安乐。"
3. 封事：密封之奏章。《汉书》卷八，《宣帝纪》："上始亲政事，又思报大将军功德，乃复使乐平侯山领尚书事，而令群臣得奏封事，以知下情。"南朝梁刘勰《文心雕龙·奏启》："自汉置八仪，密奏阴阳；皂囊封板，故曰封事。晁错受书，还上便宜。后代便宜，多附封事，慎机密也。夫王臣匪躬，必吐謇谔，事举人存，故无待泛说也。"

[宋]宋徽宗,《芙蓉锦鸡图》,绢本设色,纵81.5厘米、横53.6厘米,故宫博物院藏

宋徽宗原题： 秋劲拒霜盛，峨冠锦羽鸡。已知全五德，安逸胜凫鹥。宣和殿御制并书。天下一人。

观宋徽宗款《芙蓉锦鸡图》步其原题诗韵

霜重秋花盛，蝶轻逗羽鸡。

写来宣五德，灵沼待凫鹥。

注释
1. 灵沼：《诗经·大雅·灵台》："王在灵沼，于牣鱼跃。"
2. 凫鹥：《诗经·大雅·凫鹥》："凫鹥在泾，公尸来燕来宁。"

［宋］宋徽宗，《腊梅山禽图》，本设色，纵 82.8 厘米、横 52.8 米，台北故宫博物院藏

山禽矜逸態
梅粉弄輕柔
已有丹青約
千秋指白頭

宣和殿御製并書

宋徽宗原题： 山禽矜逸态，梅粉弄轻柔。已有丹青约，千秋指白头。宣和殿御制并书。天下一人。

观宋徽宗款《腊梅山禽图》步其原题诗韵

精工体物态，清靡动心柔。

写此丹青约，孔怀到白头。

注释

1. 孔怀：甚为思念。《诗经·小雅·常棣》："常棣之华，鄂不韡韡。凡今之人，莫如兄弟。死丧之威，兄弟孔怀。"

[宋]《文会图》，绢本设色，纵184.4厘米、横123.9厘米，台北故宫博物院藏

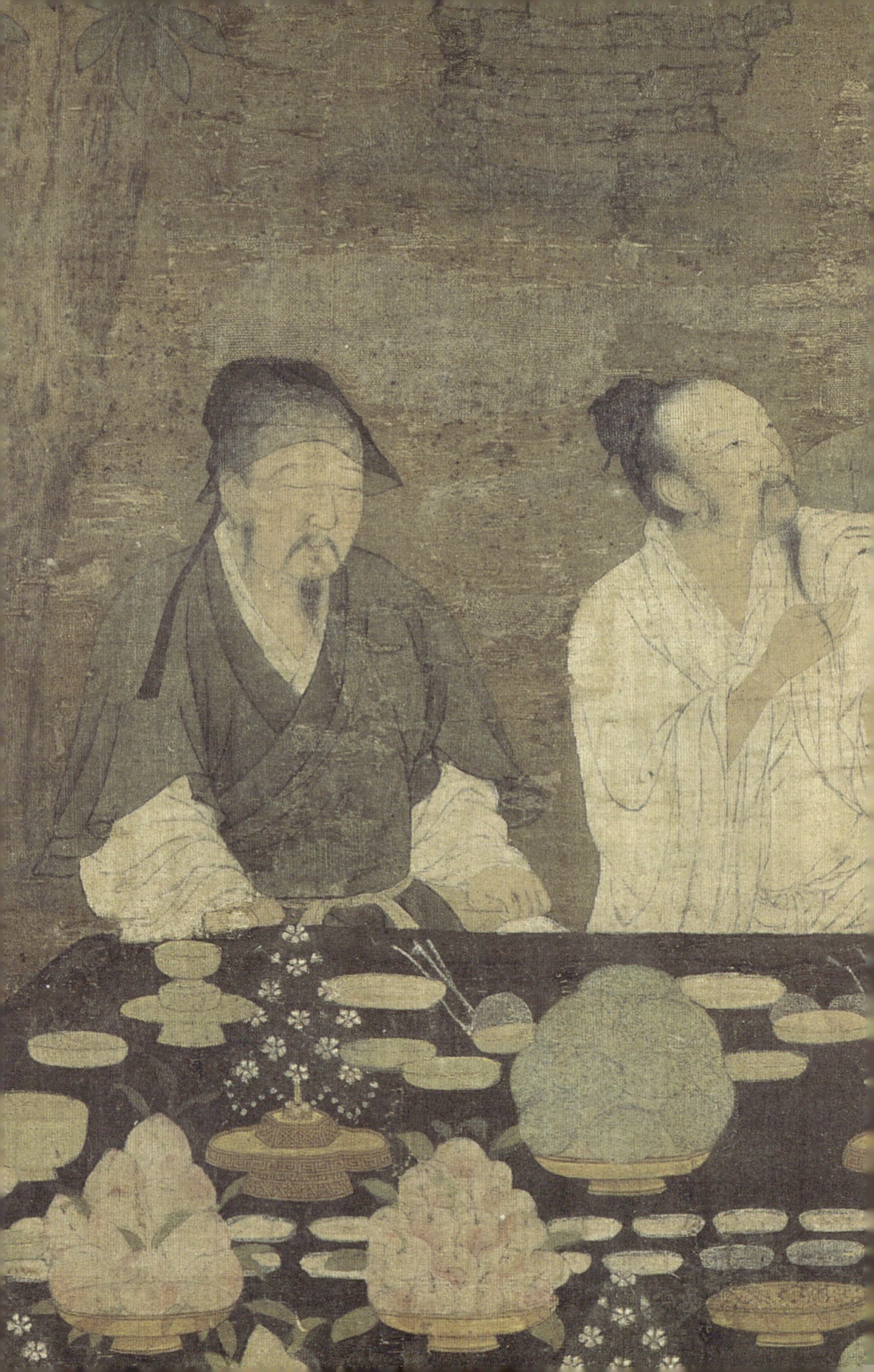

宋徽宗原题：儒林华国古今同，吟咏飞毫醒醉中。多士作新知入彀，画图犹喜见文雄。

蔡京原题：臣京谨依韵和进。明时不与有唐同，八表人归大道中。可笑当年十八士，经纶谁是出群雄。

观宋徽宗款《文会图》步其原题诗韵

侑茶檀板喜和同，清昼铺排华苑中。
宾主风流欣入彀，葛巾莫讶是文雄。

注释

1. 入彀：五代王定保《唐摭言》卷一："（唐太宗）尝私幸端门，见新进士缀行而出，喜曰：'天下英雄入吾彀中矣。'"

[宋]宋徽宗,《五色鹦鹉图》,绢本设色,纵53.3厘米、横125.1厘米,美国波士顿艺术博物馆藏

宋徽宗原题： 五色鹦鹉，来自岭表，养之禁御，驯服可爱，飞鸣自适，往来于苑囿间。方中春繁杏遍开，翔翥其上，雅诧容与，自有一种态度，纵目观之，宛胜图画，因赋是诗焉。天产乾皋此异禽，遐陬来贡九重深。体全五色非凡质，惠吐多言更好音。飞翥似怜毛羽贵，徘徊如饱稻梁心。缃膺绀趾诚端雅，为赋新篇步武吟。御制御画并书。天下一人。

观宋徽宗《五色鹦鹉图》步其原题诗韵

繁杏夭斜栖美禽，羽毛五色意沉深。
目睛点漆脱凡质，嘴喙弯弓吐妙音。
蕴藉颇谙抱冲贵，聪明能识起机心。
合于火德多闲雅，天子宣和宜咏吟。

注释

1. 乾皋：鹦鹉别名。《初学记》卷三十，"鹦鹉第八"："《广州记》曰：'根杜出五色鹦䴉，曾见其白者，大如母鸡。'《南方异物志》曰：'鹦鹉有三种，青大如乌臼，一种白大如鸱鸮，一种五色。大于青者，交州巴南尽有之，及五色，出杜薄州。'"《白氏六帖》卷二十九，"鹦鹉第七"："乾皋，一名云云。"宋陆佃《埤雅》卷八，"释鸟"，"凤"："（师旷《禽经》）又曰：'乾皋断舌则坐歌，孔雀拍尾则立舞。'"

2. 抱冲：《老子·第四章》："道冲，而用之久不盈。"唐韦应物《与韩库部会王祠曹宅作》："守默共无吝，抱冲俱寡营。"

3. 机心：《列子·黄帝》："海上之人有好沤鸟者，每旦之海上从沤鸟游，沤鸟之至者，百住而不止。其父曰：'吾闻沤鸟皆从汝游，汝取来，吾玩之。'明日之海上，沤鸟舞而不下也。"

4. 合于火德：汉祢衡《鹦鹉赋》："惟西域之灵鸟兮，挺自然之奇姿。体金精之妙质兮，合火德之明辉。性辩慧而能言兮，才聪明以识机。"

论苏汉臣

画家小传

苏汉臣（1094—1172），东京（今河南开封）人。北宋徽宗宣和间任画院待诏，南宋高宗绍兴年间复职，南宋孝宗隆兴初年任承信郎。擅释道人物，尤以婴戏图驰名。

载记选录

元夏文彦《图绘宝鉴》卷四："苏汉臣，开封人，宣和画院待诏，师刘宗古，工画释道人物臻妙，尤善婴儿。绍兴间复官，孝宗隆兴初，画佛像称旨，补承信郎。其子焯能世其学，隆兴画院待诏。"（丛书集成初编本，第67页）

[宋]苏汉臣,《妆靓仕女图》,绢本设色,纵25.2厘米、横25.7厘米,美国波士顿艺术博物馆藏

观苏汉臣《靓妆仕女图》

暂移陈设出深闺，
自照菱花自画眉。
漫惜凌波与疏影，
眼前小玉总无知。

注释
1. 漫惜：空惜，莫惜。

观苏汉臣《秋庭戏婴图》

烂漫秋花竞白红，
戏推枣磨锦衣童。
岩岩一柱非矜诩，
亘古绵绵石祖风。

注释
1. 推枣磨：一种儿童游戏，如图所状。

［宋］苏汉臣，《秋庭戏婴图》，绢本设色，纵197.5厘米、横108.7厘米，台北故宫博物院藏

论李唐

画家小传

李唐（1066—1150），字晞古，河阳三城（今河南孟州）人。宋徽宗时入画院。南渡后授成忠郎画院待诏。擅山水人物，尤以画牛著称。创大斧劈皴，开南宋水墨苍劲先河，为"南宋四家"之首。

载记选录

宋邓椿《画继》卷六："李唐，河阳人。乱离后至临安，年已八十，光尧极喜其山水。"（人民美术出版社，2016，第84页）

元庄肃《画继补遗》卷下："李唐，字晞古，河南人。宋徽宗朝曾补入画院，高宗时在康邸，唐尝获趋事。建炎南渡，中原扰攘，唐遂渡江如杭。夤缘得幸高宗，仍入画院。善作山水人物，最工画牛。予家旧有唐画《胡笳十八拍》，高宗亲书刘商辞，每拍留空绢，俾唐图画。亦尝见高宗称题唐画《晋文公复国图》横卷，有以见高宗雅爱唐画也。"（人民美术出版社，2016，第8页）

元夏文彦《图绘宝鉴》卷四："李唐，字晞古，河阳三城人。徽宗朝曾补入画院，建炎间太尉邵渊荐之，奉旨授成忠郎，画院待诏，赐金带，时年近八十。善画山水人物，笔意不已，尤工画牛，高宗雅爱之，尝题《长夏江寺》卷上云：'李唐可比唐李思训。'"（丛书集成初编本，第67页）

[宋]李唐,《万壑松风图》,立轴,绢本设色,纵187.5厘米、横138.7厘米,台北故宫博物院藏

李唐原题： 皇宋宣和甲辰春河阳李唐笔。

观李唐《万壑松风图》（古体）

何得三生眼，一见惊春容。

岩骨如斫铁，岩顶矗万松。

奔腾应碧涧，寂寞待霜钟。

日色转朝暮，行云遏几重。

注释

1. 春容：谓撞钟之成声悠扬洪亮。《礼记·学记》："善待问者如撞钟，叩之以小者则小鸣，叩之以大者则大鸣，待其从容，然后尽其声。不善答问者反此。"汉郑玄注曰："春容，谓重撞击也，始者一声而已，学者既开其端意，进而复问，乃极说之，如撞钟之成声矣。"唐张说《山夜闻钟》："前声既春容，后声复晃盪。"唐韩愈《送权秀才序》："其文辞引物连类，穷情尽变，宫商相宣，金石谐和，寂寥乎短章，春容乎大篇。"
2. 霜钟：唐乔潭《霜钟赋序》："南阳有丰山，山有钟，霜降则鸣，斯气感而应也。"

[宋]李唐,《采薇图》,绢本设色,纵27.2厘米、横89.6厘米,故宫博物院藏

李唐原题: 河阳李唐画伯夷叔齐。

观李唐《采薇图》步夷齐《采薇歌》韵(古体)

渺渺首阳兮,可采薇矣。

天何纵暴兮,圣知其非矣。

大道有常终不没兮,矢死与归矣。

日月徂兮,名无衰矣。

注释

1.《采薇歌》：汉司马迁《史记》卷六十一，《伯夷列传》："伯夷、叔齐，孤竹君之二子也。父欲立叔齐，及父卒，叔齐让伯夷。伯夷曰：'父命也。'遂逃去。叔齐亦不肯立而逃之。国人立其中子。于是伯夷、叔齐闻西伯昌善养老，盍往归焉。及至，西伯卒，武王载木主，号为文王，东伐纣。伯夷、叔齐叩马而谏曰：'父死不葬，爰及干戈，可谓孝乎？以臣弑君，可谓仁乎？'左右欲兵之。太公曰：'此义人也。'扶而去之。武王已平殷乱，天下宗周，而伯夷、叔齐耻之，义不食周粟，隐于首阳山，采薇而食之。及饿且死，作歌，其辞曰：'登彼西山兮，采其薇矣。以暴易暴兮，不知其非矣。神农虞夏忽焉没兮，我安适归矣？于嗟徂兮，命之衰矣！'遂饿死于首阳山。"

2. 圣知其非：言伯夷、叔齐圣明，早知是非。

3. 矢死与归：誓死与道同归。

4. 日月徂兮：岁月流逝。徂，往也。

论扬无咎

画家小传

扬无咎（1097—1171），字补之。自号逃禅老人、清夷长者、紫阳居士。临江清江（今江西樟树市）人，寓居洪州南昌。诗词书画兼工。有《逃禅词》。尤擅墨梅。

载记选录

宋邓椿《画继》卷四："扬补之，字无咎，洪州人。长于水墨人物，祖伯时。今年七十矣，自号逃禅老人。"（人民美术出版社，2016，第52页）

元夏文彦《图绘宝鉴》卷四："扬补之，字无咎，号逃禅老人，南昌人也。祖汉子云。其书从才，不从木。高宗朝以不直秦桧，累征不起。又自号清夷长者。水墨人物学李伯石。梅竹松石水仙笔法清淡闲野，为世一绝。"（丛书集成初编本，第62页）

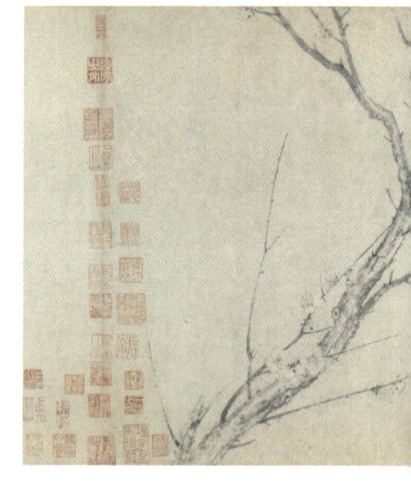

[宋]扬无咎，《四梅图》，纸本水墨，纵37厘米、横357.8厘米，故宫博物院藏

扬无咎原题： 渐近青春，试寻红璊，经年疏隔。小立风前，恍然初见，情如相识。为伊只欲颠狂，犹自把、芳心爱惜。传语东君，乞怜愁寂，不须要勒。

嫩蕊商量。无穷幽思，如对新妆。粉面微红，檀唇羞启，忍笑含香。休将春色包藏。抵死地、教人断肠。莫待开残，却随明月，走上回廊。

粉墙斜搭。被伊勾引，不忘时霎。一夜幽香，恼人无寐，可堪开匣。晓来起看芳丛，只怕里、危梢欲压。折向胆瓶，移归芸阁，休薰金鸭。

目断南枝。几回吟绕，长怨开迟。雨浥风欺，雪侵霜妒，却恨离披。欲调商鼎如期。可奈向、骚人自悲。赖有毫端，幻成冰彩，长似芳时。

范端伯要余画梅四枝：一未开、一欲开、一盛开、一将残，仍各赋词一首。画可信笔，词难命意，却之不从，勉徇其请。予旧有《柳梢青》十首，亦因梅所作，今再用此声调，盖近时喜唱此曲故也。端伯奕世勋臣之家，了无膏粱气味，而胸次洒落，笔端敏捷，观其好尚如许，不问可知其人也。要须亦作四篇，共夸此画，庶几衰朽之人，托以俱不泯尔。乾道元年七夕前一日癸丑，丁丑人扬无咎补之书于预（豫）章武宁僧舍。

元柯九思跋：

追和前韵

懊恨春初，飘零月下，轻离轻隔。重醞梨云，乍舒树眼，羞人曾识。已堪索笑巡簷，早准备、怜怜惜惜。莫是溪桥，才先开却，试驰金勒。（右未开）

姑射论量。渐消冰雪，重试梳妆。欲吐芳心，还羞素脸，犹吝清香。此情到底难藏。悄默默、相思寸肠。月转更深，凌寒等待，更倚西廊。（右欲开）

翠苔轻搭。南枝逗暖，乍收微霎。乱插繁花，快张华宴，绕花千匝。玉堂无限风流，但只欠、些儿雪压。任选一枝，折归相伴，绣屏花鸭。（右盛开）

琼散残枝。点窗款款，度竹迟迟。欲诉芳情，笛中曾听，画里重披。春移别树相期，渐老去、何须苦悲。人日酣春，脸霞渍晓，须记当时。（右将残）

补之词翰，称妙一代。此卷尤佳。其《柳梢青》四词，可以想像当时风致，勉强续貂，以贻好事。丹邱柯九思书于云容阁，至正元年冬十有一月日南至也。

观扬无咎《四梅图》步其原题词韵（四首）

未开

万代恒春，盈盈冰瑂，何来疏隔。伫立屏前，重逢初见，倩谁分识。古来多少痴狂，犹不改、檀心自惜。说与东君，也怜愁寂，忘却钩勒。

欲开

休说珠量，无言凝思，如怯催妆。宝靥斜红，瓠犀羞启，不用韩香。风华绰约难藏。轻易地、牵人断肠。为怕花残，早乘凉月，步入回廊。

盛开

日光斜搭，春风满引，闹攘时霎。月色笼香，可人无寐，尽绕周匝。一枝敧出珍丛，似乞为、浓梢减压。供奉经瓶，兴余兰阁，漫收铜鸭。

将残

疏影横枝，梦魂长绕，翠翘鸣迟。洒落风欷，俾倪霜妒，缀玉纷披。一夜风笛如期。怎奈向、飘零怨悲。幸有毫端，传神留彩，长在嘉时。

注释

1. 瑂：玉器也，又同"蕾"。
2. 珠量：唐刘恂《岭表录异》卷上："白州有一派水，出自双水山，合容州江，呼为绿珠井，在双角山下，昔梁氏之女有容貌，石季伦为交趾采访使，以真珠三斛买之。"
3. 韩香：《世说新语·惑溺》："后会诸吏，闻（韩）寿有奇香之气，是外国所贡，一著人则历月不歇。（贾）充计武帝唯赐己及陈骞，余家无此香。"
4. 分识：此指分别识，即佛学所言之第六识也。
5. 经瓶：即梅瓶。
6. 铜鸭：铜制鸭形香炉。

论马远

画家小传

马远（1140—1225），字遥父，号钦山，河中（今山西永济）人，生于钱塘（今浙江杭州）。出身绘画世家，南宋光宗、宁宗两朝画院待诏。喜作边角小景，世称"马一角"，与夏珪并称"马夏"，又与李唐、刘松年、夏珪并称"南宋四家"，为南宋水墨苍劲一派代表人物。

载记选录

元庄肃《画继补遗》卷下："马远，即马兴祖之后，充图画院祗候。家传杂画，然花鸟则庶几，其所画山水人物，未敢许耳。"（人民美术出版社，2016，第13页）

元庄肃《画继补遗》卷下："马兴祖，河中人，贲之裔孙，绍兴间随朝画手，工花鸟杂画。高宗驻跸钱唐，每获名踪卷轴，多令辨验。"（人民美术出版社，2016，第10页）

元夏文彦《图绘宝鉴》卷四："马远，兴祖孙，世荣子，画山水人物花禽，种种臻妙，院人中独步也，光、宁朝画院待诏。"（丛书集成初编本，第69页）

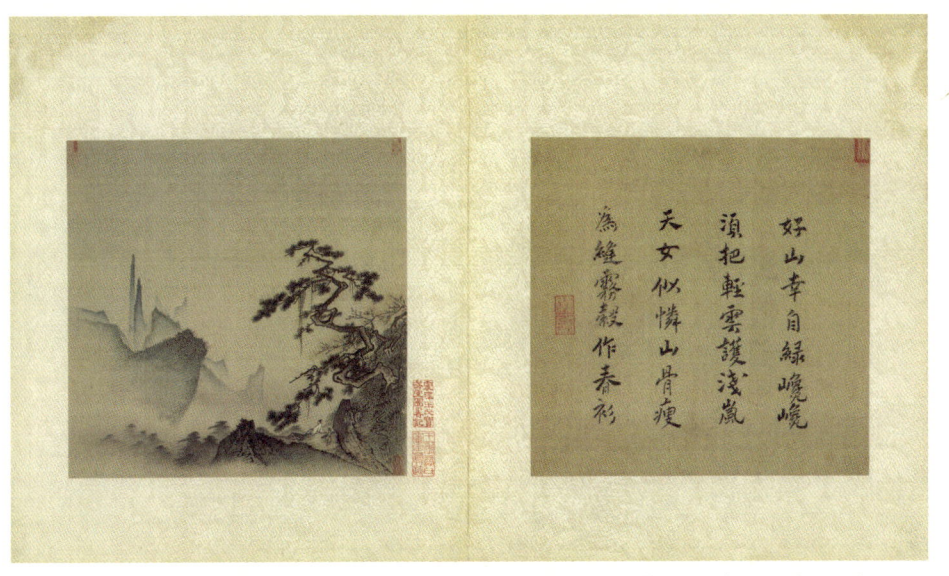

[宋]马远，《宋帝命题册》其一，册页，绢本设色，纵27厘米、横28厘米，王季迁旧藏

原题杨万里《岭云》诗：好山幸自绿巉巉，须把轻云护浅岚。天女似怜山骨瘦，为缝雾縠作春衫。

观《宋帝命题册》之一步原题杨万里《岭云》韵

深宫幸自对巉巉，坐见春晴散晓岚。

可爱人山同个瘦，一时同著薄春衫。

注释

1. 深宫幸自对巉巉：此言南宋皇城大内，位于凤凰山东麓。巉巉，山高峻貌。
2. 同个：同一个，同样。宋杨万里《拒霜花》："木叶何似水芙蕖，同个声名各自都。"
3. 薄春衫：唐韦庄《菩萨蛮》："当时年少春衫薄。"

[宋]马远，《宋帝命题册》其二，册页，绢本设色，纵27厘米、横28厘米，王季迁旧藏

原题陈与义《观雪》诗： 无住庵前境界新，琼楼玉宇总无尘。开门倚杖移时立，我是人间富贵人。

观《宋帝命题册》之二步原题陈与义《观雪》韵

雪霁眼前光景新，蓦然坐地脱红尘。
侍童不解悄然立，谁是惺惺惜我人。

注释

1.坐地：就地，立刻。
2.红尘：人间。

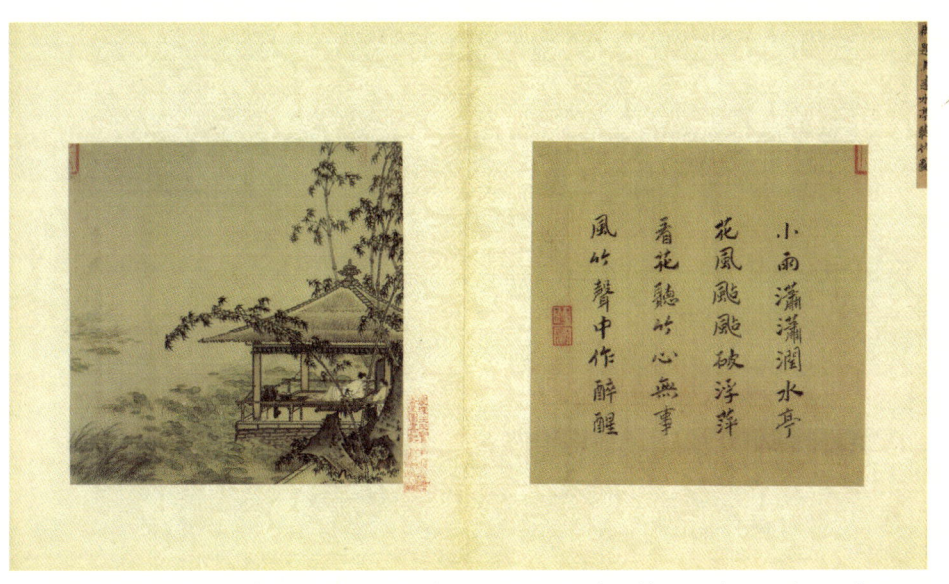

[宋]马远，《宋帝命题册》其三，册页，绢本设色，纵27厘米、横28厘米，王季迁旧藏

原题王安石《杂咏五首》其五：小雨潇潇润水亭，花风飐飐破浮萍。看花听竹心无事，风竹声中作醉醒。

观《宋帝命题册》之三步原题王安石《杂咏五首》其五韵

落幕垂帘湿小亭，抛珠碎玉飐浮萍。
绸缪活泼无多事，清供主人浓睡醒。

注释
1. 落幕垂帘湿小亭，抛珠碎玉飐浮萍：此言小雨。
2. 清供：供清玩。宋胡仲参《游山中》："林泉有分酬清供，瓶锡无人伴此闲。"

[宋]马远,《宋帝命题册》其四,册页,绢本设色,纵27厘米、横28厘米,王季迁旧藏

原题李石《扇子诗》:黄金坐拥拂衣红,风动荷花香动风。鼻观浮香谁领会,姮娥夜泊水晶宫。

观《宋帝命题册》之四步原题李石《扇子诗》韵

玲珑池上映波红,放送清香破暑风。

若得鼻端细领会,心开直上玉蟾宫。

注释

1. 玲珑池上映波红:此言荷花。
2. 玉蟾宫:月宫。唐李咸用《春风》:"年年三十骑,飘入玉蟾宫。"

[宋]马远,《宋帝命题册》其五,册页,绢本设色,纵27厘米、横28厘米,王季迁旧藏

原题邵雍《和王规甫司勋见赠》： 何止千年与万年,岁寒松桂独依然。若无杨子天人学,安有庄生内外篇。

观《宋帝命题册》之五步原题邵雍《和王规甫司勋见赠》韵

松寿千年柏万年,安时处顺自巍然。

杨朱贵己无人学,庄子颇传内外篇。

注释

1. 安时处顺：《庄子·内篇·大宗师》："安时而处顺,哀乐不能入也。"
2. 杨朱：战国时道家代表人物,创杨朱学派,倡"贵己"、"为我"。
3. 庄子颇传内外篇：言庄子亦颇重养生达性,《庄子》有《内篇》、《外篇》与《杂篇》。

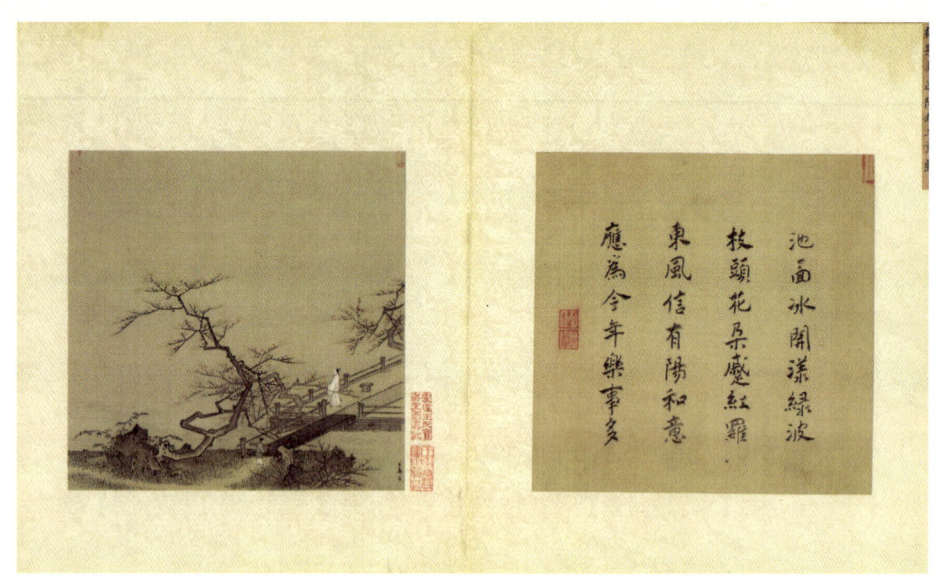

[宋]马远，《宋帝命题册》其六，册页，绢本设色，纵27厘米、横28厘米，王季迁旧藏

原题宋徽宗《宫词》：池面冰开漾绿波，枝头花朵蹙红罗。东风信有阳和意，应为今年乐事多。

观《宋帝命题册》之六步原题宋徽宗《宫词》韵

池上冰澌能伏波，枝头梅朵压甘罗。

春莺频啭非无意，急报官家好事多。

注释

1. 能伏波：此言冰澌浮于波上。伏波，古将军名号。如西汉路博德、东汉马援均受封伏波将军。
2. 压甘罗：此言梅花开早。甘罗：秦有甘罗，十二岁拜上卿。《史记》卷七十一，《甘茂传》："甘茂有孙曰甘罗。甘罗者，甘茂孙也。茂既死后，甘罗年十二，事秦相文信侯吕不韦。……甘罗还报秦，乃封甘罗以为上卿，复以始甘茂田宅赐之。太史公曰：……甘罗年少，然出一奇计，声称后世。虽非笃行之君子，然亦战国之策士也。"

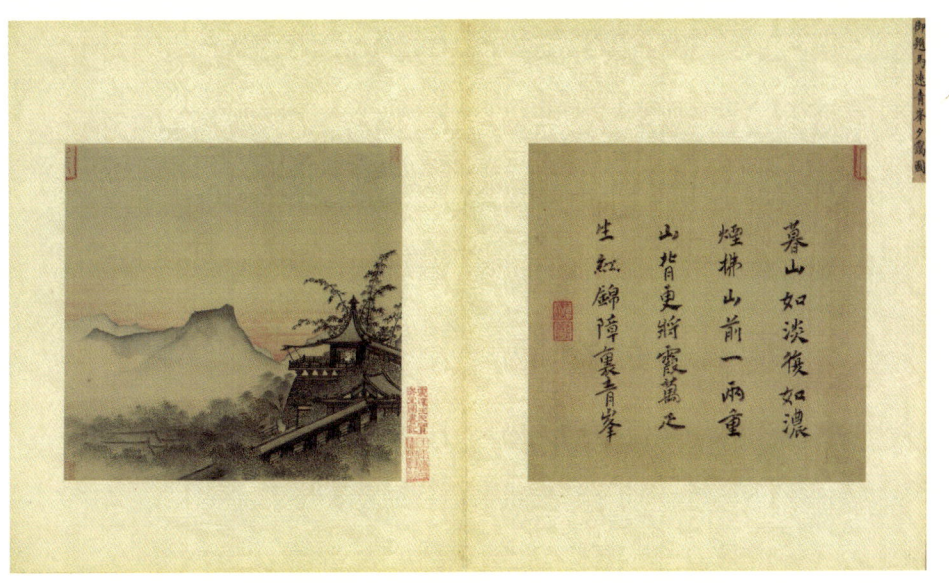

[宋]马远，《宋帝命题册》其七，册页，绢本设色，纵27厘米、横28厘米，王季迁旧藏

原题杨万里《晚登连天观望越台山》：暮山如淡复如浓，烟拂山前一两重。山背更将霞万疋，生红锦障裏青峰。

观《宋帝命题册》之七步原题杨万里《晚登连天观望越台山》韵

暮云缱绻淡复浓，青嶂嵯峨三两重。

山外红霞高万丈，苍茫不见天竺峰。

注释

1.天竺峰：在杭州西湖西，为西湖群山之主峰。天竺，古代中国对印度次大陆的统称。《后汉书》卷八十八，《西域传》："天竺国一名身毒。在月氏之东南数千里，俗与月氏同，而卑湿暑热。"

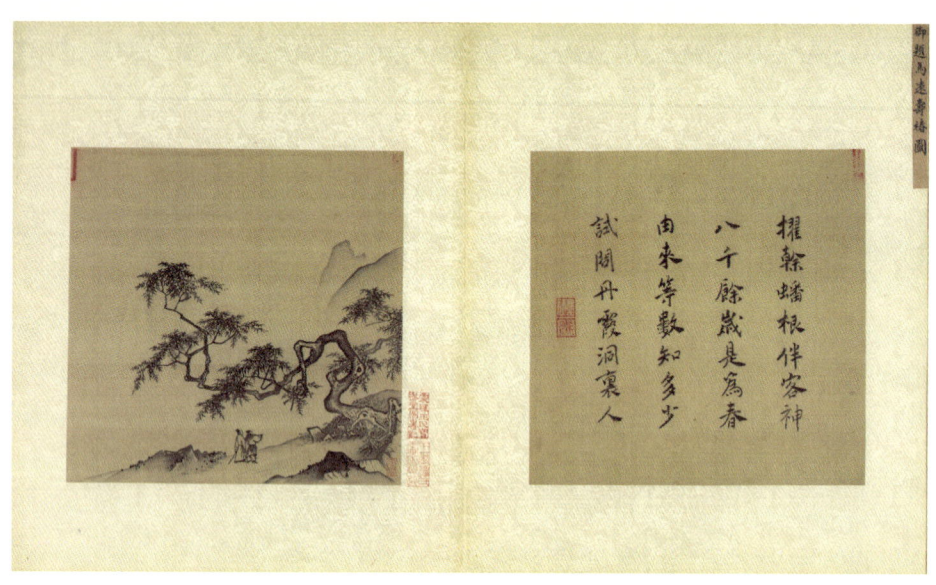

[宋]马远，《宋帝命题册》其八，册页，绢本设色，纵27厘米、横28厘米，王季迁旧藏

原题宋祁《大椿》： 擢干蟠根伴客神，八千余岁是为春。由来等数知多少，试问丹霞洞里人。

观《宋帝命题册》之八步原题宋祁《大椿》韵

无用逍遥不羡神，命长百世始为春。
椿龄究竟能多少，知者定非洴澼人。

注释
1. 洴澼：漂洗。《庄子·逍遥游》："宋人有善为不龟手之药者，世世以洴澼絖为事。"

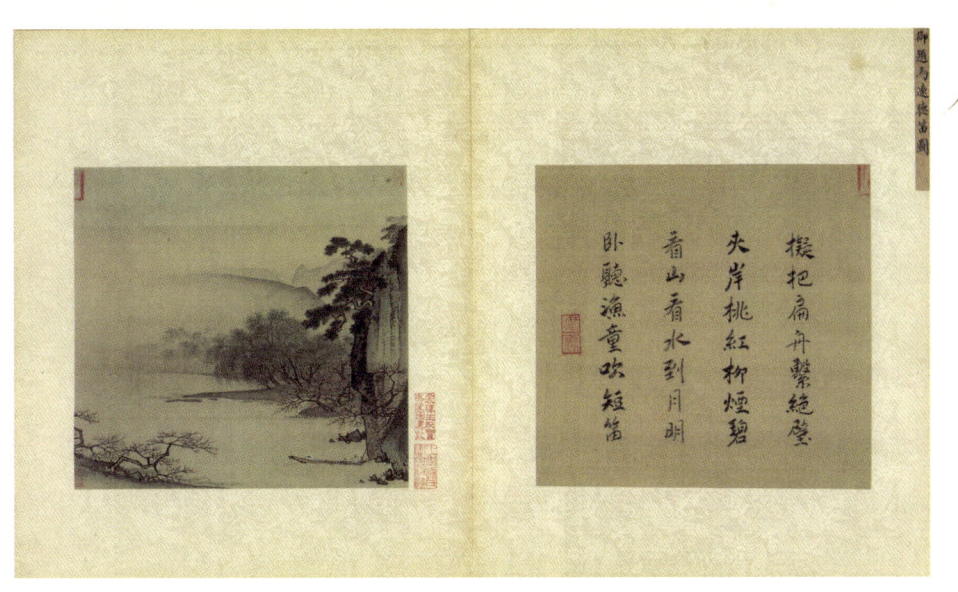

[宋]马远，《宋帝命题册》其九，册页，绢本设色，纵27厘米、横28厘米，王季迁旧藏

原题范成大《涪溪道中》： 拟把扁舟系绝壁，夹岸桃红柳烟碧。看山看水到月明，卧听渔童吹短笛。

观《宋帝命题册》之九步原题范成大《涪溪道中》韵（古体）

系缆渊洄临绝壁，仿佛桃源烟水碧。

偏怜一角触目明，且听松涛且听笛。

注释

1. 系缆：停舟。
2. 一角触目明：言此图"一角"式构图，水面格外空明。

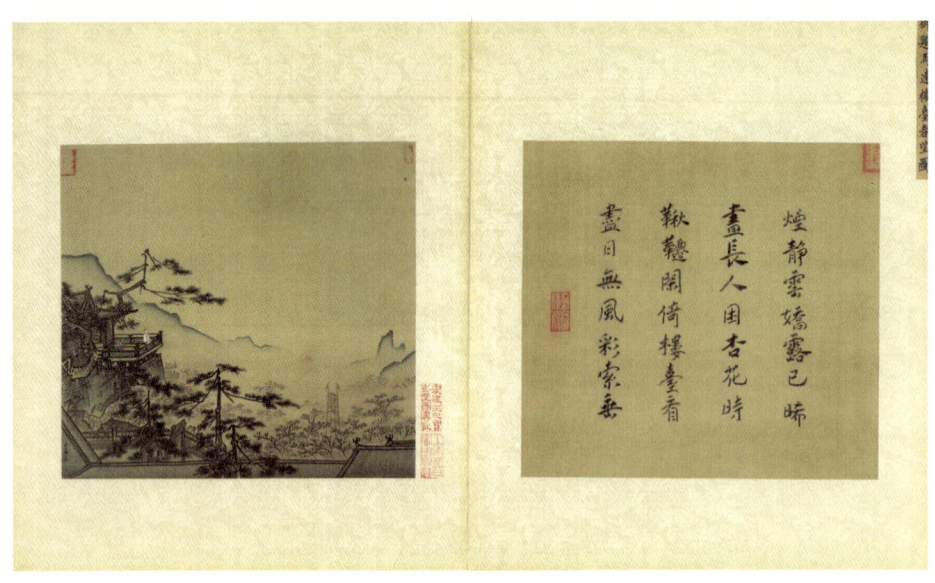

[宋]马远,《宋帝命题册》其十,册页,绢本设色,纵 27 厘米、横 28 厘米,王季迁旧藏

原题宋徽宗《宫词》:烟静云娇露已晞,昼长人困杏花时。鞦韆闲倚楼台看,尽日无风彩索垂。

观《宋帝命题册》之十步原题宋徽宗《宫词》韵

日暖昼长花露晞,又逢春困奈何时。

谓予不信登楼看,若个鞦韆不静垂。

注释

1.谓予不信:如果以我言不可信。《诗经·王风·大车》:"谓予不信,有如皦日。"

[宋] 马远，《江亭望雁》，绢本水墨，纵 23 厘米、横 23 厘米，台北故宫博物院藏

观马远《江亭望雁图》

叠叠青山隐翠微，翩翩渔棹趁晴晖。
如何最是凝眸处，鸿雁高高向北飞。

注释

1. 如何：奈何，若何。
2. 凝眸处：宋李清照《凤凰台上忆吹箫》："应念我、终日凝眸。凝眸处，从今更数，几段新愁。"
3. 鸿雁高高向北飞：唐杜甫《归雁》："肠断江城雁，高高正北飞。"

古朗月行——中国古代名画观咏

观马远《梅石溪凫图》

拖枝崖壁暗香浓,影落春江凫鸭从。
中有一雏最堪笑,伏蹲母背意憧憧。

注释
1. 拖枝:马远画树常作曲屈倒挂状,故有"拖枝马远"之谓。明汪砢玉《珊瑚网》卷二十四,"树枝四等":"丁香,范宽。雀爪,郭熙。火焰,李遵道。拖枝,马远。"

[宋]马远,《梅石溪凫图》,绢本,纵26.7厘米、横28.6厘米,故宫博物院藏

论夏珪

画家小传

夏珪（圭）（生卒年不详），字禹玉，临安（今浙江杭州）人。与马远同时，号称"马夏"。宁宗时任画院待诏。常作半边构图，世称"夏半边"。与马远并称"马夏"，又与李唐、刘松年、夏珪并称"南宋四家"，为南宋水墨苍劲一派代表人物。

载记选录

元庄肃《画继补遗》卷下： "夏珪，钱唐人，理宗朝画院祗候。画山水人物极俗恶。宋末世道凋丧，人心迁革，珪遂滥得时名，其实无可取，仅可知时代姓名而已。子森，亦绍父业。"（人民美术出版社，2016，第16页）

元夏文彦《图绘宝鉴》卷四： "夏珪，字禹玉，钱唐人，宁宗朝待诏，赐金带。善画人物，高低酝酿，墨色如傅粉之色，笔法苍老，墨汁淋漓，奇作也。雪景全学范宽，院人中画山水，自李唐以下，无出其右者也。"（丛书集成初编本，第70页）

[宋] 夏珪,《西湖柳艇图》,立轴绢本,浅设色,纵107.2厘米、横59.3厘米,台北故宫博物院藏

元郭畀题：此夏禹玉西湖柳艇图真迹也。笔墨淋漓，云烟变态，饶有士大夫风骨。论者多谓马夏之习，盖亦未见其真面目耳，识者当不河汉斯言。桐村老人精于赏鉴，所藏古书画多属真迹。余日夕过从，深获欣赏，此幅尤为压卷，因识之。天锡郭畀。

清高宗（乾隆帝）题：南屏山北涌金西，柳色波光望欲迷。最是向年得句处，绿阴十里白家堤。或坐肩舆或泛船，西湖春色耐游沿。牵怀不为溪山好，亲爱民情在眼前。壬辰仲春月。御题。

清高宗（乾隆帝）题：城郭围东山护西，平湖烟水望茫迷。如何明镜忽分两，为有中间一道隄。又泛湖心绿画船，任其浮拍任泂沿。神传禹玉图中景，倡和无人蓦忆前。甲辰暮春叠前韵。御题。

清钱陈群题：湖光镜面夹东西，禹玉传神得得迷。一道裙腰斜柳外，白堤深处接苏堤。年时翠罕上湖船，杨柳风边几溯沿。天藻题诗成对面，声声夏谚趣当前。臣钱陈群恭和。

观夏珪《西湖柳艇图》步乾隆题诗韵

端详应在西湖西，渡口船家烟景迷。
只是难知更北处，蜿蜒可有赵公堤。
改坐肩舆才下船，湖山春色醉游沿。
桃红柳绿渚田好，琳宇大雄更在前。

注释

1. 蜿蜒可有赵公堤：赵公堤为西湖三堤之一，又名小新堤。宋潜说友纂《（咸淳）临安志》卷七十九："淳祐五年（1245），赵安抚与籥筑小新堤。"夏珪生卒不详，宋宁宗（1168—1224）时任画院待诏，故夏珪作此图时，是否已有赵公堤，实难知矣。
2. 大雄：释迦牟尼德号"大雄"。《法华经·从地踊出品》："善哉善哉！大雄世尊。"

观夏珪《遥山书雁图》

山峦起伏欲生棱，烟霭迷蒙恍若蒸。
鸿雁行行何恋恋，倩他致意却无凭。

[宋] 夏珪，《山水十二景图卷》（残卷）之《遥山书雁》，绢本设色，原卷纵 27.9 厘米、横 230.5 厘米，美国纳尔逊—阿特金斯艺术博物馆藏

论李嵩

画家小传

李嵩（1166—1243），南宋画家，钱塘（今浙江杭州）人。少时曾为木工，后为画院画家李从训收为养子，得其亲授，擅人物、道释，尤精于界画，为光宗、宁宗、理宗时期画院待诏。

载记选录

元夏文彦《图绘宝鉴》卷四："李嵩，钱唐人，少为木工，颇远绳墨，后为李从训养子，工画人物、道释，得崇训遗意，尤长于界画，光、宁、理三朝画院待诏。"（丛书集成初编本，第69页）

观李嵩《木末孤亭图》

汀州浅窄水迷远,亭树崖头足大观。
难得秋来风日好,携琴直上翠琅玕。

[宋] 李嵩,《木末孤亭图》,绢本设色,纵 26.1 厘米、横 26 厘米,故宫博物院藏

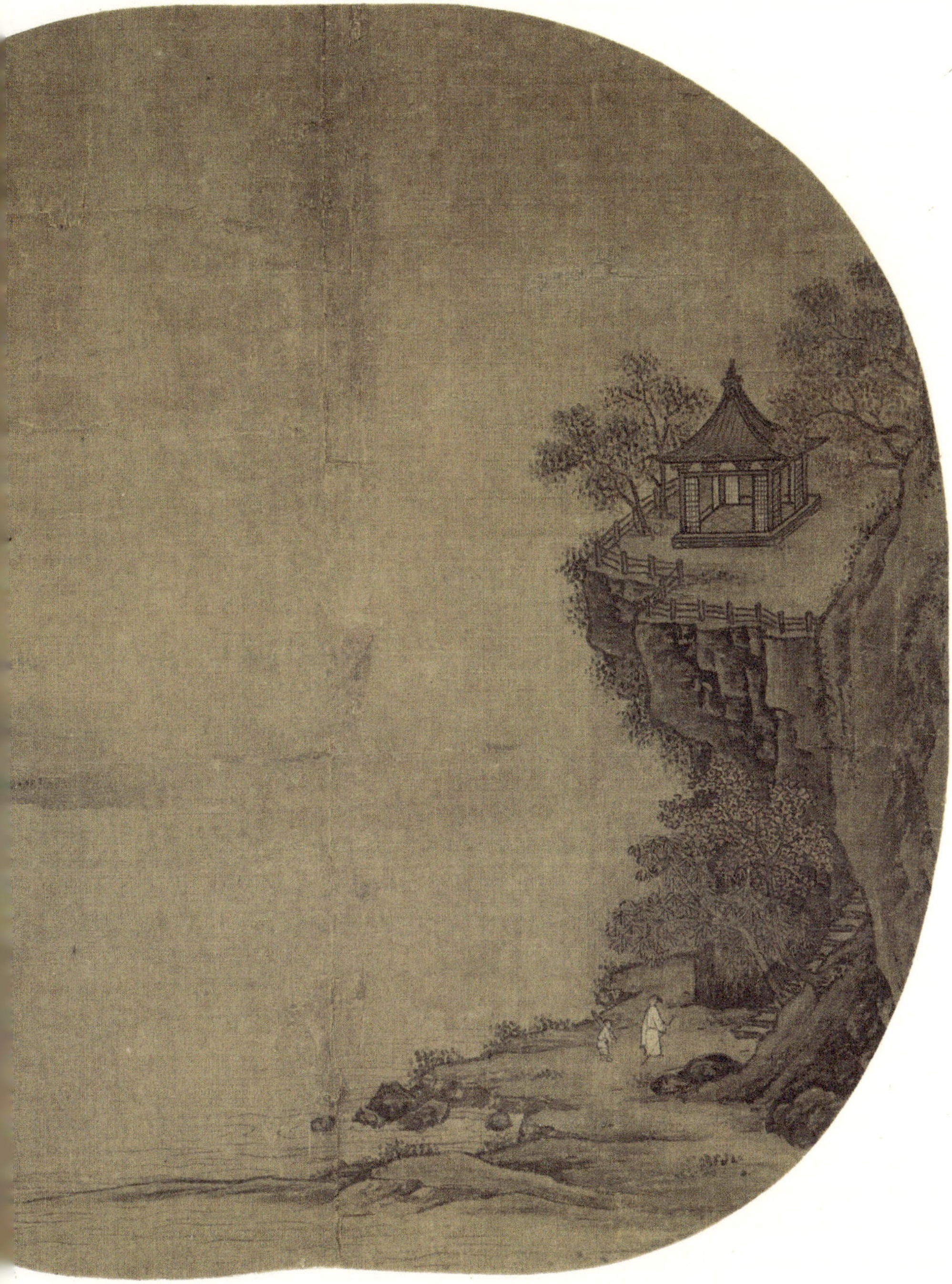

古朗月行——中国古代名画观咏

观李嵩《画阑游赏图》

清昼日溶溶,廊亭傍石松。
山中宫苑寂,不敢说玄宗。

［宋］李嵩,《画阑游赏图》,绢本设色,
纵 22 厘米、横 20.6 厘米,私人藏

论戴泽

画家小传

宋代画家,生平不详。

[宋]戴泽,《牧童图》,绢本设色,纵 41 厘米、横 37 厘米,日本东京国立博物馆藏

观戴泽《牧童图》

河风淡荡柳荫下，陂岸崎岖芳草鲜。

黑角老牛已驯伏，白衣童子不须牵。

荷藜踏节正摇曳，摘笠褰裳殊可怜。

更有横骑吹笛者，人牛相忘得天然。

注释

1. 黑角老牛已驯伏：佛教常以牛喻心，以牧牛比治心，并衍出许多公案，如宋代普明禅师《牧牛图颂》、宋代廓庵禅师《十牛图颂》所表现者。
黑角：普明禅师《牧牛图颂》绘一黑牛自角、身至尾，渐次变白牛，此反用之。
2. 荷藜踏节正摇曳，摘笠褰裳殊可怜：此言图中有童子荷杖执笠高绾下衣，似随节作踏歌状，殊为可爱。
3. 更有横骑吹笛者：此言图中有童子横骑水牛，以背向人，自吹笛，自得乐。

论赵孟坚

画家小传

赵孟坚（1199—1264），字子固，号彝斋，宋太祖十一世孙，海盐广陈（今浙江嘉兴平湖广陈）人。曾任湖州掾、诸暨知县等。工诗善画，擅梅兰竹石，尤精白描水仙。其画多为墨笔，淡墨微染，劲利雅洁，独树一帜。

载记选录

宋周密《癸辛杂识》前集，"赵子固梅谱"："诸王孙赵孟坚，字子固，善墨戏，于水仙尤得意，晚作梅，自成一家，尝作《梅谱》二诗，颇能尽其源委。云：逃禅祖花光，得其韵度之清丽。间庵绍逃禅，得其萧散之布置。回视玉面而鼠须，已见工夫较精致。枝枝倒作鹿角曲，生意由来端若尔。所传正统谅未绝，舍此的传皆伪耳。僧定花工枝则粗，梦良意到工则未。女中却有鲍夫人，能守师绳不轻坠。可怜闻名不识面，云有江西毕公济。季衡粗丑拙祖，弊到雪蓬滥觞矣。所恨二王无臣法，多少东邻拟西子。是中有趣岂不传，要以眼力求其旨。踢须止七萼则三，点眼名椒梢鼠尾。枝分三迭墨浓淡，花有正背多般蕊。夫君固已悟筌蹄，重说偈言吾亦赘。谁家屏幛得君画，更以吾诗跋其底。〇浓写花枝淡写梢，鳞皴老干墨微焦。笔分三踢攒成瓣，珠晕一圆工点椒。糁缀蜂须疑笑靥，稳拖鼠尾施长梢。尽吹心侧风初急，犹把枝埋雪半消。松竹衬时明掩映，水波浮处见飘飖。黄昏时候朦胧月，清浅溪山长短桥。闹里相挨如有意，静中背立见无聊。笔端的皪明非画，轴上纵横不是描。顷觉坐来春盎盎，因思行过雨潇潇。从头总是汤杨法，拚下工夫岂一朝。（学津讨原本）

宋周密《齐东野语》卷十九，"子固类元章"： "诸王孙赵孟坚，字子固，号彝斋，居嘉禾之广陈，修雅博识，善笔札，工诗文，酷嗜法书，多藏三代以来金石名迹，遇其会意时，虽倾囊易之不靳也。又善作梅竹，往往得逃禅石室之妙，于山水为尤奇，时人珍之。襟度潇爽，有六朝诸贤风气，时比之米南宫，而子固亦自以为不歉也。东西薄游，必挟所有以自随，一舟横陈，仅留一席为偃息之地。随意左右取之，抚摩吟讽，至忘寝食，所至识不识，望之而知为米家书画船也。庚申岁，客辇下，会菖蒲节，余偕一时好事者邀子固，各携所藏，买舟湖上，相与评赏，饮酣，子固脱帽以酒晞发，箕踞歌离骚，旁若无人。薄暮，入西泠，掠孤山，舣棹茂树间，指林麓最幽处，瞠目绝叫曰：'此真洪谷子、董北苑得意笔也。'邻舟数十，皆惊骇绝叹，以为真谪仙人。异时萧千岩之侄滚，得白石旧藏五字不损本禊叙，后归之俞寿翁家，子固复从寿翁善价得之，喜甚，乘舟夜泛而归。至雪之下山，风作舟覆，幸值支港，行李衣衾皆淹溺无余，子固方被湿衣立浅水中，手持禊帖示人曰：'兰亭在此，余不足介意也。'因题八言于卷首云：'性命可轻，至宝是保。'盖其酷嗜雅尚，出于天性如此。后终于提辖左帑，身后有严陵之命。其帖后归之悦生堂，今复出人间矣。噫！近世求好事博雅如子固者，岂可得哉。"（学津讨原本）

元庄肃《画继补遗》卷上： "赵孟坚，字子固，宋太祖十一世孙，仕至郡守，寓居嘉禾海盐。好古博雅，工画水墨兰蕙、梅、竹、水仙，远胜着色，可谓善于写生。"（人民美术出版社2016，第7页）

元夏文彦《图绘宝鉴》卷四： "赵孟坚，字子固，号彝斋居士，居海盐广陈镇，宝庆二年进士。修雅博识，人比米南宫。东西游适，一舟横陈，仅留一榻偃息地，余皆所挟雅玩之物。意到，左右取之，吟弄忘寝食，过者望而知为赵子固书画船也。善水墨白描水仙花、梅兰、山矾、竹石，清而不凡，秀而雅淡，有《梅谱》传世。官至朝散大夫严州守。"（丛书集成初编本，第61页）

［宋］赵孟坚,《水仙图》,纸本墨笔,纵 24.5 厘米、横 670.2 厘米,天津博物馆藏

旧题： 自欣分得楮山邑，地近钱塘易买花。堆案文书虽鞅掌，簪瓶金玉且奢华。酒边已爱香风度，烛下独怜舞景斜。矾弟梅兄来次第，撺春热闹令君家。己酉良月下旬，孟坚画并题。

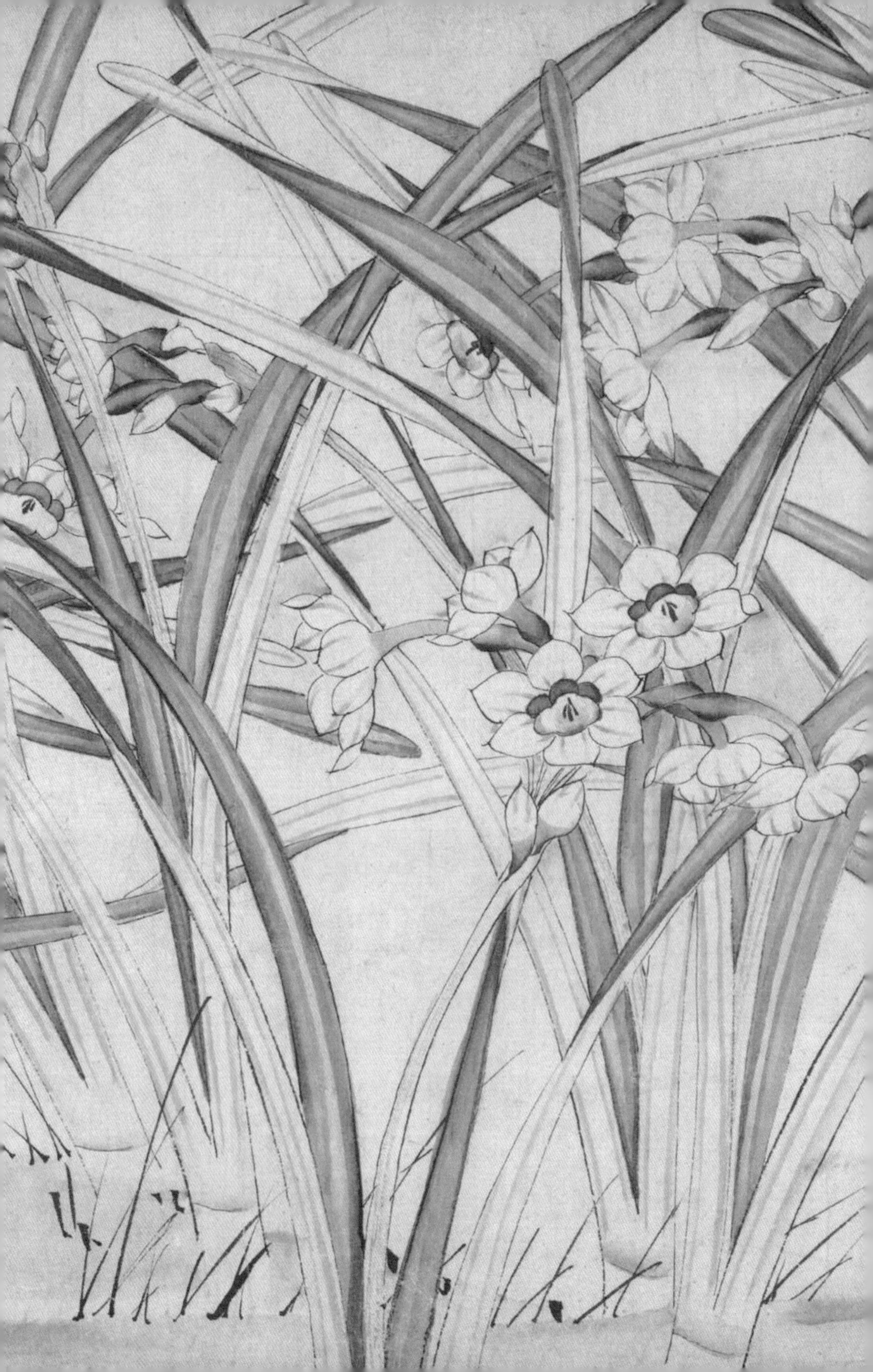

观赵孟坚《水仙图》步其《题水仙》诗韵

泛人幸自远城邑，海客岩滨易作花。

照水凌波无鞅掌，采珠拾翠忘年华。

冰姿十里香风度，玉露一簪妆影斜。

清籁绿醽来次第，天涯何处不为家。

按

此卷首之赵孟坚题诗，徐邦达先生认为是伪题，其《宋赵孟坚的水墨花卉画和其他》有言："这幅画原来没有款字，只在卷末钤了个'彝斋'朱文大印。大概在清初时候，被一些一知半解的人加了一段假题（从赵氏另外一幅水仙图上抄下来一些句子）。后面元代潘纯一的诗，乃是其迹。可是另一幅纸接连着写的张暎、刘筠、张白淳的诗，又是从赵氏所画水仙第三卷的题字上抄下来的。这种作法十分可恶。"（《文物资料》1958年第10期）此题诗又见于宋陈思（1225—1264）编《两宋名贤小集》卷三七五《彝斋集》，诗题为《题水仙》。

注释

1. 泛人：湘中蛟宫之娣，遭谪，从郑生数岁后返。详见唐沈亚之《湘中怨辞》（一作《湘中怨解》）。
2. 幸自：本自，原来。
3. 海客：水仙西来。唐段成式《酉阳杂俎》卷十八："捺祇，出拂林国。苗长三四尺，根大如鸭卵。叶似蒜，叶中心抽条甚长。茎端有花六出，红白色，花心黄赤，不结子。其草冬生夏死，与荞麦相类。"所言"捺祇"，盖Narcissus之音译，"拂林国"即东罗马。宋钱易《南部新书》卷癸："孙光宪从事江陵日，寄住蕃客穆思密尝遗水仙花数本，植之水器中，经年不萎。"
4. 鞅掌：事务繁忙。《诗经·小雅·北山》："或栖迟偃仰，或王事鞅掌。"
5. 绿醽：美酒。西晋左思《吴都赋》："飞轻轩而酌绿醽，方双辔而赋珍羞。"

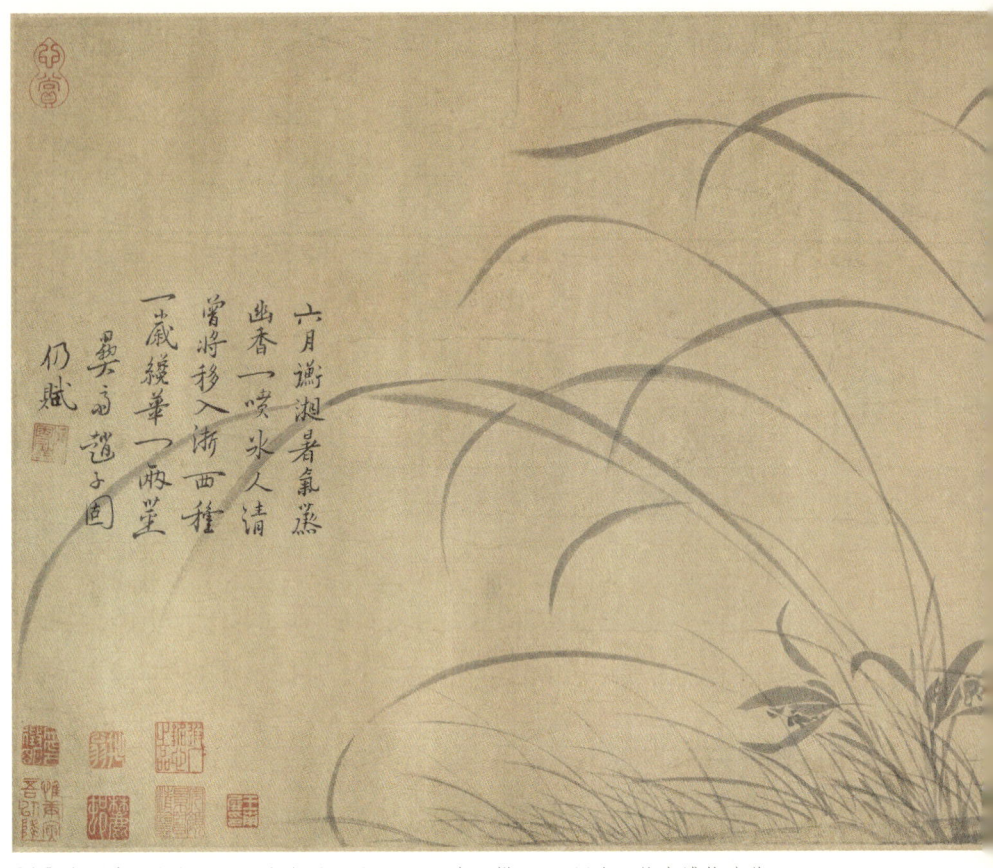

［宋］赵孟坚，《墨兰》，纸本水墨，纵 34.5 厘米、横 90.2 厘米，故宫博物院藏

赵孟坚原题： 六月衡湘暑气蒸，幽香一喷冰人清。曾将移入浙西种，一岁才华一两茎。彝斋赵子固仍赋。

观赵孟坚《墨兰图》步其题诗韵

扑面王香气若蒸，猗猗兰叶洒然清。

光风岂是露葵种，故著幽葩一两茎。

按

此图彝斋题诗亦见于宋陈思（1225—1264）编《两宋名贤小集》卷三七五《彝斋集》，诗题为《题墨兰图》。

注释

1. 王香：兰香。汉蔡邕《琴操·猗兰操》："猗兰操者，孔子所作也。孔子历聘诸侯，诸侯莫能任。自卫返鲁，过隐谷之中，见芗兰独茂，喟然叹曰：'夫兰当为王者香，今乃独茂，与众草为伍，譬犹贤者不逢时，与鄙夫为伦也。'"
2. 光风：战国屈原《招魂》："光风转蕙，氾崇兰些。"
3. 露葵：冬葵菜。唐王维《积雨辋川庄作》："山中习静观朝槿，松下清斋折露葵。"

论宋佚名者

[宋] 佚名，《风雨归舟图》，绢本设色，纵 25.6 厘米、横 26.2 厘米，故宫博物院藏

观宋佚名《风雨归舟图》（古体）

老树丛芦侧倒弯，江山霭重剩琅玕。
顶风一叶急投岸，岸上如如万古磐。
经营都在一团风，意匠难能须策功。
主者不知竟谁是，江山风雨一握中。
挥洒用笔殊草草，动人意象太珊珊。
痴想氤氲浓湿处，若得扪摸应未干。

观南宋佚名《松风楼观图》

半边葱郁半边疏,细认琳宫掩翠虚。
崖下蜿蜒悬栈道,携琴高士正徐徐。

[宋] 佚名,《松风楼观图》,绢本设色,纵 25.6 厘米、横 27.1 厘米,上海博物馆藏

观南宋佚名《山水图》

绝岸虬松恣怒,孤舟高士吟风。
郎当疏苇明瑟,迤逦远山空濛。

[宋]佚名,《山水图》,绢本设色,纵26厘米、横27.3厘米,台北故宫博物院藏

古朗月行——中国古代名画观咏

观南宋佚名《蕉阴击球图》

芭蕉倚石叶澄鲜，

小子槌球意态妍。

不语细囡已知静，

靓妆阿母正当年。

注释

1. 此图旧题签作"苏汉臣蕉阴击球图"。
2. 细囡：小女孩。

[宋] 佚名，《蕉阴击球图》，绢本设色，纵25厘米、横24.5厘米，故宫博物院藏

论钱选

画家小传

钱选（1239—1299），字舜举，号玉潭，又号巽峰、霅川翁，别号清癯老人、习懒翁等，湖州（今浙江湖州吴兴区）人。与赵孟頫等合称"吴兴八俊"。志行高洁，入元不仕。

载记选录

元夏文彦《图绘宝鉴》卷五："钱选，字舜举，号玉潭，霅川人，宋景定间乡贡进士，善画人物、山水，花木，翎毛师赵昌，青绿山水师赵千里，尤善作折枝，其得意者，自赋诗题之。"（丛书集成初编本，第83页）

钱选原题： 山居惟爱静，日午掩柴门。寡合人多忌，无求道自尊。鹓鹏俱有志，兰艾不同根。安得蒙庄叟，相逢与细论。吴兴钱选舜举画并题。

［元］钱选，《山居图》，纸本设色，纵26.5厘米、横111.6厘米，故宫博物院藏

观钱选《山居图》步其原题诗韵

列岑临水静,莲界化蓬门。

金碧无回忌,空勾愈见尊。

戾家存古志,高士绝尘根。

堪美鸥波叟,相从与细论。

注释

1. 金碧无回忌,空勾愈见尊:言此图施以金碧,空勾无皴,高古典雅。
2. 戾家存古志,高士绝尘根:戾家,又作利家、隶家、力家等,本义为外行人。宋张端义《贵耳集》卷上:"文人才士无由见,碌碌无闻者杂进,三十年间,词科又罢,两制皆不是当行,京谚云戾家是也。"然自钱选之后,戾家画又指文人士大夫画,并别有高明之义。明曹昭《格古要论·士夫画》:"赵子昂问钱舜举曰:'如何是士大夫画?'舜举答曰:'隶家画也。'子昂曰:'然。余观唐之王维、宋之李成、徐熙、李伯时,皆高尚士夫,所画盖与物传神,尽其妙也。近世作士夫画者,其谬甚矣。'"
3. 鸥波叟:赵孟頫(1254—1322),又号鸥波。

观钱选《烟江待渡图》步其原题诗韵

遥岑堆碧映寒江，茅屋隐居清昼长。
一叶翩翩将欲至，到家应及看斜阳。

钱选原题： 山横一带接秋江，茅屋数间更漏长。渡口有舟呼未至，行人伫立到斜阳。吴兴钱选舜举。

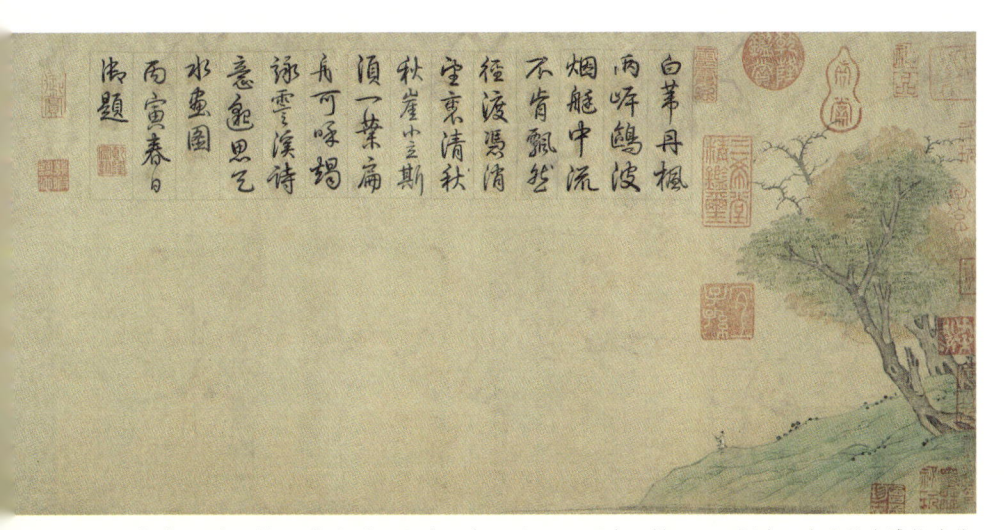

[元] 钱选，《烟江待渡图》，纸本设色，纵21.6厘米、横111.2厘米，台北故宫博物院藏

论赵孟頫

画家小传

赵孟頫(1254—1322),字子昂,号松雪道人、水晶宫道人、鸥波,中年曾署孟俯。吴兴(今浙江省湖州)人。宋太祖十一世孙。博学多才,工诗文,精书画,通音律,为元人冠冕。其书与颜真卿、柳公权、欧阳询并列,有"颜柳欧赵"之谓。其画技法全面,山水人物石竹鞍马俱工。倡"古意"、"书画同源",影响深远。有《松雪斋集》等传世。

载记选录

明宋濂《元史》卷一七二:"赵孟頫,字子昂,宋太祖子秦王德芳之后也。五世祖秀安僖王子偁,四世祖崇宪靖王伯圭。高宗无子,立子偁之子,是为孝宗,伯圭,其兄也,赐第于湖州,故孟頫湖州人。曾祖师垂,祖希永,父与訔,仕宋,皆至大官,入国朝,以孟頫贵,累赠师垂集贤侍读学士,希永太常礼仪院使,并封吴兴郡公,与訔集贤大学士,封魏国公。孟頫幼聪敏,读书过目辄成诵,为文操笔立就。年十四,用父荫补官,试中吏部铨法,调真州司户参军。宋亡,家居,益自力于学。至元二十三年,行台侍御史程钜夫奉诏搜访遗逸于江南,得孟頫,以之入见。孟頫才气英迈,神采焕发,如神仙中人,世祖顾之喜,使坐右丞叶李上。或言孟頫宋宗室子，不宜使近左右，帝不听。时方立尚书省，命孟頫草诏颁天下，帝览之，喜曰：'得朕心之所欲言者矣。'诏集百官于刑部议法，众欲计至元钞二百贯赃满者死，孟頫曰：'始造钞时，以银为本，虚实相权，今二十余年间，轻重相去至数十倍，故改中统为至元，又二十年后，至元必复如中统，使民计钞抵法，疑于太重。古者以米、绢民生所须，谓之二实，银、钱与二物相权，谓之二虚。四者为直，虽升降有时，终不大相远也，以绢计赃，最为适中。况钞乃宋时所创，施于边郡，金人袭而用之，皆出于不得已。迺欲以此断人死命，似不足深取也。'或以孟頫年少，初自南方来，讥国法不便，意颇不平，责孟頫曰：'今朝廷行至元钞，故犯法者以是计赃论罪。汝以为非，岂欲沮格至元钞耶？'孟頫曰：'法者人死所系，议有重轻，则人不得其死矣。孟頫奉诏与议，不敢不言。今中统钞虚，故改至元钞，谓至元钞终无虚时，岂有是理？公不揆于理，欲以势相陵，可乎？'其人有愧色。帝初欲大用孟頫，议者难之。二十四年六月，授兵部郎中。兵部总天下诸驿，时使客饮食之费，几十倍于前，吏无以供给，强取于民，不胜其扰，遂请于中书，增钞给之。至元钞法滞涩不能行，诏遣尚书刘宣与孟頫驰驿至江南，问行省丞相慢令之罪，凡左右司官及诸路官，则径笞之。孟頫受命而行，北还，不笞一人，丞相桑哥大以为谴。时有王虎臣者，言平江路总管赵全不法，即命虎臣往按之。叶李执奏不宜遣虎臣，帝不听，孟頫进曰：'赵全固当问，然虎臣前守此郡，多强买人田，纵宾客为奸利，全数与争，虎臣怨之。虎臣往，必将陷全，事纵得实，人亦不能无疑。'帝悟，乃遣他使。桑哥钟初鸣时即坐省中，六曹官后至者，则笞之，孟頫偶后至，断事官遽引孟頫受笞，孟頫入诉于都堂右丞叶李曰：'古者刑不上大夫，所以养其廉耻，教之节义，且辱士大夫，是辱朝廷也。'桑哥亟慰孟頫使出，自是所笞，唯曹史以下。他日，行东御墙外，道险，孟頫马跌堕于河。桑哥闻之，言于帝，移筑御墙稍西二丈许。帝闻孟頫素贫，赐钞五十锭。二十七年，迁集贤直学士。是岁地震，北京尤甚，地陷，黑沙水涌出，人死伤数十万，帝深忧之。时驻跸龙虎台，遣阿剌浑撒里驰还，召集贤、翰林两院官，询致灾之由。议者畏忌桑哥，但泛引经传及五行灾异之言，以修人事应天变为对，莫敢语及时政。先是，桑哥遣忻都及王济等理算天下钱粮，已征入数百万，未征者尚数千万，害民特甚，民不聊生，自杀者相属，逃山林者，则发兵捕之，皆莫敢沮其事。孟頫与阿剌浑撒里甚善，劝令奏帝赦天下，尽与蠲除，庶几天变可弭。阿剌浑撒里入奏，如孟頫所言，帝从之。草诏已具，桑哥怒谓必非

帝意。孟頫曰：'凡钱粮未征者，其人死亡已尽，何所从取？非及是时除免之，他日言事者，倘以失陷钱粮数千万归咎尚书省，岂不为丞相深累耶。'桑哥悟，民始获苏。帝尝问叶李、留梦炎优劣，孟頫对曰：'梦炎，臣之父执，其人重厚，笃于自信，好谋而能断，有大臣器。叶李所读之书，臣皆读之，其所知所能，臣皆知之能之。'帝曰：'汝以梦炎贤于李耶？梦炎在宋为状元，位至丞相，当贾似道误国罔上，梦炎依阿取容。李布衣，乃伏阙上书，是贤于梦炎也。汝以梦炎父友，不敢斥言其非，可赋诗讥之。'孟頫所赋诗，有'往事已非那可说，且将忠直报皇元'之语，帝叹赏焉。孟頫退谓奉御彻里曰：'帝论贾似道误国，责留梦炎不言，桑哥罪甚于似道，而我等不言，他日何以辞其责？然我疏远之臣，言必不听，侍臣中读书知义理，慷慨有大节，又为上所亲信，无逾公者。夫捐一旦之命，为万姓除残贼，仁者之事也。公必勉之！'既而彻里至帝前，数桑哥罪恶，帝怒，命卫士批其颊，血涌口鼻，委顿地上。少间，复呼而问之，对如初。时大臣亦有继言者，帝遂按诛桑哥，罢尚书省，大臣多以罪去。帝欲使孟頫与闻中书政事，孟頫固辞，有旨令出入宫门无禁。每见，必从容语及治道，多所裨益。帝问：'汝赵太祖孙耶？太宗孙耶？'对曰：'臣太祖十一世孙。'帝曰：'太祖行事，汝知之乎？'孟頫谢不知，帝曰：'太祖行事，多可取者，朕皆知之。'孟頫自念久在上侧，必为人所忌，力请补外。二十九年，出同知济南路总管府事。时总管阙，孟頫独署府事，官事清简。有元掀儿者，役于盐场，不胜艰苦，因逃去。其父求得他人尸，遂诬告同役者杀掀儿，既诬服。孟頫疑其冤，留弗决。逾月，掀儿自归，郡中称为神明。金廉访司事韦哈剌哈孙，素苛虐，以孟頫不能承顺其意，以事中之。会修《世祖实录》，召孟頫还京师，乃解。久之，迁知汾州，未上，有旨书金字《藏经》，既成，除集贤直学士、江浙等处儒学提举，迁泰州尹，未上。至大三年，召至京师，以翰林侍读学士，与他学士撰定祀郊南祝文，及拟进殿名，议不合，谒告去。仁宗在东宫，素知其名，及即位，召除集贤侍讲学士、中奉大夫。延祐元年，改翰林侍讲学士，迁集贤侍讲学士资德大夫。三年，拜翰林学士承旨荣禄大夫。帝眷之甚厚，以字呼之而不名。帝尝与侍臣论文学之士，以孟頫比唐李白、宋苏子瞻。又尝称孟頫操履纯正，博学多闻，书画绝伦，旁通佛老之旨，皆人所不及。有不悦者间之，帝初若不闻者。又有上书言国史所载，不宜使孟頫与闻者，帝乃曰：'赵子昂，世祖皇帝所简拔，朕特优以礼貌，置于馆阁，典司述作，传之后世，此属呶呶何也！'俄赐钞五百锭，谓侍臣曰：'中书每称国用不足，必持而不与，其以普庆寺别贮钞给之。'孟頫尝累月不至宫中，帝以问左右，皆谓其年老畏寒，敕御府赐貂鼠衣。初，孟頫以程钜夫荐，起家为郎，及钜夫为翰林学士承旨，求致仕去，孟頫代之，先往拜其门而后入院，时人以为衣冠盛事。六年，得请南归。帝遣使赐衣币，趣之还朝，以疾，不果行。至治元年，英宗遣使即其家俾书《孝经》。二年，赐上尊及衣二袭。是岁六月卒，年六十九。追封魏国公，谥文敏。孟頫所著，有《尚书注》，有《琴原》、《乐原》，得律吕不传之妙。诗文清邃奇逸，读之使人有飘飘出尘之想。篆、籀、分、隶、真、行、草书，无不冠绝古今，遂以书名天下。天竺有僧，数万里来求其书归，国中宝之。其画山水、木石、花竹、人马，尤精致。前史官杨载称孟頫之才颇为书画所掩，知其书画者，不知其文章，知其文章者，不知其经济之学，人以为知言云。子雍、奕，并以书画知名。"（清乾隆四年武英殿校刻本）

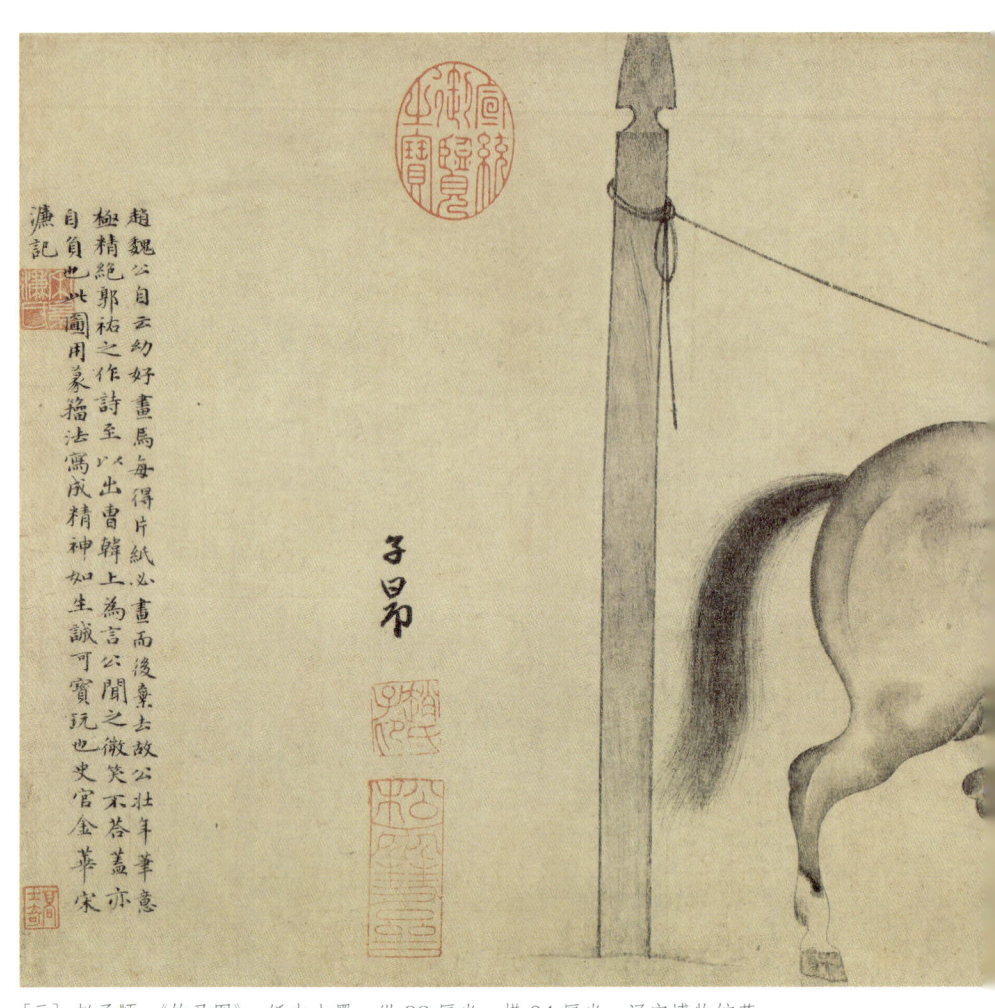

[元] 赵孟頫，《饮马图》，纸本水墨，纵 28 厘米、横 64 厘米，辽宁博物馆藏

明宋濂跋： 赵魏公自云幼好画马，每得片纸，必画而后弃去，故公壮年笔意极精绝。郭祐之作诗，至以出曹韩上为言，公闻之微笑不答，盖亦自负也。此图用篆籀写成，精神如生，诚可宝玩也。史官金华宋濂记。

元柯九思跋： 圉人扈从温泉宫，晓汲清波浮落红。骅骝解语意相得，肉鬃振动嘶春风。天子临轩催羯鼓，绣茵檀板登床舞。美人旳睐相辉光，那复临边思报主。潼关夜半烽火明，锦绷儿来坐大廷。此马弃捐何足道，顾影长城厌水腥。丹丘柯九思赋。

元唐琪跋：将军西征过昆仑，战马渴死心如焚。荣勋脱鞍泻汗血，一饮瑶池三尺雪。身如飞龙首渴乌，白光照夜瞳流月。长城冻合霜草干，骏骨削立天风寒。木牛沉江绝粮道，中军饿守函谷关。太平此马惜遗弃，往往驽骀归天闲。区区蒭粟岂足豢，忠节所尽人尤难。摩挲画图不忍看，万古志士空长叹。雷门唐琪。

元释祖瑛跋：龙性难驯万里姿，骎骎只欲望风驰。奚官毋惜斗升水，要载君王问具茨。松陵释祖瑛。

明刘基跋：天厩马，神龙姿，目如明星耳如锥。拳花鬃毛云陆离，扬鬐掉尾颒虹飞。天厩马，闲且骄，萦以青丝勒以镳。渴不得饮瑶池泉，饥不得食琼田苗。豆粟不满肠胃枵，口不能语足屡跷。天厩马，壮且武，食主之食须报主。莝秣失时，罪在牧圉。无如宋牼怨不得嚅咀，弃其国人仇敌是与。天厩马尔不闻，赵时廉将军一饭斗米肉十斤，被甲踞鞍走若云。破斩栗腹杀剧辛，北摧燕胡西却秦，亘百万古称良臣。又不闻汉季刘荆州，有牛千斤角曲觫。啖食十倍于常牛，负重不若一牝鹿。老瞒渡江俘楚囚，骨肉解割庖刃游。天厩马，饱尔食，草间豺狼逭诛殛，威弧拔刺矢不直。嗟尔神骏须尽力，他年定遇田子方，枥上优游感恩德。括苍刘基。

元韩性跋：松雪公作《饮马图》赠元泰高士，元泰以遗别峰，而余为作歌：五花云散紫电光，縶维未许飞龙骧。垂头欲就圉人饮，渴乌作势吞银潢。集贤学士擅笔力，万里猛气收毫芒。羽人乘风倦鞍勒，一笑收拾藏巾箱。世人不识真骐骥，顾影尚尔分骊黄。放鹤峰前有遗意，神骏政可夸支郎。韩性。

元危素跋：萧君学道龙瑞宫，此图持赠宝林翁。魏公画马得马趣，落笔宛有韩曹风。腯肥不见筋骨露，腾骧始知气力雄。朝逢圉人汲秋水，精神炯炯双方瞳。卷中题诗十四客，唯有括苍留古色。卷舒雪涕忆前修，太息后来那可识。越城战斗白日昏，故物纷披横道侧。清凉衣钵与马图，似有神明常护惜。法师未老倾橐囊，古书名画门徒将。道初持来尉愁寂，如造吴兴大雅堂。前年沙漠射黄羊，我马飞行云雪冈。谁挽天河洗兵甲，但骑款段还家乡。危素为道初上人题。

观赵孟頫《饮马图》步柯九思跋诗韵（古体）

渥洼偶然来汉宫，玉花陆离汗沟红。
竹批方瞳自天得，万里一蹴矫云风。
从军入阵挝伐鼓，所向披靡大纛舞。
黄沙卷地雪寒光，饥渴肠枵思报主。
死节杀气铁甲明，壮士归来上殿廷。
白璧如山何足道，侬本行空厌血腥。

注释

1. 渥洼：汉司马迁《史记》卷二十四，《乐书》："又尝得神马渥洼水中，复次以为《太一之歌》，歌曲曰：太一贡兮天马下，霑赤汗兮沫流赭。骋容与兮跇万里，今安匹兮龙为友。"
2. 玉花陆离：图中马身有淡墨花。战国屈原《离骚》："高余冠之岌岌兮，长余佩之陆离。"汉王逸曰："陆离，犹参差，众貌也。"
3. 汗沟红：指神马流汗血色，见前引《史记·乐书》。汗沟，马之前腋，即马前腿与胸腹相连之凹形部位，马疾驰时为汗所流注。李白《天马歌》："尾如流星首渴乌，口喷红光汗沟朱。"
4. 竹批方瞳：杜甫《房兵曹胡马诗》："竹批双耳峻，风入四蹄轻。"杜甫《天育骠骑歌》："毛为绿缥两耳黄，眼有紫焰双瞳方。"
5. 肠枵：腹中空，饥饿。宋姜特立《过行在夜宿詹塘》："日暮肠枵聊命酒，夜寒衾薄旋牵衣。"
6. 行空：天马行空。

[元]赵孟頫,《秀石疏林图》,纸本水墨,纵27.5厘米、横62.8厘米,故宫博物院藏

赵孟頫原题： 石如飞白木如籀，写竹还于八法通。若也有人能会此，方知书画本来同。子昂重题。

观赵孟頫《秀石疏林图》步其原题诗韵

作书当解溯回籀,作画当知八法通。
若问缘何乃如此,昆仑觞滥本来同。

注释

1. 作书当解溯回籀:指篆籀笔意的融入,如颜真卿《争座位帖》即为典范,又如康有为《广艺舟双楫·论书绝句第二十七》有曰:"宋人书以山谷为最,变化无端,深得《兰亭》三昧。至其神韵绝俗,出于《鹤铭》而加新理,则以篆笔为之。吾目之曰行篆,以配颜杨焉。"
2. 八法:或称"永字八法",为点画用笔和组织的方法,亦代指书法。唐张怀瓘《玉堂禁经·用笔法》:"凡笔大法,点画八体,备于'永'字。侧不得平其笔。勒不得卧其笔。弩不得直,直则无力。趯须跖其锋,得势而出。策须背笔,仰而策之。掠须笔锋左出而利。啄须卧笔疾罨。磔须䟐笔战行右出也。八法起于隶字之始,后汉崔子玉历钟王已下,传授所用八体该于万字。"赵孟頫《定武兰亭跋》:"书法以用笔为上,而结字亦须用工。盖结字因时相传,用笔千古不易。右军字势,古法一变,其雄秀之气出于天然,故古今以为师法。"

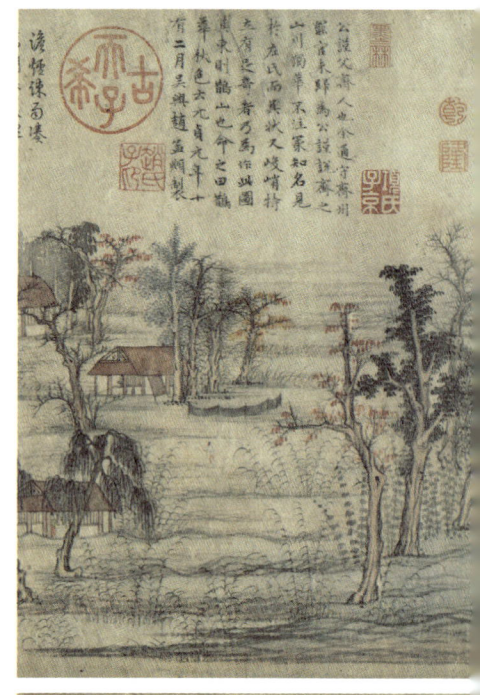

[元] 赵孟頫,《鹊华秋色图》,纸本设色,纵 28.4 厘米、横 93.2 厘米,台北故宫博物院藏

赵孟頫原题： 公谨父，齐人也。余通守齐州，罢官来归，为公谨说齐之山川，独华不注最知名，见于左氏，而其状又峻峭特立，有足奇者，乃为作此图，其东则鹊山也，命之曰鹊华秋色云。元贞元年十有二月，吴兴赵孟頫制。

清高宗（乾隆帝）题： 此卷久贮内府，已载入石渠宝笈。戊辰春东巡齐州，则东华西鹊，苍秀泼眼，宛若披图，因驿致是卷相印，题长句以纪其事。己巳嘉平几余重展，追念前游，怦怦有触，因再成长篇，书之卷尾以志岁月而叙其缘起如此。三希堂御笔。

清高宗（乾隆帝）题： 驻辇曾城畅远眸。华不（平）翠注不曾流。何年金母临蓬海，两朵天花此处留。右咏华不注。

清高宗（乾隆帝）题： 昔览天水是图时，不信名山能并美。今登济城望两山，初谓何人解图此。因命邮致封章便，真迹携来聊比似。始信笔灵合地灵，当前印证得神髓。两朵天花绣墅巅，一只灵鹊银河涘。是时春烟远郭收，柳隄窣绿花村紫。天光淡霭水揉蓝，西鹊东华镜空里。留待今题信有神，不数嘉陵吴道子。御题。

清高宗（乾隆帝）题： 淡烟疏雨凑清明，鼍画峰姿别有情。若把鹊山拟灵鹊，翩跹势亦两相争。右咏鹊山。乾隆戊辰春日御笔。

明董其昌跋： 余二十年前，见此图于嘉兴项氏，以为文敏一生得意笔，不减伯时莲社图，每往来于怀。今年长至日，项晦伯以扁舟访余，携此卷示余，则莲社已先在案上，互相展视，咄咄叹赏。晦伯曰：不可使延津之剑久判雌雄，遂属余藏之戏鸿阁。其昌记。壬寅除夕。

元杨载跋： 羲之摩诘，千载书画之绝。独兰亭叙、辋川图，尤得意之笔。吴兴赵承旨以书画名当代，评者谓能兼美乎二公。兹观鹊华秋色一图，自识其上。种种臻妙，清思可人，一洗工气，谓非得意之笔可乎？诚羲之之兰亭、摩诘之辋川也，君锡宝之哉。他有识者谓也。大德丁酉孟春望后三日，浦城杨载题于君锡之崇古斋。

元范梈跋： 赵公子昂书法晋，画师唐，为一代之冠，荣际于五朝，人得其片楮，亦夸以为荣者，非贵其名，而以其实也。今观此卷，殊胜于别作，仲弘所谓公之得意者，信矣。致和二年四月一日，临江范杼德机题。

明董其昌跋： 吴兴此图，兼右丞北苑二家画法。有唐人之致，去其纤；有北宋之雄，去其犷，故曰师法舍短，亦如书家以肖似古人，不能变体为书奴也。万历三十三年，晒画武昌公廨题。其昌。

明董其昌跋： 崇祯二年，岁在己巳，惠生携至金阊舟中，获再观。董其昌。

明钱溥跋： 吴兴公蚤岁戏墨，深得物外山水笔意，虽一木一石，种种异于人者。且风尚古俊，脱去凡近，政如王谢子弟，倒冠岸帻，与天下公子斗举止也，百世后可为一代规式，士大夫当共宝秘之。至正甲申十有二月朔。虞集谨识。昔虞文靖公题松雪翁画图，简约精妙，可谓两绝，友人徐尚宾见而爱之，求余录入鹊华秋色图内，以足其美。噫！尚宾其好古君子乎。正统十一年丙寅八月望。翰林钱溥谨题。

明董其昌跋： 鹊华秋色图诗。弁阳老人公谨父，周之孙子犹怀土。南来寄食弁山阳，梦作齐东野人语。济南别驾平原君，为貌家山入囊楮。鹊华秋色翠可食，耕稼陶渔在其下。吴侬白头不归去，不如掩卷听春雨。右张伯雨诗集所载。惠生属予再录，以续杨范二诗人之笔。岁在庚午夏五十三日。董其昌识。

明董其昌跋： 弁阳老人在晚宋时以博雅名，其烟云过眼录，皆在贾秋壑收藏诸珍图名画中鉴定。入胜国初，子昂从之，得见闻唐宋风流，与钱舜举同称耆旧。盖书画学必有师友渊源，湖州一派，真画学所宗也。董其昌重题。

明吴景运： 向见董宗伯临文敏公鹊华秋色图，已叹赏不置，今获观此卷，更觉一辞莫赞，乃知书画一致，知之而不能为之，为之而不能名之也。壬寅秋八月谨识于南山阁。荆溪吴景运。

清曹溶跋： 世人解重元末四家，不解推尊松雪，绝不足怪，不过胸中无书耳。余见松雪画至夥，绚烂天真，各极其致。此为公谨作图，用笔尤遒古，殆以公谨精鉴别，有意分烟云过眼中一位耶。卷藏金沙旧家，今归胶州张先三。鹊华两山有灵，故使主人涉江数千里，攫取此卷还其乡也。曹溶题于双溪舟中。

观赵孟頫《鹊华秋色图》步张雨咏图诗韵（古体）

齐州旧守子昂父，感恻草窗怀故土。
梦回历城山之阳，挥翰且为离人语。
华椒三匝逐齐君，鹊山一抔无迷榖。
尖团耸翠如可食，渔村秋树敷其下。
展卷白头思归去，彷徨忍听江南雨。

注释

1. 齐州旧守子昂父：松雪曾任同知济南路总管府事，而其时总管阙。见前录本传及本图其原题。父，男子尊称。
2. 感恻草窗怀故土：感动怜悯周密年老思念故土。周密（1232—1298或1308），字公谨，号草窗、蘋洲、弁阳老人、四水潜夫、华不注山人。祖籍济南，其曾祖于靖康之变后南渡，遂寓居吴兴（今浙江湖州）。著有《蘋洲渔笛谱》、《云烟过眼录》、《武林旧事》、《齐东野语》等，为当时著名词人、学者。
3. 历城山之阳：济南旧称历城、历下，华不注山在其东北，鹊山在其西北，故言山之阳。
4. 华椒三匝逐齐君：华椒，指华不注山。北魏郦道元《水经注》卷八："济水又东北，华不注山单椒秀泽，不连丘陵以自高。虎牙桀立，孤峰特拔以刺天。青崖翠发，望同点黛。山下有华泉，故京相璠《春秋土地名》曰：华泉，华不注山下泉水也。《春秋左传·成公二年》，齐顷公与晋郤克战于鞌，齐师败绩，逐之，三周华不注。"
5. 鹊山一抔无迷榖：言此鹊山虽与《山海经》之鹊山同名，却完全没有后者所有的迷榖。《山海经·南山经》："南山经之首曰鹊山，其首曰招摇之山，临于西海之上。……有木焉，其状如榖而黑理，其华四照，其名曰迷榖，佩之不迷。"晋郭璞注曰："榖，楮也，皮作纸。"
6. 尖团：言二山形状一尖一团。

论黄公望

画家小传

黄公望（1269—1354），字子久，号一峰、大痴等。本常熟陆姓，出继永嘉黄氏。幼习神童科，长而用世。曾为掾吏，受上司贪刻案连累入狱，恰值元仁宗重开久废之科举。出狱后卖卜为生，后入全真教，活动于松江、常熟、苏州、杭州等地。工书法，通音律，善诗文，有诗集入《元诗选》，尤擅画山水，曾入赵孟頫门下，宗法董源、李成等，气势雄秀，标程百代，为元四家之首。著画论《写山水诀》一卷，为画人所尊奉。存世有《富春山居图》、《天池石壁图》、《九峰雪霁图》等。

载记选录

元钟嗣成《录鬼簿》卷下："黄公望：公望字子久，乃陆神童之次弟也，系姑苏琴川子游巷居。髫龀时，螟蛉温州黄氏为嗣，因而姓焉。其父年九旬时方立嗣，见子久乃云：黄公望子久矣。先充浙西宪令，以事论经理田粮获直，后在京为权豪所中，改号一峰，原居淞江，以卜术闲居。目今弃人间事，易姓名为苦行净竖，又号大痴翁。公望之学问不待文饰，至于天下之事无所不知，下至薄技小艺无所不能，长词短曲落笔即成，人皆师尊之，尤能作画。"（武进董氏刻诵芬室丛刊本）

元夏文彦《图绘宝鉴》卷五："黄公望，字子久，号一峰，又号大痴道人，平江常熟人，幼习神童科，通三教，旁晓诸艺，善画山水，师董源，晚年变其法，自成一家，山顶多岩石，自有一种风度。"（丛书集成初编本，第86页）

元陶宗仪《南村辍耕录》卷八："黄子久散人（公望），自号大痴，又号一峰，本姓陆，世居平江之常熟，继永嘉黄氏，颖悟明敏，博学强记，画山水宗董巨，自成一家，可入逸品，其所作《写山水诀》，亦有理致。迩来初学小生多效之，但未有得其仿佛者，正所谓画虎刻鹄之不成也。"（四部丛刊三编本）

明顾清纂《（正德）松江府志》卷三十一："黄公望，字子久，号一峰，又号大痴，莆田巨族，一云本常熟陆神童弟，出继永嘉黄氏。黄父年已九十始得之，曰：黄公望子久矣。因而名字焉。性聪敏，博学多才，自经史百氏九流之术，无不习而通之，补浙省掾，忤权豪弃去，黄冠野服，往来三吴间。开三教堂于苏之文德桥，至松寓柳家巷，后隐杭之筲箕泉，已而归富春，年八十六而终。公望善画山水，初师董源、巨然，后稍变其法，自成一家。所著《写山水诀》，至今多宗之。与曹知白最善，多留小蒸。今此地有精九章算术者，盖得其传也。（戴表元《画像赞》：身有百世之忧，家无儋石之乐。盖其达似晋宋酒徒，侠似燕赵剑客。至于风雨寒门，呻吟盘礴，欲援笔而著书，又将为齐鲁之学也。）"（明正德七年刻本）

黄公望原题：

至正九年春正月，为彦功作雪山次，春雪大作，凡两三次，直至毕工方止，亦奇事也。大痴道人，时年八十有一，书此以记岁月云。

[元] 黄公望，《九峰雪霁图》，绢本立轴，水墨，纵117.2厘米、横55.3厘米，故宫博物院藏

观黄公望《九峰雪霁图》步其《顾恺之秋江晴嶂图》诗韵

墨淡勾皴少，苔浓意更长。

瑶岑明凿凿，碧宇渺茫茫。

光洁千心净，幽玄万古凉。

正唯萧瑟久，写得此璩乡。

注释

1. 黄公望《顾恺之秋江晴嶂图诗》："三绝如君少，斯图更擅长。设施无斧凿，点染自微茫。山碧林光净，江清秋气凉。怜余瞻对久，疑入白云乡。"
2. 瑶岑：指雪山。凿凿：鲜明貌，高峻貌。
3. 碧宇：天空。
4. 千心：百计千心。
5. 璩乡：喻冰雪世界。璩，美玉。

［元］黄公望，《剩山图》，纸本水墨，纵 33.64 厘米、横 68.41 厘米，浙江省博物馆藏

黄公望原题： 至正七年，仆归富春山居，无用师偕往，暇日于南楼援笔写成此卷，兴之所至，不觉亹亹布置如许，逐旋填札，阅三四载未得完备，盖因留在山中，而云游在外故尔。今特取回行李中，早晚得暇，当为着笔。无用过虑有巧取豪夺者，俾先识卷末，庶使知其成就之难也。十年青龙在庚寅歜节前一日，大痴学人书于云间夏氏知止堂。

[元] 黄公望，《富春山居图》（无用师卷），纸本水墨，纵 33.64 厘米、横 652.4 厘米，台北故宫博物院藏

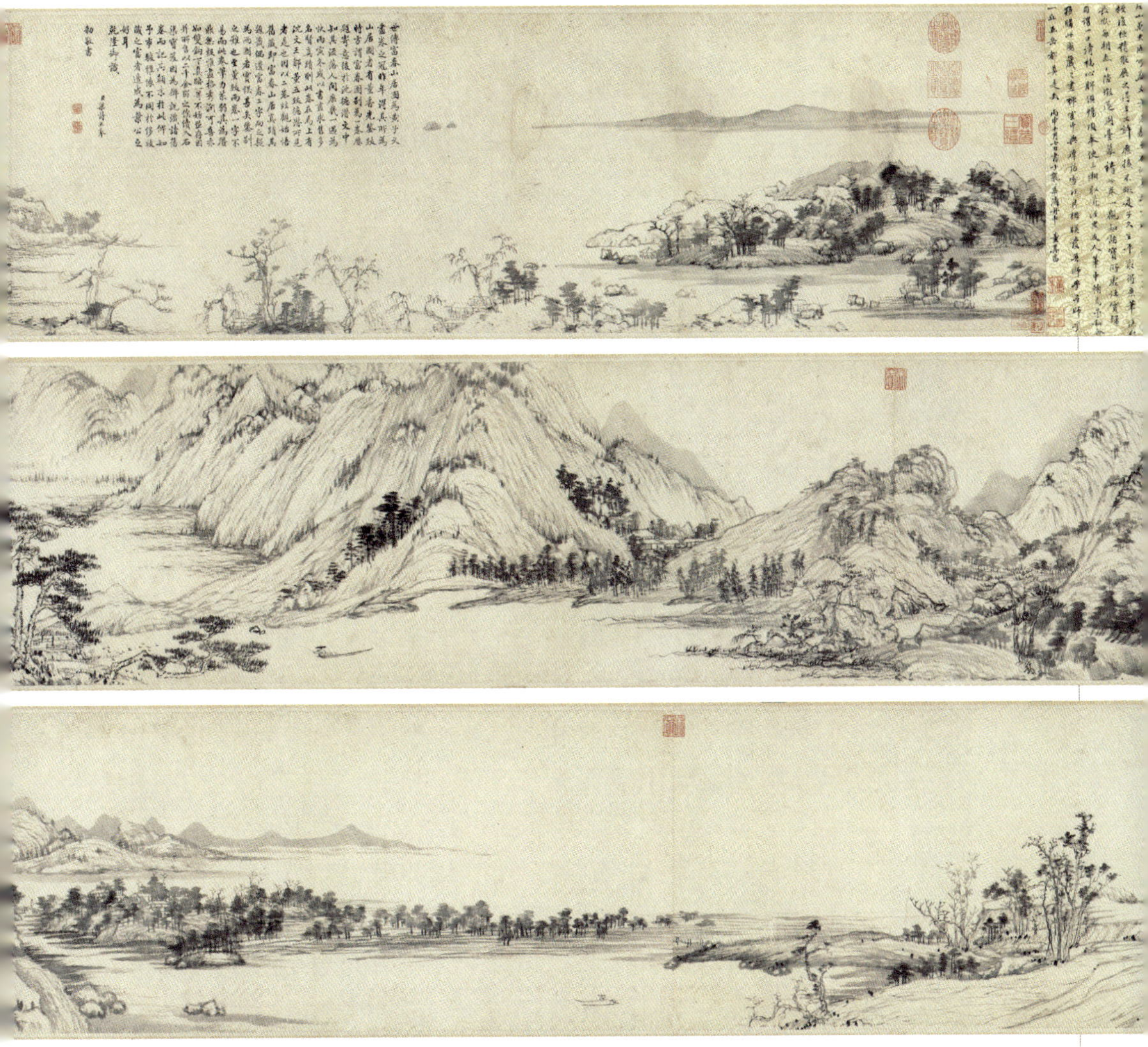

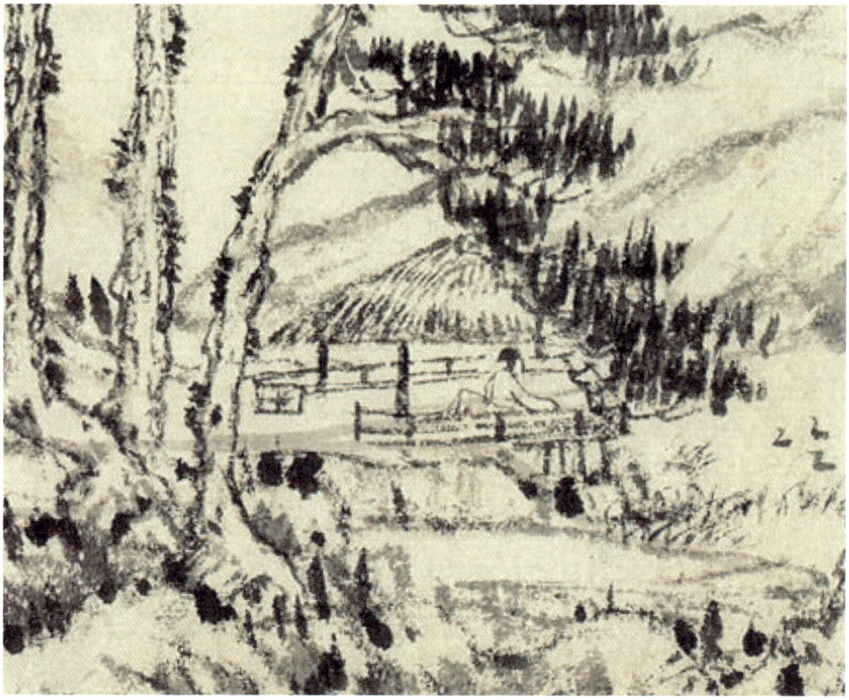

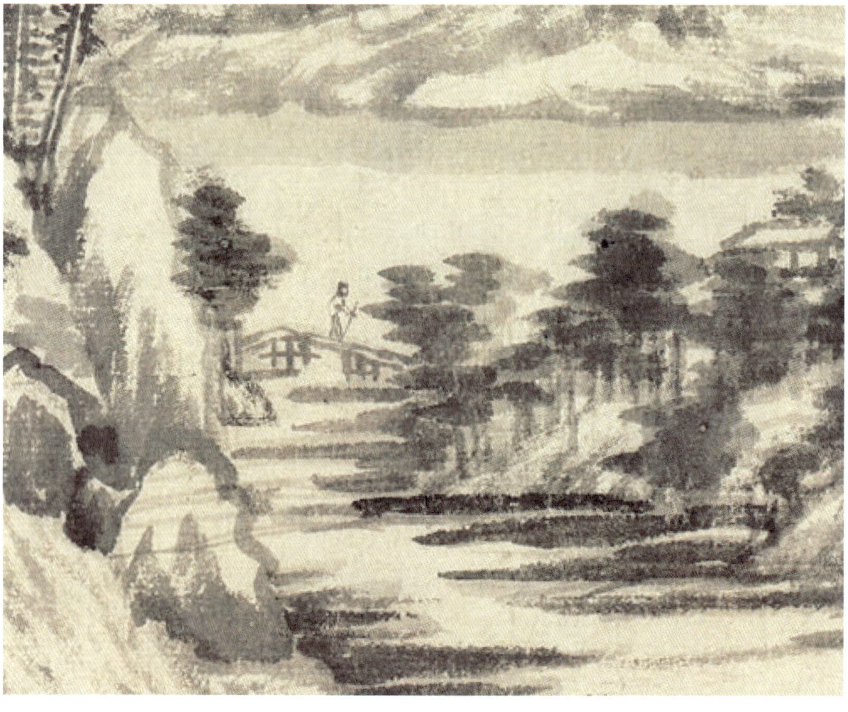

观黄公望《富春山居图》（古体）

造化融结好江山，　天下独绝古今传。
耄耋子久多冥索，　来归日日醉澄鲜。
常在深篁幽峻处，　水怪悲诧亦不顾。
偶然兴到万籁息，　擘画亹亹朝复暮。
逐旋填札阅四载，　磅礴宇宙在乎手。
夺得天工灵妙机，　功成宝光射牛斗。
回环萦绕忽变灭，　无限川流与山苞。
开合阴阳存大道，　纵横转搭在一爻。
参差披麻尽得得，　历落苔点何般般。
玉龙峻兮翠琅玕，　近波鳞兮远失澜。
崎岩风静人居好，　别浦日长渔钓安。
扶杖子陵过略彴，　观鹅逸少倚栏杆。
千年凝注情难了，　只欲腾身住其间。
如有冥冥脱丁厄，　无可奈何别剩山。

注释

1. 川流与山苞：《诗经·大雅·常武》："如江如汉，如山之苞。如川之流，绵绵翼翼。"
2. 水怪悲诧亦不顾：明李日华《紫桃轩杂缀》卷一："陈郡丞尝谓余言，黄子久终日只在荒山乱石丛木深筱中坐，意态忽忽，人不测其为何。又每往泖中通海处，看激流轰浪，虽风雨骤至，水怪悲诧而不顾。噫！此大痴之笔所以沈郁变化几与造化争神奇哉。"
3. 子陵：严光，字子陵，此泛指隐士。逸少：王羲之，字逸少，此泛指文人。
4. 清吴历《墨井画跋外卷》："大痴晚年归富阳，写富春山卷，笔法游戏如草篆。传闻有二本，一不知其详，一被好事者拳拳宝爱，不离于手，迨将终时，投之于火，旁人亟取，已烧卷首尺余矣。余在广陵所临者，烬余本也。"
5. 丁厄：火灾。唐陈陶《步虚引》："赤城门闭六丁直，晓日已烧东海色。"

论吴镇

画家小传

吴镇（1280—1354？），字仲圭，号梅花道人，浙江嘉兴人。一生隐居，志行高洁，卖卜为生。精易数，工诗文。擅画山水墨竹，师法董巨，题材多为渔隐，五墨齐备，沉雄郁茂，影响深远，位列元四家。后人辑有《梅花道人遗墨》二卷。传世画作有《双桧平远图》、《秋江渔隐图》等。

载记选录

元夏文彦《图绘宝鉴》卷五："吴镇，字仲圭，号梅花道人，嘉兴魏塘镇人，画山水师巨然，其临模与合作者绝佳，而往往传于世者皆不专志，故极率略，亦能墨竹墨花。"（《丛书集成初编》本，第87页）

明徐象梅《两浙名贤录》卷四十四，"梅花道人吴仲圭镇"："吴镇，字仲圭，嘉兴人，性高介，隐居不仕，工辞翰，尤善画山水竹石，每题诗其上，当时称为三绝。有势力者求之多不得，惟赠贫士，使取直焉。以爱梅自称梅花道人，未殁时，尝自题其墓曰：'梅花和尚之塔。'"（明天启三年光碧堂刻本）

吴镇原题： 江上秋光薄，枫林霜叶稀。斜阳随树转，去雁背人飞。云影连江浒，渔家并翠微。沙涯如有约，相伴钓船归。梅花道人戏墨。

［元］吴镇，《秋江渔隐图》，绢本立轴，水墨，纵189.1厘米、横88.5厘米，台北故宫博物院藏

观吴镇《秋江渔隐图》步其原题诗韵

寸碧岚烟薄，乔松鳞鬣稀。

主峰如矫转，何物不灵飞。

曲曲现神浒，悠悠入杳微。

莫忘鸥鹭约，且趁好风归。

注释

1. 寸碧：远山。唐韩愈、孟郊《城南联句》："遥岑出寸碧，远目增双明。"
2. 浒：水涯，水边。
3. 杳微：深奥精微。

吴镇原题： 洞庭湖上晚风生，风揽湖心一叶横。兰棹稳，草衣轻，只钓鲈鱼不钓名。至正元年秋九月，梅花道人戏墨。

观吴镇《洞庭渔隐图》步其原题词韵

烟汀泽国苇丛生，

松柏如虬清气横。

渔父稳，扁舟轻，

不载丹青不载名。

[元] 吴镇，《洞庭渔隐图》，纸本立轴，水墨，纵146.4厘米、横58.6厘米，台北故宫博物院藏

[元] 吴镇，《芦滩钓艇图》，纸本水墨，纵 39 厘米、横 65 厘米，美国大都会艺术博物馆藏

吴镇原题： 红叶村西日影余。黄庐滩畔月痕初。轻拨棹，且归欤。挂起渔竿不钓鱼。梅老戏墨。

观吴镇《芦滩钓艇图》步其原题词韵

千尺危崖半角余，树萝低映浪痕初。
还孤棹，唱狎欤。得意渔翁一篓鱼。

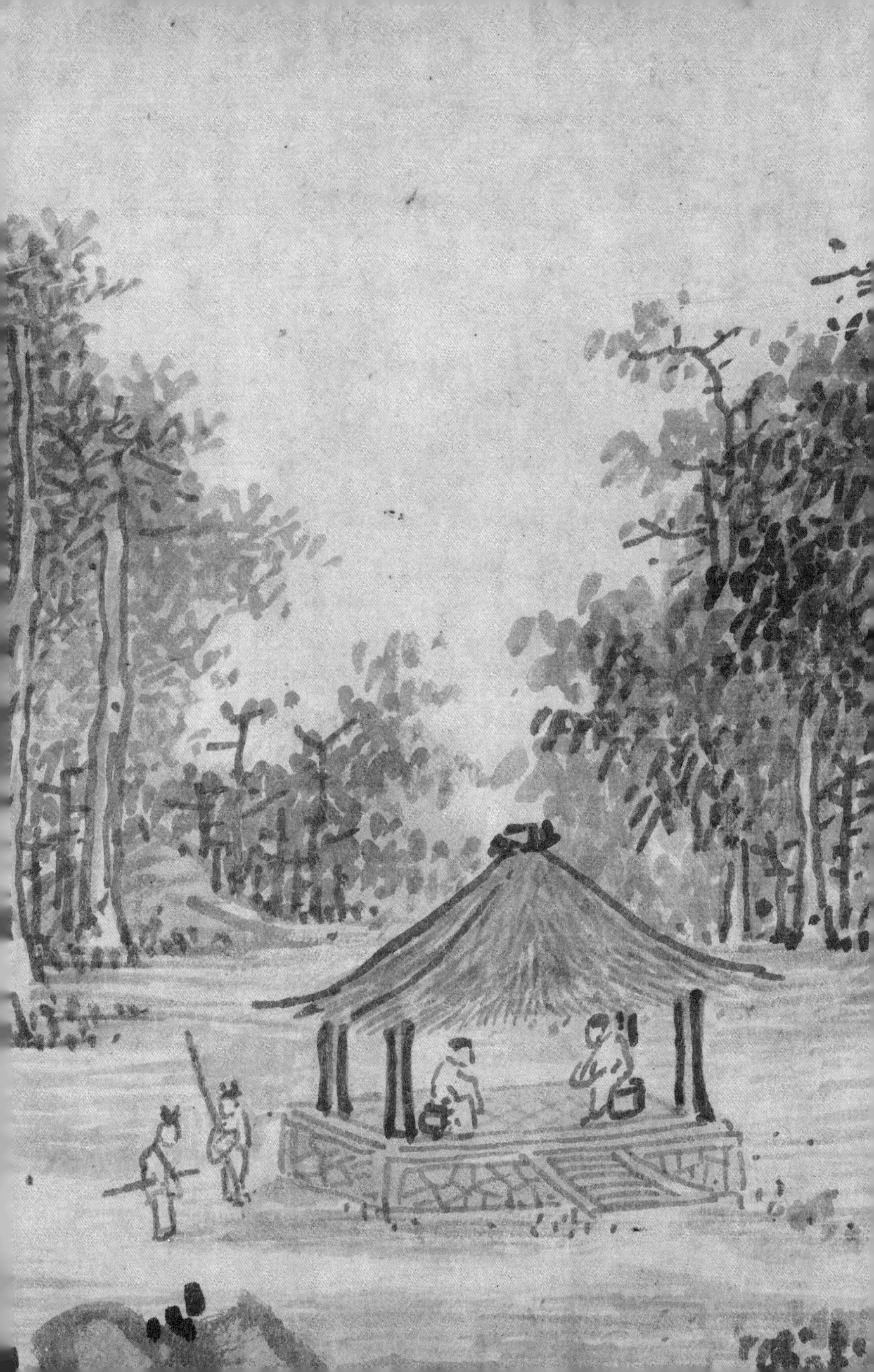

[元] 吴镇，《草亭诗意图》，纸本水墨，纵 23.8 厘米、横 99.4 厘米，美国克利夫兰艺术博物馆藏

吴镇原题：依村构草亭，端方意匠宏。林深禽鸟乐，尘远竹松清。泉石俱延赏，琴书悦性情。何当谢凡近，任适慰平生。至正七年丁亥冬十月为元深戏作草亭诗意，梅沙弥书。

观吴镇《草亭诗意图》步其原题诗韵

僻野有园亭,朴疏意匠宏。
杖藜栖歇乐,傍樾峻嶒清。
墨法激玄赏,冰心洗物情。
何当一亲近,展目慰平生。

注释
1. 峻嶒:陡峭不平貌。

论赵雍

画家小传

赵雍（1289—1369），字仲穆，吴兴（今浙江湖州）人。赵孟頫之仲子，王蒙之舅。历迁至翰林院待制。幼承家学，精鉴赏，工书擅画，尤精人物鞍马。传世有《兰竹图》、《溪山渔隐》、《饮中八仙图》等。

载记选录

元夏文彦《图绘宝鉴》卷五："赵雍，字仲穆，文敏子，官至集贤待制，同知湖州路总管府事。画山水师董源，尤善人马，书篆皆精妙。子凤，字允文，画兰竹与乃父乱真，集贤每题作己画，以酬索者，故其名不显。麟，字彦徵，以国子生登第，今为江浙行省检校，善画人马。"（丛书集成初编本，第82页）

元遒贤题： 挟弹游骑图。长安少年豪侠者，茜红衫色桃花马。击球纵猎五陵归，缓控丝缰芳树下。牙弰竹弓新月弯，囊中更有黄金丸。绿阴深沉鸟声绝，落花飞絮生愁端。君不见堕卵覆巢非厚德，蓬肉区区味何益。鹓雏多在碧梧枝，少年慎勿轻弹射。紫云山人遒贤题。

[元] 赵雍，《挟弹游骑图》，纸本设色，纵 109 厘米、横 46.3 厘米，故宫博物院藏

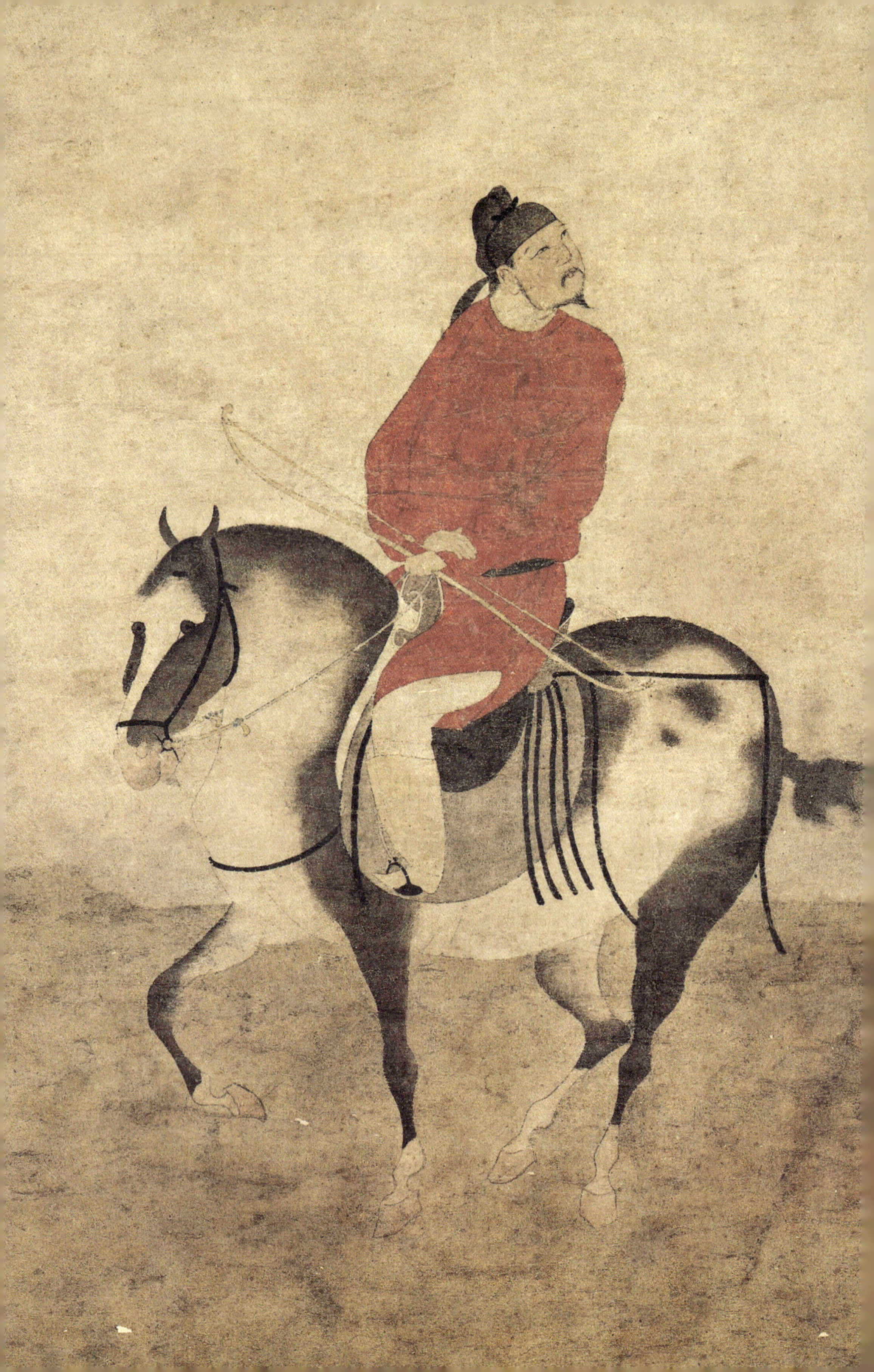

观赵雍《挟弹游骑图》步迺贤原题诗韵（古体）

红衣乌帽何为者，挟弹坐跨桃花马。

五陵兴尽将欲归，忽闻黄雀高树下。

控手不觉已拳弯，囊中欲响小金丸。

视虱如轮众称绝，生灵一见起愁端。

君不见万物各秉天之德，戕残为乐终何益。

溪山闲去杖筇枝，自是人间藐姑射。

注释

1. 视虱如轮：《列子·汤问第五》："昌以氂悬虱于牖，南面而望之，旬日之间，浸大也，三年之后，如车轮焉，以睹余物，皆丘山也。"东晋张湛注曰："视虱如轮，则余物称此而大焉。"

论倪瓒

画家小传

倪瓒（1301—1374），初名珽，字泰宇，后字元镇，号云林子、荆蛮民、幻霞子，江苏无锡人。生于豪富之家，性好洁而迂，人称"倪迂"。长兄、母亲相继病故，复遭社会动荡，无力支撑，于元至正初年，散其家资，漫游于五湖三泖间二十余年，直至病逝。工诗文擅书画，师法董源、赵孟頫，平淡天真，笔简意深，位列元四家，影响至巨。传世有《清閟阁集》、《渔庄秋霁图》、《六君子图》、《容膝斋图》等。

载记选录

元夏文彦《图绘宝鉴》卷五："倪瓒，字元镇，号云林生，常州无锡人，画林木平远、竹石，殊无市朝尘埃气，晚年率略酬应，似出二手。"（丛书集成初编本，第87页）

明王宾《元处士云林倪先生旅葬墓志铭》："云林姓倪，讳瓒，字元镇，所居云林，故号云林先生。其家常州无锡富家，至正初，兵未动，鬻其家田产。不事富家事，事作诗，人窃笑其为戆。兵动，诸富家剽剥废田产，人始赏其有见。性好洁，盥颒易水数十次，冠服著时，数十次拂振，斋阁前后树石常洗拭，见俗士避去如恐浼。从王文友读书，文友死，殓葬不计所费，一如其所亲。友张伯雨，后伯雨至其家，会鬻田产得钱千百缗，念伯雨老不载至，推与不留一缗。盛年诗名在馆阁，晚当至正末，飘流中作诗，益自喜其诗信口率与唐人语合。年七十四，旅葬江阴习里。子二：孟羽、季民。孟羽早卒。女三。其诗散逸，人咸惜之。铭曰：捐所忧，心何求，吁嗟乎其为。安所由，身何投，吁嗟乎其时。蠲所修，名何留，吁嗟乎其诗。"（[元]倪瓒撰《清閟阁全集》卷十一，凤凰出版社《无锡文库》2012年影印康熙五十二年曹培廉城书室刻本，第123页）

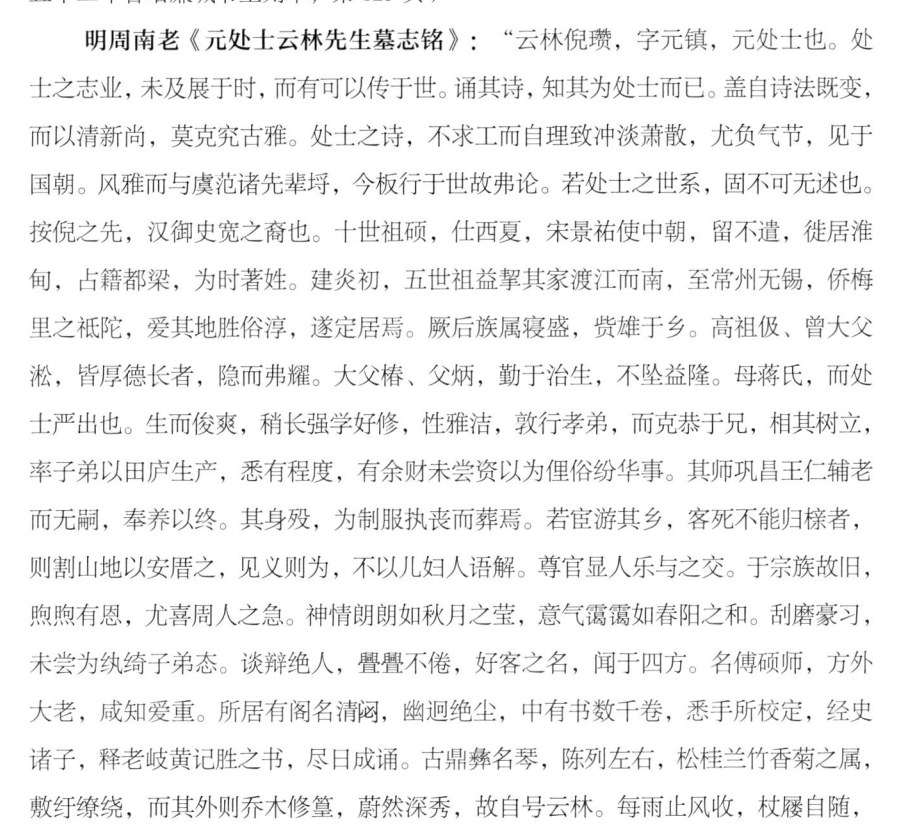

明周南老《元处士云林先生墓志铭》："云林倪瓒，字元镇，元处士也。处士之志业，未及展于时，而有可以传于世。诵其诗，知其为处士而已。盖自诗法既变，而以清新尚，莫克究古雅。处士之诗，不求工而自理致冲淡萧散，尤负气节，见于国朝。风雅而与虞范诸先辈埒，今板行于世故弗论。若处士之世系，固不可无述也。按倪之先，汉御史宽之裔也。十世祖硕，仕西夏，宋景祐使中朝，留不遣，徙居淮甸，占籍都梁，为时著姓。建炎初，五世祖益挈其家渡江而南，至常州无锡，侨梅里之祇陀，爱其地胜俗淳，遂定居焉。厥后族属寝盛，赀雄于乡。高祖伋、曾大父淞，皆厚德长者，隐而弗耀。大父椿、父炳，勤于治生，不坠益隆。母蒋氏，而处士严出也。生而俊爽，稍长强学好修，性雅洁，敦行孝弟，而克恭于兄，相其树立，率子弟以田庐生产，悉有程度，有余财未尝资以为俚俗纷华事。其师巩昌王仁辅老而无嗣，奉养以终。其身殁，为制服执丧而葬焉。若宦游其乡，客死不能归榇者，则割山地以安厝之，见义则为，不以儿妇人语解。尊官显人乐与之交。于宗族故旧，煦煦有恩，尤喜周人之急。神情朗朗如秋月之莹，意气霭霭如春阳之和。刮磨豪习，未尝为纨绮子弟态。谈辩绝人，亹亹不倦，好客之名，闻于四方。名僧硕师，方外大老，咸知爱重。所居有阁名清閟，幽迥绝尘，中有书数千卷，悉手所校定，经史诸子，释老岐黄记胜之书，尽日成诵。古鼎彝名琴，陈列左右，松桂兰竹香菊之属，敷纤缭绕，而其外则乔木修篁，蔚然深秀，故自号云林。每雨止风收，杖屦自随，逍遥容与，咏歌以娱。望之者识其为世外人。客至辄笑语留连，竟夕乃已。平生无他好玩，惟嗜蓄古法书名画，持以售者归其直，累百金无所靳。雅趣吟兴，每发挥于缣素间，苍劲妍润，尤得清致。奉币赀求之者无虚日。晚益务恬退，弃散无所积，屏虑释累，黄冠野服，浮游湖山间以遂肥遁，气采愈高，不为诡曲以事上官，足迹不涉贵人之门，与世浮沉，耻于衒暴，清而不污，将依隐焉。世氛颇净，复往来城市，混迹编氓，沉晦免祸，介石之操，礉然不踰。年既老而耳益聪，目益明，饮啖步履不异壮时，气貌充然，其所养可知矣。处士所著有稿，句曲张天雨、钱塘俞和爱之，为书成帙藏于家。洪武甲寅十一月十一日甲子以疾卒，享年七十有四。娶蒋氏，先处士七年卒。子二：长孟羽，字腾霄，号碧落；次季民，字国珍，号耕逸，又号蓬居。女三：长适徐瑗，次适陆颐，幼为母舅蒋氏女。孙男女若干人。既以某年某月日奉柩葬于无锡芙蓉山祖茔之下而刻石识岁月，且遵治命来征铭。余辱游于处士甚久，处士来吴尝主余家，山肴野藬，促席道故旧间，规其所偏，未尝愠见，或吟诗作画，纵步徜徉。今年秋仲，留诗为别，而孰知遂成永诀乎。余少处士七岁而将衰，行将与草木俱腐，何足以任其托乎。虽然，讵可恝然亡言乎，辄举其概，为铭以畀之，聊以纾余哀云耳。铭曰：受才之美有其时，曷贾弗售卒不施。依隐玩世与时违，安常处顺全吾归。嗇不使禄昌载诗，寝言歌之其声希，没而不朽惟在兹。"（［元］倪瓒撰《清閟阁全集》卷十一，凤凰出版社《无锡文库》2012年影印康熙五十二年曹培廉城书室刻本，第123—124页）

明张端《云林倪先生墓表》："云林，讳瓒，字元镇。清姿玉立，冲淡淳雅，得之天然。多读书，礼乐制度，莫不究索。所作书画，自成一家。潇洒颖脱，若非出于人为者。至正间，与欧虞范揭诸老诗鸣埒联属，姓名板行于世。日晏坐清閟阁，于世泊如也。或作溪山小景，人得之如拱璧。家故饶于赀，不以富为事。有洁癖，所建云林堂、逍闲仙亭、朱阳宾馆、雪鹤洞、海岳翁书画轩，斋阁前植杂色花卉，下以白乳氄其隙，时加汛濯，花叶堕下，则以长竿粘取之，恐人足侵污也。出入则以书画舫、笔床、茶灶自随。清閟阁籍以青毡，设纻履百两，客至易之始入。雪鹤洞，以白毡铺之，几案则覆以碧云笺。见俗士索钱，则置钱于远所，索者自取之，恐触其衣也。一盥颒易水数十次，冠服数十次振拂。一日弃田宅，曰：'天下多事矣。吾将遨游以玩世。'自是往来五湖三泖间二十余年，多居琳宫梵宇，人望之若古仙异人。复归鬻田产，厚葬从学师王文友。所交张伯雨后至其家，念老不再至，千百缗推与之，不留一缗。其轻财恢量如此。"（［元］倪瓒撰《清閟阁全集》卷十一，凤凰出版社《无锡文库》2012年影印康熙五十二年曹培廉城书室刻本，第124—125页）

清张廷玉等《明史》卷二百九十八"隐逸"："倪瓒，字元镇，无锡人也。家雄于赀，工诗，善书画。四方名士日至其门。所居有阁曰清閟，幽迥绝尘。藏书数千卷，皆手自勘定。古鼎法书，名琴奇画，陈列左右。四时卉木，萦绕其外，高木修篁，蔚然深秀，故自号云林居士。时与客觞咏其中。为人有洁癖，盥濯不离手。俗客造庐，比去，必洗涤其处。求缣素者踵至，瓒亦时应之。至正初，海内无事，忽散其赀给亲故，人咸怪之。未几兵兴，富家悉被祸，而瓒扁舟箬笠，往来震泽、三泖间，独不罹患。张士诚累欲钩致之，逃渔舟以免。其弟士信以币乞画，瓒又斥去。士信恚，他日从宾客游湖上，闻异香出葭苇间，疑为瓒也，物色渔舟中，果得之。抶几毙，终无一言。及吴平，瓒年老矣，黄冠野服，混迹编氓。洪武七年卒，年七十四。"（中华书局，1974，第7624—7625页）

倪瓒原题： 江上春风积雨晴，隔江春树夕阳明。疏松近水笙声迥，青峰浮岚黛色横。秦望山头悲往迹，云门寺里看题名。蹇余亦欲寻奇胜，舟过钱唐半日程。癸卯二月十七日赋此诗并写江岸望山图奉送惟允友契之会稽。倪瓒。

［元］倪瓒，《江岸望山图》，立轴，纸本设色，纵 111.3 厘米、横 33.2 厘米，台北故宫博物院藏

观倪瓒《江岸望山图》步其原题诗韵

暂寄浮生喜雨晴，江山照眼气清明。

螳儿枝上神孤迥，渌老苔中意恣横。

折带看来微露迹，披麻如许圣声名。

天真古淡蕴奇胜，臻至洵为百代程。

注释

1. 清吴升评此图："浓淡墨横点苔，皴法全用大披麻，得巨然神髓。迂翁画大抵平远山峰，不多作树，似此高崖峭壁，具太华削成之势，大小树点叶纷披，都非向来面目，乃知此翁绘妙中扫空蹊径，有如许大手笔也。"（《大观录》，元贤四大家名画卷十七）
2. 螳儿枝：指螳螂枝法，为中国山水画画树法之一种，为倪瓒所擅。
3. 渌老：眼睛。金董解元《董解元西厢》："那鹘鸰渌老儿，难道不清雅？"清恽格《南田画跋》卷上："画有用苔者，有无苔者。苔为草痕石迹，或亦非石非草。却似有此一物，便应有此一物。譬之人有眼，通体皆灵。究竟通体皆灵，不独在眼，然而离眼不可也。"此喻倪瓒此画之点苔。
4. 折带看来微露迹：折带，指折带皴，中国山水画技法之一，创自倪瓒。是图折带皴似初露端倪。
5. 披麻：指披麻皴，中国山水画技法之一，创自五代董源。

[元] 倪瓒，《安处斋图》，纸本水墨，纵 25.4 厘米、横 71.6 厘米，台北故宫博物院藏

倪瓒原题： 湖上斋居处士家，淡烟疏柳望中赊。安时为善年年乐，处顺谋身事事佳。竹叶夜香缸面酒，菊苗春点磨头茶。幽栖不作红尘客，遮莫寒江卷浪花。十月望日，写安处斋图，并赋长句。倪瓒。

观倪瓒《安处斋图》步其原题诗韵

三泖九峰何处家，展图凝望慕心赊。

空河断岸万古寂，疏木幽居无量佳。

笔墨枯寒欲催酒，意思雅洁可当茶。

冷看一向红尘客，不改旧时霜月花。

注释

1. 三泖九峰：在今上海松江一带。倪瓒《为文举画泖山图因题》："华亭西畔路，来访旧时踪。月浸半江水，莲开九朵峰。酒杯时可把，林叟或相从。兴尽泠然去，云涛起鏊松。"明张端《云林倪先生墓表》："一日弃田宅，曰：'天下多事矣。吾将遨游以玩世。'自是往来五湖三泖间二十余年，多居琳宫梵宇，人望之若古仙异人。"

[元] 倪瓒，《容膝斋图》，纸本水墨，纵 74.7 厘米、横 35.5 厘米，台北故宫博物院藏

倪瓒原题： 壬子岁七月五日云林生写。屋角春风多杏花，小斋容膝度年华。金梭跃水池鱼戏，彩凤栖林涧竹斜。亹亹清谈霏玉屑，萧萧白发岸乌纱。而今不二韩康价，市上悬壶未足夸。甲寅三月四日，檗轩翁复携此图来索谬诗，赠寄仁仲医师。且锡山予之故乡也，容膝斋则仁仲燕居之所。他日将归故乡，登斯斋，持卮酒，展斯图，为仁仲寿，当遂吾志也。云林子识。

观倪瓒《容膝斋图》步其原题诗韵

静水寒山无有花，墨分五彩自高华。
闷清惜墨金悭吝，折带淡皴锋侧斜。
幽洁洗心少青目，天真容膝岸乌纱。
一从鹤去云归后，六百年来谁足夸。

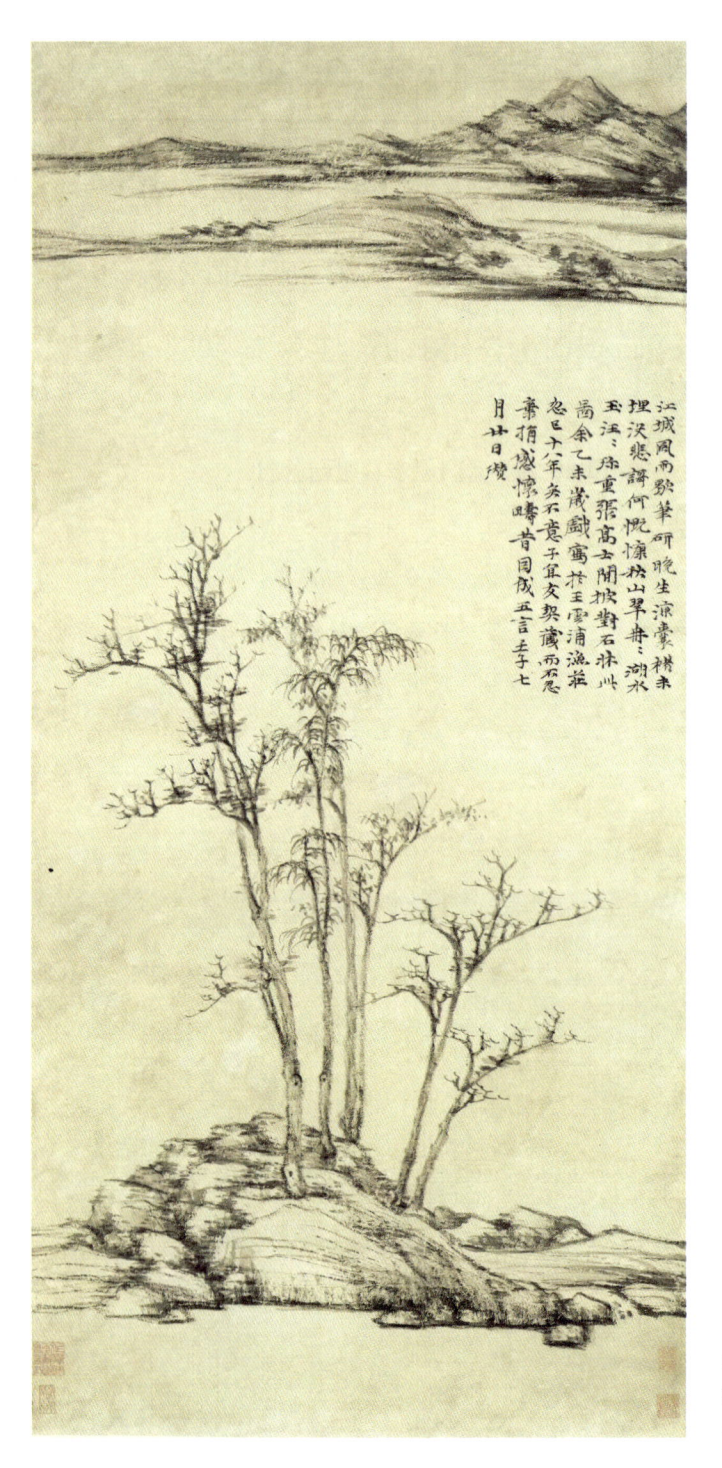

[元]倪瓒,《渔庄秋霁图》,纸本水墨,纵96.1厘米、横46.1厘米,上海博物馆藏

倪瓒原题：江城风雨歇，笔研晚生凉。囊褚未埋没，悲歌何慨慷。秋山翠冉冉，湖水玉汪汪。珍重张高士，闲披对石床。此图余乙未岁戏写于王云浦渔庄，忽已十八年矣。不意子宜友契藏而不忍弃捐，感怀畴昔，因成五言，壬子七月廿日。瓒。

观倪瓒《渔庄秋霁图》步其原题诗韵

寂寥绝人迹，雀爪自生凉。
草草传幽渺，疏疏寄慨慷。
侧锋光冉冉，虚白水汪汪。
愿得此清景，听琴倚石床。

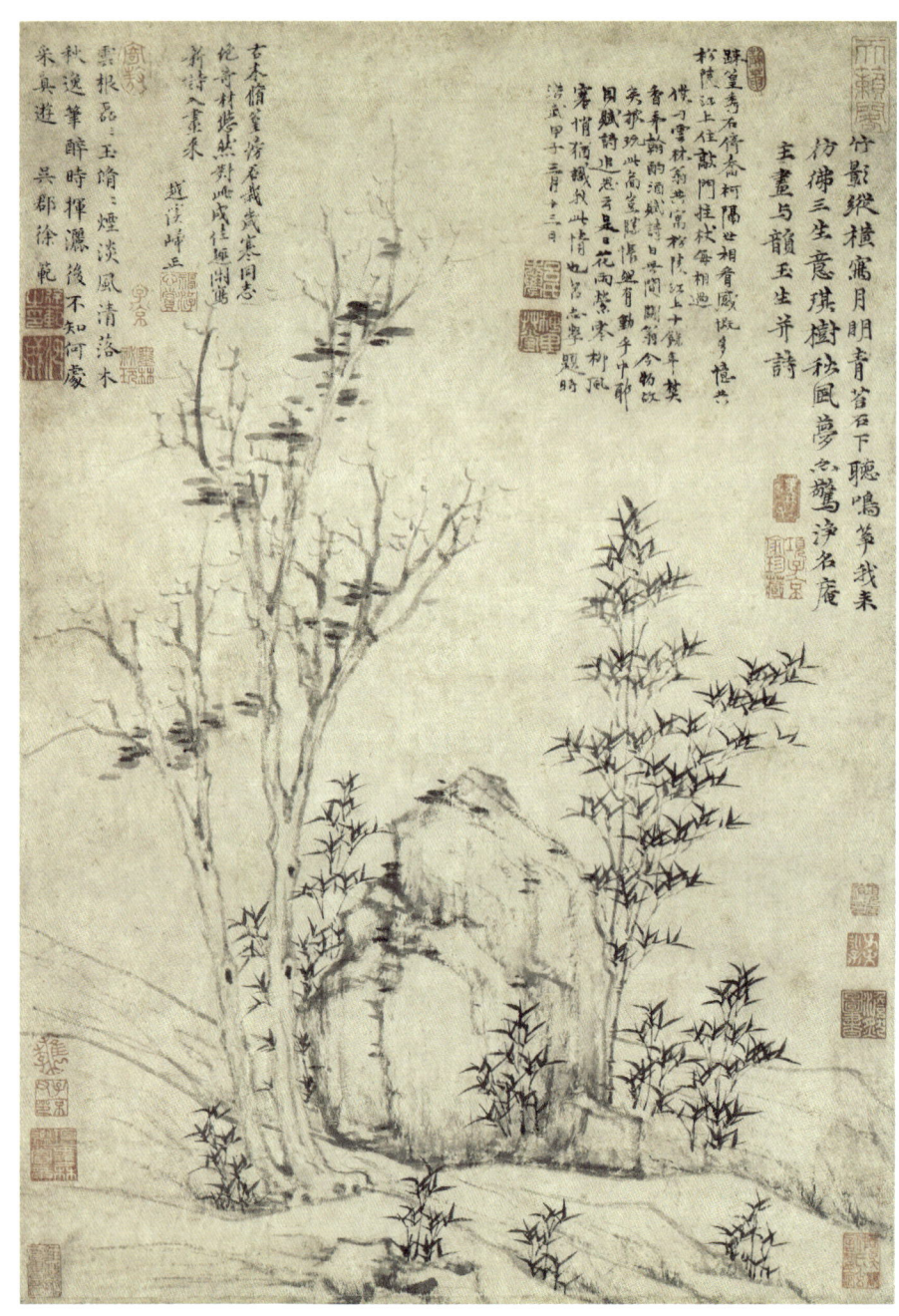

[元]倪瓒，《琪树秋风图》，纸本水墨，纵62厘米、横43.3厘米，上海博物馆藏

倪瓒原题： 竹影纵横写月明，青苔石下听鸣筝。我来仿佛三生意，琪树秋风梦亦惊。净名庵主画与韵玉生并诗。

观倪瓒《琪树秋风图》步其原题诗韵

苔石晶晶月下明，萧萧竹树引清筝。
天长地久静中住，暑去秋来不著惊。

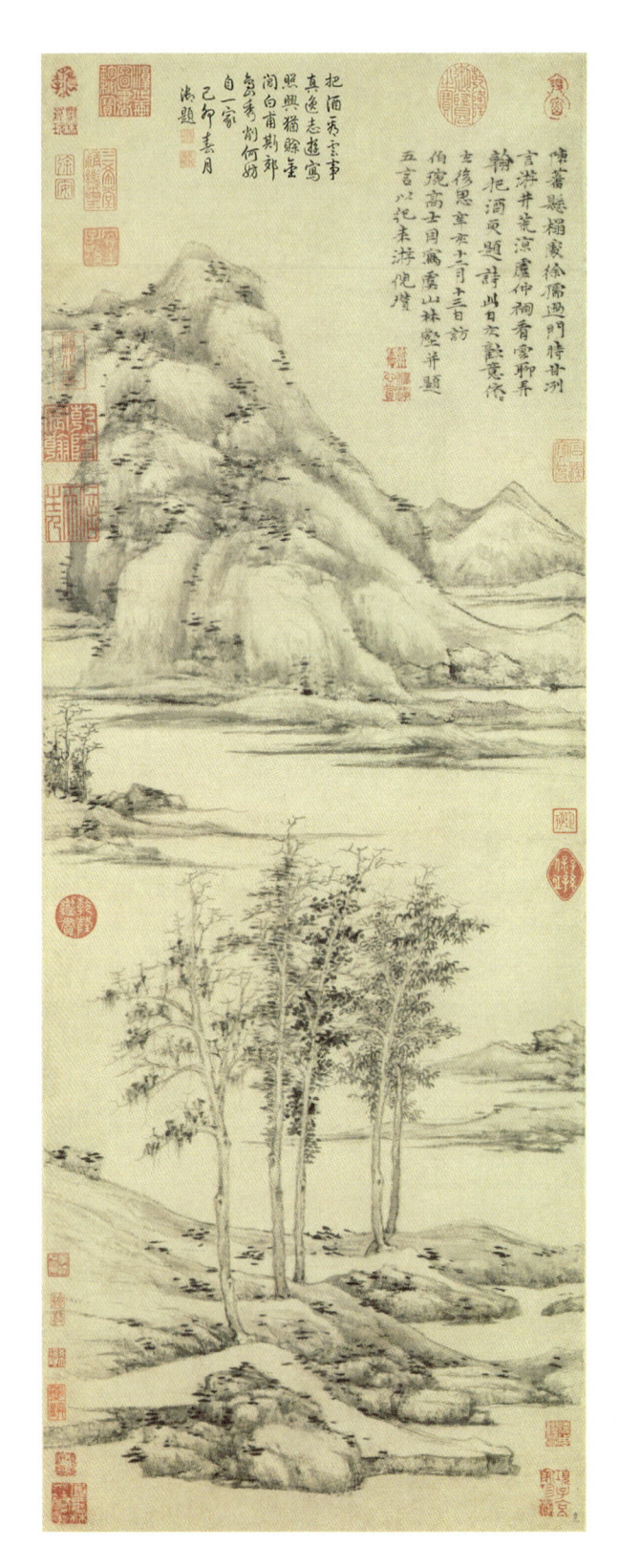

[元] 倪瓒，《虞山林壑图》，立轴，纸本水墨，纵 94.6 厘米、横 34.9 厘米，美国大都会艺术博物馆藏

倪瓒原题： 陈蕃悬榻处，徐孺过门时。甘洌言游井，荒凉虞仲祠。看云聊弄翰，把酒更题诗。此日交欢意，依依去后思。辛亥十二月十三日，访伯琬高士，因写虞山林壑，并题五言以纪来游。倪瓒。

观倪瓒《虞山林壑图》步其原题诗韵

浪游林壑处，花落鸟啼时。
洁癖费丹井，疏慵近道祠。
窗明聊染翰，友爱复题诗。
一片萧骚意，无边清洌思。

注释
1. 丹井：炼丹井。
2. 近道祠：言倪瓒亲近寺观。道祠，寺观。明张端《云林倪先生墓表》："多居琳官梵宇，人望之若古仙异人。"
3. 萧骚：冷落萧瑟。

倪瓒原题：七月六日雨，宿云岫翁幽居，文伯贤良以此纸索画，因写秋亭嘉树图并诗以赠。风雨萧条晚作凉，两株嘉树近当窗。结庐人境无来辙，寓迹醉乡真乐邦。南渚残云宿虚牖，西山青影落秋江。临流染翰摹幽意，忽有冲烟白鹤双。瓒。

[元] 倪瓒，《秋亭嘉树图》，纸本水墨，纵134厘米、横34.3厘米，故宫博物院藏

观倪瓒《秋亭嘉树图》步其原题诗韵

平水遥岑冷沁凉，浮生一寄感驹窗。

矮亭寂寂招云辙，嘉木堂堂乐隐邦。

乘兴挥豪空六牖，放怀信口夺三江。

逸中犹有荆关意，幽淡何人能再双。

注释

1. 浮生一寄感驹窗：言倪瓒人生后期散家财云游太湖一带多年。明张端《云林倪先生墓表》："一日弃田宅，曰：'天下多事矣。吾将遨游以玩世。'自是往来五湖三泖间二十余年。"驹窗：喻光阴易逝。五代杜光庭《封李真人告词》："狥驹窗电逝之劳，得鳌岭云行之趣。"
2. 六牖：即六窗，比喻六根。
3. 放怀信口夺三江：言倪瓒此题诗信口而吟，脱然畦封。杜甫《醉歌行》："词源倒流三峡水，笔阵横扫千人军。"

论王蒙

画家小传

王蒙（1308？—1385），字叔明，号黄鹤山樵、香光居士等。吴兴（今浙江湖州）人，赵孟頫外孙。入明后曾任泰安知州。因曾观画于胡惟庸宅，受胡案牵连，瘐死狱中。工诗擅画，师法董巨，以繁密见胜，元气磅礴，影响深远，位列元四家。传世有《春山读书图》、《丹山瀛海图》、《青卞隐居图》等。

载记选录

元倪瓒《寄王叔明》："能诗何水部，爱石米南宫。允尔英才最，居然外祖风。钓丝烟雾外，船影画图中。他日千金积，陶朱术偶同。"（［元］倪瓒撰《清閟阁全集》卷三，凤凰出版社《无锡文库》2012年影印康熙五十二年曹培廉城书室刻本，第28页）

元夏文彦《图绘宝鉴》卷五："王蒙，字叔明，吴兴人，赵文敏甥，画山水师巨然，甚得用墨法，秀润可喜，亦善人物。"（丛书集成初编本，第88页）

清张廷玉《明史》卷二百八十五"文苑一"："王蒙，字叔明，湖州人，赵孟頫之甥也。敏于文，不尚榘度。工画山水，兼善人物。少时赋宫词，仁和俞友仁见之，曰'此唐人佳句也'，遂以妹妻焉。元末官理问，遇乱，隐居黄鹤山，自称黄鹤山樵。洪武初，知泰安州事。蒙尝谒胡惟庸于私第，与会稽郭传、僧知聪观画。惟庸伏法，蒙坐事被逮，瘐死狱中。"（中华书局，1974，第7333页）

王蒙原题：太湖秋霁画图开，天尽烟帆片片来。见说西施归去后，捧心还上越王台。西施绝代不堪招，独倚危阑吹洞箫。七十二峰烟浪里，不知何处是夫椒。夫椒山与洞庭连，半没苍波半入烟。堪信鸱夷载西子，馆娃宫在五湖边。云拥空山万木秋，故宫何在水东流。高台不称西施意，却向烟波弄钓舟。至正甲辰九月五日，余适游灵岩归，德机忽持此纸命画竹，遂写近作四绝于上，黄鹤山人王蒙书。

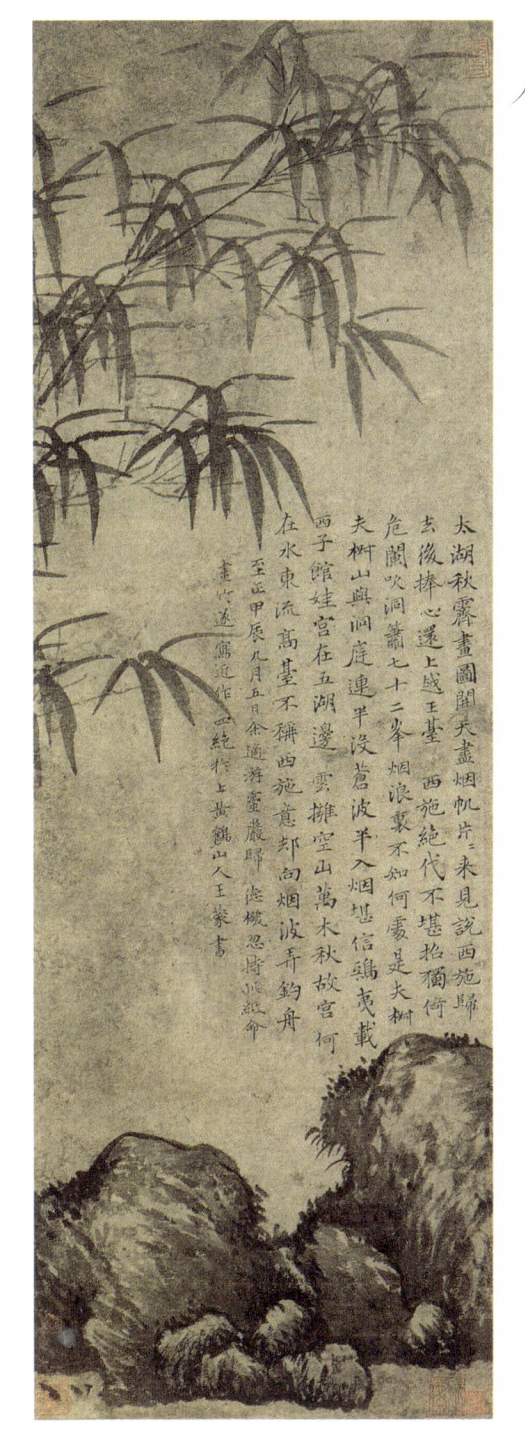

[元]王蒙，《竹石图》，纸本水墨，纵77.2厘米、横27厘米，苏州博物馆藏

观王蒙《竹石图》步其原题诗韵（四首）

檀栾半面掩还开，露冷清风飒飒来。
为问苍岩苔石后，临池可有读书台？

叔明已矣不可招，谁在楼头吹洞箫？
鳞羽参差秋色里，伤心总是叹夫椒。

部娄拳石擂堆连，墨润笔苍凝壑烟。
得法还从巨然子，雄奇变化自无边。

花落花开六百秋，珊瑚铁网付东流。
画痴若解当路意，应向五湖依钓舟。

注释

1. 至正甲辰：公元 1364 年。
2. 檀栾半面掩还开：细观图中之竹，是图或已非完璧欤？
3. 部娄：小土山。《春秋左传·襄公二十四年》："部娄无松柏。"

遠上青山十萬重丹崖翠壑
杳難通松風送瀑來天際花氣
和雲出洞中漁艇幾時來到此
秦人何處空相逢春光易老花
易落流水年年空向東黃鶴山
樵王叔明為原東貴并題

[元] 王蒙，《丹崖翠壑圖》，立軸，纸本水墨，纵 67.9 厘米、横 34.3 厘米，美国大都会艺术博物馆藏

王蒙原题：远上青山千万重，丹崖翠壑杳难通。松风送瀑来天际，花气和云出洞中。渔艇几时来到此，秦人何处定相逢。春光易老花易落，流水年年空向东。黄鹤山樵王叔明为原东画并题旧诗于上。

观王蒙《丹崖翠壑图》步其原题诗韵

双树亭亭叶几重，晓来云露拟能通。
远山近石清无际，解索繁皴剔透中。
观水眠琴闲坐此，凝虚无想藐姑逢。
岫云自起花自落，流水从他流向东。

注释

1. 解索：此指解索皴法，为王蒙所创，行笔屈曲密集，如绳索解开。
2. 眠琴：横放琴。
3. 藐姑：《庄子·逍遥游》："藐姑射之山有神人居焉，肌肤若冰雪，绰约若处子。"

王蒙原题： 山中旧是读书处，谷口亲耕种秋田。写向画图君貌取，只疑黄鹤草堂前。黄鹤山人王蒙。

观王蒙《谷口春耕图》步其原题诗韵

分披董巨风流处，写我桃源山与田。
沧海扬尘谁记取，闲看黄鹤舞堂前。

注释

1. 董巨：指董源与巨然。
2. 沧海扬尘：晋葛洪《神仙传》卷二："麻姑自说云：'接待以来，已见东海三为桑田。向到蓬莱，水又浅于往日会时略半耳，岂将复为陵陆乎？'远叹曰：'圣人皆言海中复行扬尘也。'"
3. 黄鹤：此指黄鹤山，今在杭州临平，海拔310米。

[元] 王蒙，《谷口春耕图》，纸本水墨，纵124.9厘米、横61.1厘米，台北故宫博物院藏

王蒙原题： 阳坡草软鹿麛驯，抱犊微吟碧涧滨。曾采茯苓惊木客，为寻芝草识仙人。白云茅屋人家晓，流水桃花古洞春。数卷南华浑忘却，万株松下一闲身。春尽登山四望赊，碧芜流水绕天涯。松云瀑响猿公树，萝雨烟深谷士家。露肘岩前捣苍术，科头林下煮新茶。紫芝满地无心采，看遍山南山北花。黄鹤峰下樵叟王子蒙画诗书。

［元］王蒙，《春山读书图》，纸本水墨，纵 132.4 厘米、横 55.5 厘米，上海博物馆藏

187

观王蒙《春山读书图》步其原题诗韵（二首）

王侯笔底悍龙驯，惯写巢由在涧滨。
高岭长松无俗客，草亭茅舍若常人。
巧孙当户织争晓，骏子凭几读惜春。
唯有老翁最闲却，倚栏观水养其身。

意匠经营咫尺赊，从来丘壑兴无涯。
华滋浑茂高标树，繁密透空称上家。
解索老成分镂术，点苔渴破欲呼茶。
淡施赭石提神采，犹似痴翁水月花。

注释

1. 巢由：巢父和许由，上古隐士。
2. 巧孙：天孙，织女。《史记·天官书》："婺女，其北织女。织女，天女孙也。"唐司马贞索隐："织女，天孙也。"
3. 骏子：痴儿，爱儿。
4. 解索老成分镂术：言王蒙（叔明）解索皴精熟老成，柔中带刚。清《芥子园画传·山石谱》："叔明辄用古篆隶法杂入皴中，如金钻镂石，鹤嘴划沙。虽师赵吴兴，实自出炉冶。尖而不稚，劲而不板，圆而不成毛团，方而不露圭角。"
5. 犹似痴翁水月花：言王蒙（叔明）此法犹似黄公望（大痴）山水画之浅绛法。清《芥子园画传·青在堂画学浅说·设色》："黄公望皴，仿虞山石面，色善用赭石，浅浅施之，有时再以赭笔勾出大概。王蒙多以赭石和藤黄着山水，其山头喜蓬蓬松松画草，再以赭色勾出，时而竟不着色，只以赭石着山水中人面及松皮而已。"

王蒙原题： 御儿西畔雪溪头，两岸桃花渌水流。东老共酾千日酒，西施同泛五湖舟。少年豪侠知谁在，白发烟波得自由。万古荣华如一梦，笑将青眼对沙鸥。黄鹤山中樵者王蒙敬为玉泉尊舅画并赋诗于上。

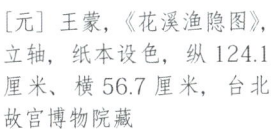

[元] 王蒙，《花溪渔隐图》，立轴，纸本设色，纵 124.1 厘米、横 56.7 厘米，台北故宫博物院藏

观王蒙《花溪渔隐图》步其原题诗韵（二首）

重峦一脉矫龙头，茅舍面屏临水流。

灼灼桃花宜酿酒，泠泠苕雪好行舟。

阴阳来复惟自在，风水抱朝谁使由。

始悟桃源非是梦，何须蓬海伴浮鸥。

注释

1. 重峦一脉矫龙头：此言峰峦连绵，如龙蜿蜒回首。
2. 风水抱朝谁使由：据王蒙原题，此图乃王蒙为其玉泉舅写，而格局气象大合青乌风水之妙，殊堪玩味。

再和

覃思名迹有源头，透网金鳞脱俗流。

迂老饱酣倪懒酒，霖侯独上米颠舟。

点皴认得雄奇在，转搭了知能自由。

好似庄生梦中梦，濛濛境里爱沙鸥。

注释

1. 迂老饱酣倪懒酒，霖侯独上米颠舟：台北故宫博物院藏有三帧王蒙《花溪渔隐图》，三者画法、格局相似，一在正目，二在简目，本图即在简目之乙本者，李霖灿、王季迁先生定为真，已获学界公认。参见王季迁、李霖灿《王蒙的〈花溪渔隐图〉》（原载台北故宫博物院《故宫季刊》第1卷第1期，1966年7月。又收入李霖灿《中国名画研究》，作为第二十二章，浙江大学出版社，2014）。
2. 庄生梦中梦：《庄子·齐物论》："梦饮酒者，旦而哭泣；梦哭泣者，旦而田猎。方其梦也，不知其梦也。梦之中又占其梦焉，觉而后知其梦也。且有大觉而后知此其大梦也，而愚者自以为觉，窃窃然知之。君乎，牧乎，固哉！丘也与女，皆梦也。予谓女梦，亦梦也。是其言也，其名为吊诡。万世之后而一遇大圣，知其解者，是旦暮遇之也。""昔者庄周梦为胡蝶，栩栩然胡蝶也，自喻适志与！不知周也。俄然觉，则蘧蘧然周也。不知周之梦为胡蝶与，胡蝶之梦为周与？周与胡蝶，则必有分矣。此之谓物化。"

[元]王蒙,《空林草亭图》,绢本设色,纵 25.1 厘米、横 28.3 厘米,美国大都会艺术博物馆藏

王蒙原题： 空林萧萧叶自舞，草亭寂寂日卓午。渌波终日受南风，纱巾葛绤无纤暑。野人家近黄鹤峰，暮入空岩听山雨。叔明为惟寅题。

观王蒙《空林草亭图》步其原题诗韵（古体）

皴淡苔浓枝欲舞，草亭寂寂树旁午。

水波留白苇含风，葛绤消闲昼无暑。

家近龙池黄鹤峰，晚来又作清凉雨。

注释

1. 旁午：纵横交错。《汉书》卷六十八，《霍光传》："使者旁午。"颜师古注曰："一纵一横为旁午，犹言交横也。"
2. 葛绤：粗葛布。
3. 黄鹤峰：在今浙江省杭州市余杭区境内。《杭县志稿》卷四，"黄鹤山"："黄鹤峰，俗名元宝岭，为皋亭诸山最高处。颠有龙池，一名渥洼泉，出云则雨至。王蒙尝居此。"

王蒙原题： 独立风前认去鸿，阮生何用哭途穷。空江水急寒潮上，大野风来落日红。木叶乱飞萧帝寺，云情偏护楚王宫。酬恩千里怀孤剑，行李关河惨淡中。边城鼓角怨清秋，起坐遥生关塞愁。露气下垂群树白，星光乱点大江流。百年南北人空老，万古升沉世若浮。不为五湖归兴急，要登嵩华看神州。黄鹤山樵王蒙叔明诗画。

［元］王蒙，《秋山萧寺图》，纸本设色，纵148厘米、横39厘米，2010年6月北京保利春拍美国回流之庞莱臣旧藏

观王蒙《秋山萧寺图》步其原题诗韵（二首）

六百年前缥缈鸿，高华依旧意无穷。
危峰重叠排云上，秋树斑斓带日红。
信是深山藏古寺，揭来高士出吴宫。
请看策蹇携琴剑，得得正行山径中。

层林红翠自高秋，景物遥看已散愁。
苔点琳琅墨飞白，牛毛盘郁水回流。
华滋秀润笔锋老，密丽浑成清气浮。
观罢顿然忘汲汲，买船明日上湖州。

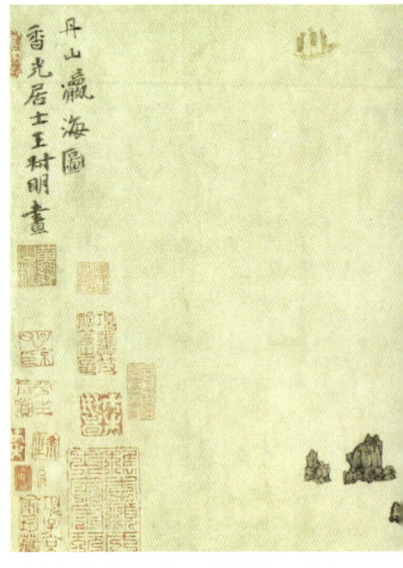

［元］王蒙，《丹山瀛海图》，纸本设色，纵28.5厘米、横80厘米，上海博物馆藏

按

是图与王蒙传世其他作品面目相差较大，容后再考。

注释

1. 揭来：来，归来。陶渊明《读史述九章·张长公》："世路多端，皆为我异。敛辔揭来，独养其志。"

观王蒙《丹山瀛海图》

蓬瀛何若水晶宫，岂待莼鲈动素风。

兴发丹青漫入妙，涨沙不记旧时鸿。

注释

1. 水晶宫：湖州，楚始置菇城县，三国置吴兴郡，隋设湖州，滨太湖，境内有东、西苕溪，水网密布，自古号水晶（精）宫。宋欧阳修《送胡学士知湖州》："吴兴水精宫，楼阁在寒鉴。"宋姜夔《惜红衣》词小序："吴兴号水晶宫，荷花盛丽。陈简斋云'今年何以报君恩，一路荷花相送到青墩。'亦可见矣。"
2. 莼鲈动素风：唐房玄龄《晋书》卷九十二，《张翰传》："（张）翰因见秋风起，乃思吴中菰菜、莼羹、鲈鱼脍，曰人生贵得适志，何能羁宦数千里，以要名爵乎？遂命驾而归。"

论王冕

画家小传

王冕（1287—1359），字元章，号竹斋、煮石山农、梅花屋主等，诸暨枫桥（今属浙江绍兴）人。出身贫困农家，刻苦自奋。性洒脱磊落，工诗善画，尤以墨梅著名，画梅必有题诗。有《竹斋集》。

载记选录

元夏文彦《图绘宝鉴》卷五："王冕，字元章，会稽人，能诗，善画墨梅，万蕊千花，自成一家，凡画成，必题诗其上。"（丛书集成初编本，第88页）

明宋濂《王冕传》："王冕者，诸暨人，七八岁时，父命牧牛陇上，窃入学舍，听诸生诵书，听已辄默记，暮归忘其牛，或牵牛来责蹊田，父怒挞之，已而复如初。母曰：'儿痴如此，曷不听其所为？'冕因去，依僧寺以居，夜潜出，坐佛膝上，执策映长明灯读之，琅琅达旦。佛像多土偶，狞恶可怖，冕小儿恬若不见。安阳韩性闻而异之，录为弟子，学遂为通儒。性卒，门人事冕如事性。时冕父已卒，即迎母入越城就养，久之，母思还故里，冕买白牛驾母车，自被古冠服随车后。乡里小儿竞遮道讪笑，冕亦笑。著作郎李孝光欲荐之为府史，冕骂曰：'吾有田可耕，有书可读，肯朝夕抱案立庭下，备奴使哉？'每居小楼上，客至，僮入报，命之登乃登。部使者行郡，坐马上求见，拒之，去去不百武，冕倚楼长啸，使者闻之惭。冕屡应进士举不中，叹曰：'此童子羞为者，吾可溺是哉？'竟弃去。买舟下东吴，渡大江，入淮楚，历览名山川。或遇奇才侠客，谈古豪杰事，即呼酒共饮，慷慨悲吟，人斥为狂奴。北游燕都，馆秘书卿泰不花家。泰不花荐以馆职，冕曰：'公诚愚人哉。不满十年，此中狐兔游矣。何以禄仕为？'即日将南辕，会其友武林卢生死滦阳，惟两幼女一童留燕，伥伥无所依。冕知之，不远千里，走滦阳取生遗骨，且挈二女还生家。冕既归越，复大言天下将乱。时海内无事，或斥冕为妄。冕曰：'妄人非我，谁当为妄哉。'乃携妻孥隐于九里山。种豆三亩，粟倍之，树梅花千，桃杏居其半，芋一区，薤韭各百本，引水为池，种鱼千余头，结茅庐三间，自题为'梅花屋'。尝仿《周礼》著书一卷，坐卧自随，秘不使人观，更深人寂，辄挑灯朗讽。既而抚卷曰：'吾未即死，持此以遇明主，伊吕事业不难致也。'当风日佳时，操觚赋诗，千百不休，皆鹏骞海怒，读者毛发为耸。人至，不为宾主礼，清谈竟日不倦，食至辄食，都不必辞谢。善画梅，不减杨补之。求者肩背相望，以缯幅短长为得米之差。人讥之，冕曰：'吾藉是以养口体，岂好为人家作画师哉？'未几，汝颍兵起，一一如冕言。皇帝取婺州，将攻越，物色得冕，寘幕府，授以咨议参军，一夕以病死。冕状貌魁伟，美须髯，磊落有大志，不得少试以死，君子惜之。史官曰：予受学城南，时见孟寀，言越有狂生，当天大雪，赤足上潜岳峰，四顾大呼曰：'遍天地间，皆白玉合成，使人心胆澄彻，便欲仙去。'及入城，戴大帽如簁，穿曳地袍，翩翩行，两袂轩翥，譁笑溢市中。予甚疑其人，访识者问之即冕也，冕真怪民哉。马不羁驾，不足以见其奇才，冕亦类是夫。"（明宋濂《宋学士文集》卷十，金华丛书本）

清张廷玉等《明史》卷二百八十五，文苑一："王冕，字元章，诸暨人。幼贫，父使牧牛，窃入学舍，听诸生诵书，暮乃返，亡其牛，父怒挞之，已而复然。母曰：'儿痴如此，曷不听其所为。'冕因去依僧寺，夜坐佛膝上，映长明灯读书。会稽韩性闻而异之，录为弟子，遂称通儒。性卒，门人事冕如事性。屡应举不中，弃去，北游燕都，客秘书卿泰不花家，拟以馆职荐，力辞不就。既归，每大言天下将乱，携妻孥隐九里山，树梅千株，桃杏半之，自号梅花屋主，善画梅，求者踵至，以幅长短为得米之差。尝仿《周官》著书一卷，曰：'持此遇明主，伊、吕事业不难致也。'太祖下婺州，物色得之，置幕府，授谘议参军，一夕病卒。"（中华书局，1974，第7311页）

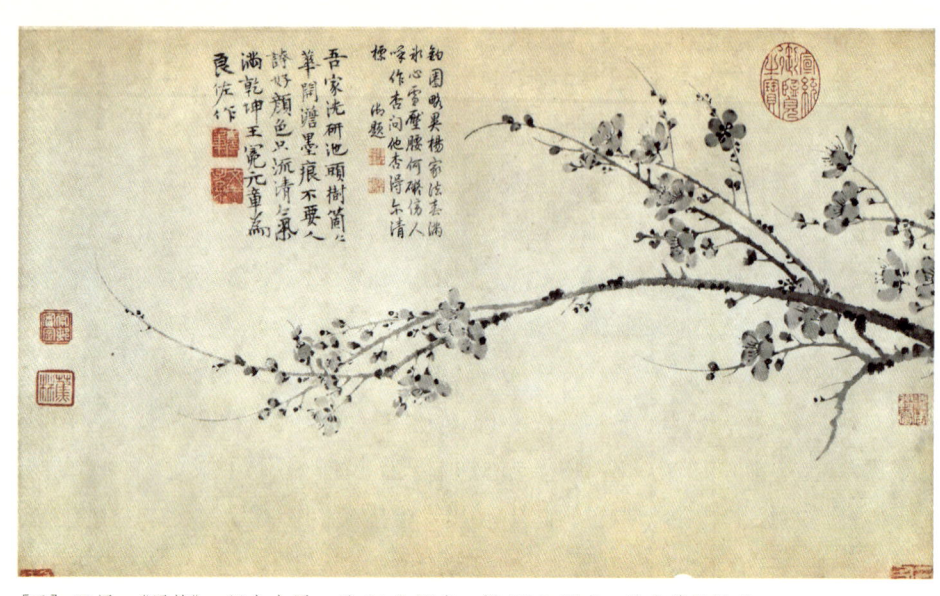

[元] 王冕，《墨梅》，纸本水墨，纵 31.9 厘米、横 50.9 厘米，故宫博物院藏

王冕原题： 吾家洗砚池头树，个个花开淡墨痕。不要人夸好颜色，只流清气满乾坤。王冕元章为良佐作。

观王冕《墨梅》步其原题诗韵

当时明月江南树，九里溪头清梦痕。
莫道芳华改颜色，幽香依旧满乾坤。

注释

1. 九里：王冕隐居诸暨九里山。详见前载记选录。

王冕原题： 玛瑙坡前梅烂开，巢居阁下好春回。四更月落霜林静，湖上琴声载鹤来。会稽王元章。

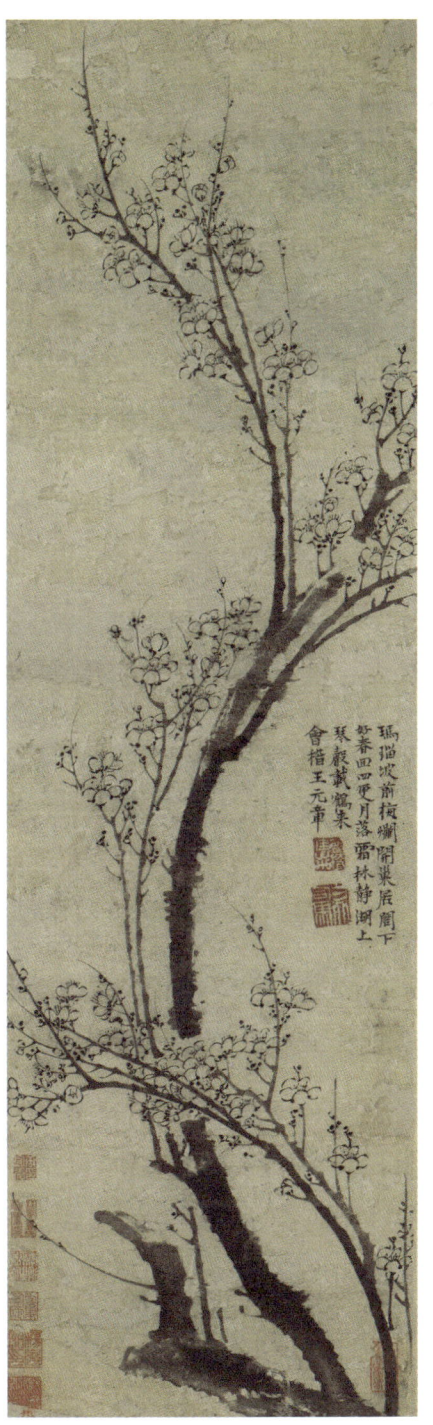

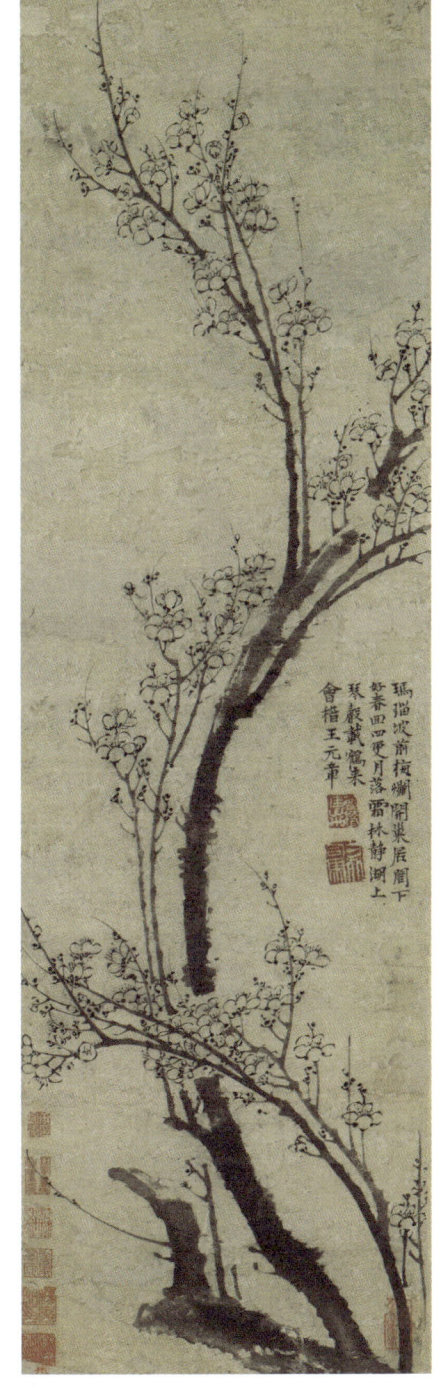

［元］王冕，《墨梅》，立轴，纸本水墨，纵90.3厘米、横27.6厘米，上海博物馆藏

观王冕《墨梅图》步其原题诗韵

老干新枝烂漫开,洒然不待早春回。
冰姿绰约凝香静,摹写应从月下来。

论沈周

画家小传

沈周（1427—1509），字启南，号石田，晚号白石翁。长洲（今属江苏苏州）人。出生于书香丹青世家，一生不应举试。好读书，工诗擅画。师法"元四家"，并上溯董巨等，为明四家之首。传世有《石田集》、《庐山高图》、《魏园雅集图》等。

载记选录

明王鏊《石田先生墓志铭》："有吴隐君子，沈姓讳周，启南字，而世称之唯曰石田先生。先生世家长洲之相城里，曾大父良深始辟田以大其家，大父孟渊、考恒吉，皆不仕，而以文雅称。先生风骼洁修，眉目娟秀，外标朗润，内蕴精明，书过目即能默识。凡经传子史百家，山经地志，医方卜筮，稗官传奇，下至浮屠老子，亦皆涉其要，掇其英华，发为诗，雄深辨博，开合变化，神怪叠出，读者倾耳骇目。其体裁初规白傅，忽变眉山，或兼放翁，而先生所得，要自有不凡近者。书法涪翁，遒劲奇倔，间作绘事，峰峦烟云波涛，花卉鸟兽虫鱼，莫不各极其态，或草草点缀而意已足成，辄自题其上，时称二绝。一时名人，皆折节内交，自部使者郡县大夫，皆见宾礼。缙绅东西行过吴，及后学好事者，日造其庐而请焉。相城居长洲之东偏，其别业名有竹居，每黎明门未辟，舟已塞乎其港矣。先生固喜客至，则相与宴笑咏歌，出古图书器物，摩抚品题酬对，终日不厌。间以事入城，必择地之僻隩者潜焉，好事者已物色之，比至则屡满乎其户外矣。先生高致绝人，而和易近物，贩夫牧竖持纸来索，不见难色。或为赝作求题以售，亦乐然应之。数年来近自京师，远至闽浙川广，无不购求其迹，次为珍玩，风流文翰，照映一时，其亦盛矣。先生自景泰间已有重名，汪郡守浒欲举应贤良，不果。王端毅公巡抚南畿，尤重之，延问得失，而先生终不及时政。曰：吾野人也，于时事何知焉。然每闻时政得失，则忧喜形于颜面，人以是知先生非忘世者。初先生事亲，色养无违，母张夫人以高寿终，先生已八十，而孺慕毁瘠，杖而后兴。弟病瘵终年，与同卧起，馆嫠妹，抚孤侄，皆有恩义。尤喜奖掖后进，有当其意者，为延誉不已。先生娶于陈，生子曰云鸿，官昆山县阴阳训术，早卒。庶子复，孙履，皆郡学生。先生以正德四年八月二日卒，寿八十有三，复相履治丧，以壬申十二月二十一日葬相城西牒字圩之原。所著有《石田稿》、《石田文抄》、《石田咏史》、《补忘》、《客坐新闻》、《沈氏交游录》若干卷，独其诗已大行于时。文徵明曰：石田之名，世莫不知。知之深者谁乎？宜莫如吴文定公及公，阐其潜而掩诸幽，则唯公在，予诺焉。铭曰：或隆之位，而悭其受。或夺之秩，而侈其有。较是二者，吾其奚取。嗟嗟石翁，掇众遗弃。发为浑锽，震惊一世。彼荣而庸，磨灭皆是。相城之墟，湖水泛泛。于戏邈矣，我怀其人。"（明王鏊《震泽集》卷二十九，明万历震泽王氏三槐堂刻清印本）

明朱谋垔《画史会要》卷四："沈周，字启南，号石田，长洲相城里人，博学能诗文，性至孝，立品高洁，人称为沈孝廉云。父恒，字恒吉，伯父贞，字贞吉，二处士并善丹青，至先生，山水、人物、花鸟悉入神品，遂为当代第一。其画自唐宋名流及胜国诸贤，上下千载，纵横百辈，先生兼综条贯，莫不揽其精微，而究归于黄大痴、高房山，每营一障，则长林巨壑，小市塞墟，风趣冷然，使览者若烟云生于屋中，山川集于几上，下视众作，直培塿耳。先生虽介特不污，而与物和易，公卿大夫下逮缁流卒隶，酬给无间。越僧某索画于先生，寄一绝句云：'寄将一幅剡溪藤，江面青山画几层。笔到断崖泉落处，石边添个看云僧。'先生欣然画其诗意答之。"（明崇祯刻清初朱统鈏重修本）

清张廷玉等《明史》卷二百九十八，"隐逸"："沈周，字启南，长洲人。祖澄，永乐间举人材，不就。所居曰西庄，日置酒款宾，人拟之顾仲瑛。伯父贞吉，父恒吉，并抗隐。构有竹居，兄弟读书其中。工诗善画，臧获亦解文墨。邑人陈孟贤者，陈五经继之子也。周少从之游，得其指授。年十一，游南都，作百韵诗，上巡抚侍郎崔恭。面试《凤凰台赋》，援笔立就，恭大嗟异。及长，书无所不览。文摹左氏，诗拟白居易、苏轼、陆游，字仿黄庭坚，并为世所爱重。尤工于画，评者谓为明世第一。郡守欲荐周贤良，周筮《易》，得《遯》之九五，遂决意隐遁。所居有水竹亭馆之胜，图书鼎彝充牣错列，四方名士过从无虚日，风流文彩，照映一时。奉亲至孝。父殁，或劝之仕，对曰：'若不知母氏以我为命耶？奈何离膝下。'居恒厌入城市，于郭外置行窝，有事一造之。晚年，匿迹惟恐不深，先后巡抚王恕、彭礼咸礼敬之，欲留幕下，并以母老辞。有郡守征画工绘屋壁。里人疾周者，入其姓名，遂被摄。或劝周谒贵游以免，周曰：'往役，义也，谒贵游，不更辱乎！'卒供役而还。已而守入觐，铨曹问曰：'沈先生无恙乎？'守不知所对，漫应曰：'无恙。'见内阁，李东阳曰：'沈先生有牍乎？'守益愕，复漫应曰：'有而未至。'守出，仓皇谒侍郎吴宽，问'沈先生何人？'宽备言其状。询左右，乃画壁生也。比还，谒周舍，再拜引咎，索饭，饭之而去。周以母故，终身不远游。母年九十九而终，周亦八十矣。又三年，以正德四年卒。"（中华书局，1974，第 7630—7631 页）

[明]沈周,《青山红树图》,立轴,绢本设色,纵65厘米、横147.2厘米,天津博物馆藏

沈周原题： 千树秋风万叶飞，林蹊苔径步斜晖。履声历落咏歌去，犹有余红点着衣。沈周。

观沈周《青山红树图》步其原题诗韵

满眼秋风黄叶飞，看看林树转斜晖。

溪穷兴尽且归去，未有点尘粘素衣。

［明］沈周，《杖藜远眺图》，纸本水墨，纵38厘米、横59厘米，美国纳尔逊—阿特金斯艺术博物馆藏

沈周原题： 白云如带束山腰，石磴飞空细路遥。独倚杖藜舒眺望，欲因鸣涧答吹箫。沈周。

观沈周《杖藜远眺图》步其原题诗韵

氤氲浩气压龙腰，山顶杖藜思入遥。

才欲乘槎随博望，呼呼幽壑起风箫。

注释

1. 龙腰：宋苏轼《同王胜之游蒋山》："龙腰蟠故国，鸟爪寄层巅。"
2. 博望：汉班固《汉书》卷六一，《张骞传》："骞以校尉从大将军击匈奴，知水草处，军得以不乏，乃封骞为博望侯。"唐赵璘《因话录》卷五："《汉书》载张骞穷河源，言其奉使之远，实无天河之说。惟张茂先《博物志》说近世有人居海上，每年八月见海槎来不违时，赍一年粮乘之到天河，见妇人织，丈夫饮牛。遣问严君平，云某年某月某日客星犯牛斗，即此人也。后人相传云得织女支机石，持以问君平，都是凭虚之说。今成都严真观有一石，俗呼为支机石，皆目云当时君平留之。宝历中，余下第还家，于京洛途中，逢官差递夫异张骞槎，先在东都禁中，今准诏索有司取进，不知是何物也。前辈诗往往有用张骞槎者，相袭谬误矣，纵出杂书，亦不足据。"

[明] 沈周,《瓶荷图》,纸本设色,纵 144 厘米、横 60.7 厘米,天津博物馆藏

沈周原题： 荷花燕者，折荷插铜壶间，花叶交错，止六柄而清芬溢席。席环列，壶置席之中，四面举见花，甚可乐客，客亦为之为乐，迨暮始散。客为赵君中美，自淮阳来；韩宿田，自城中来；黄德敷，自昆山来。三人皆非速而至者，皆嘉花非固植，风致不减池塘间。燕无丝竹，而懂度常情，事出偶然而为难得，当不无纪也，请赋诗以纪之。赋不烦客，恐役其心思，其赋者，皆予之昆弟子姓，在悦客。予尚作图系诗云。云：花供娟娟照玉卮，红妆文字两相宜。分香客座须风细，倾盖林亭要日迟。仙子新开壶里宅，佳人旧雪手中丝。便应此会同桃李，酒政频教罚后诗。此诗虽成而图未既，客各散去。实乙巳夏五十八日也。今年为丙午，适其月日，宿田亦来治予疾。盖坐梦灶之悲情，惊甚，非昨所信乐之难得。虽偶而有数存焉，一乐一戚，皆自有定。以今之戚而省昨者之乐，不能无感慨也。遂补其图，重录前作，庸为故事云。沈周。

观沈周《瓶荷图》步其原题诗韵

六柄珊珊欲捧卮，琴清日晚允相宜。
冰肌玉屧凝思细，水佩风裳淡伫迟。
一向浮家新卜宅，别来轻鬓未成丝。
娉婷已幸逢温李，又得先生画与诗。

注释

1. 温李：指唐温庭筠、李商隐，均有咏荷名作。

[明] 沈周，《竹林茅屋图》，纸本设色，纵 25.5 厘米、横 110 厘米，美国弗利尔美术馆藏

沈周原题： 君子偏骄食肉侯，清羸只欲事清修。也须待挂紫玉杖，如不能胜青凤裘。到处问医非俗病，从前刻苦是诗愁。枵然一个琅玕腹，那着渭川千顷秋。长洲沈周画并题。

观沈周《竹林茅屋图》步其原题诗韵

不羡长安万户侯，但耽笔墨供清修。
林间偶尔曳筇杖，濑上有时披褐裘。
露地白牛烹去病，截流香象渡无愁。
莼菜鲈鱼足果腹，最爱吴中千里秋。

注释

1.露地白牛烹去病：《妙法莲华经·譬喻品第三》："尔时长者即作是念：此舍已为大火所烧，我及诸子若不时出，必为所焚，我今当设方便，令诸子等得免斯害。父知诸子先心各有所好，种种珍玩奇异之物，情必乐著。而告之言：'汝等所可玩好，稀有难得，汝若不取，后必忧

悔。如此种种羊车、鹿车、牛车，今在门外，可以游戏。汝等于此火宅宜速出来，随汝所欲，皆当与汝。'尔时诸子闻父所说珍玩之物，适其愿故，心各勇锐，互相推排，竞共驰走，争出火宅。是时长者见诸子等安隐得出，皆于四衢道中露地而坐，无复障碍，其心泰然欢喜踊跃。时诸子等各白父言：'父先所许玩好之具，羊车、鹿车、牛车，愿时赐与。'舍利弗，尔时长者各赐诸子等一大车，其车高广，众宝庄校，周匝栏楯，四面悬铃。又于其上张设幰盖，亦以珍奇杂宝而严饰之，宝绳交络，垂诸华缨，重敷婉筵，安置丹枕。驾以白牛，肤色充洁，形体姝好，有大筋力，行步平正，其疾如风。"宋释道宁《偈》："露地白牛烹却了，清风细切亦虚传。报慈此夜凭何献，一碗粗汤直万千。两手持来如得用，不须辛苦走山川。"

2. 截流香象渡无愁：《优婆塞戒经·三种菩提品第五》："如恒河水，三兽俱渡，兔、马、香象。兔不至底，浮水而过。马或至底，或不至底。象则尽底。"

3. 菰菜鲈鱼：《世说新语·识鉴》："张季鹰辟齐王东曹掾，在洛见秋风起，因思吴中菰菜羹、鲈鱼脍，曰：'人生贵得适意尔，何能羁宦数千里以要名爵！'遂命驾便归。俄而齐王败，时人皆谓为见机。"

沈周原题： 篱下黄花冒雨开，况依丹桂映苍苔。一樽相对浑无事，谁报敲门有客来。成化四年九月仿王澹轩笔意于有竹庄。长洲沈周并题。

观沈周《黄菊丹桂图》步其原题诗韵

黄菊芙蓉隔潊开，
暄天丹桂破岩苔。
一双山雀能知事，
报道主人远客来。

[明] 沈周，《黄菊丹桂图》，立轴，纸本设色，纵397.1厘米、横127.4厘米，美国克利夫兰艺术博物馆藏

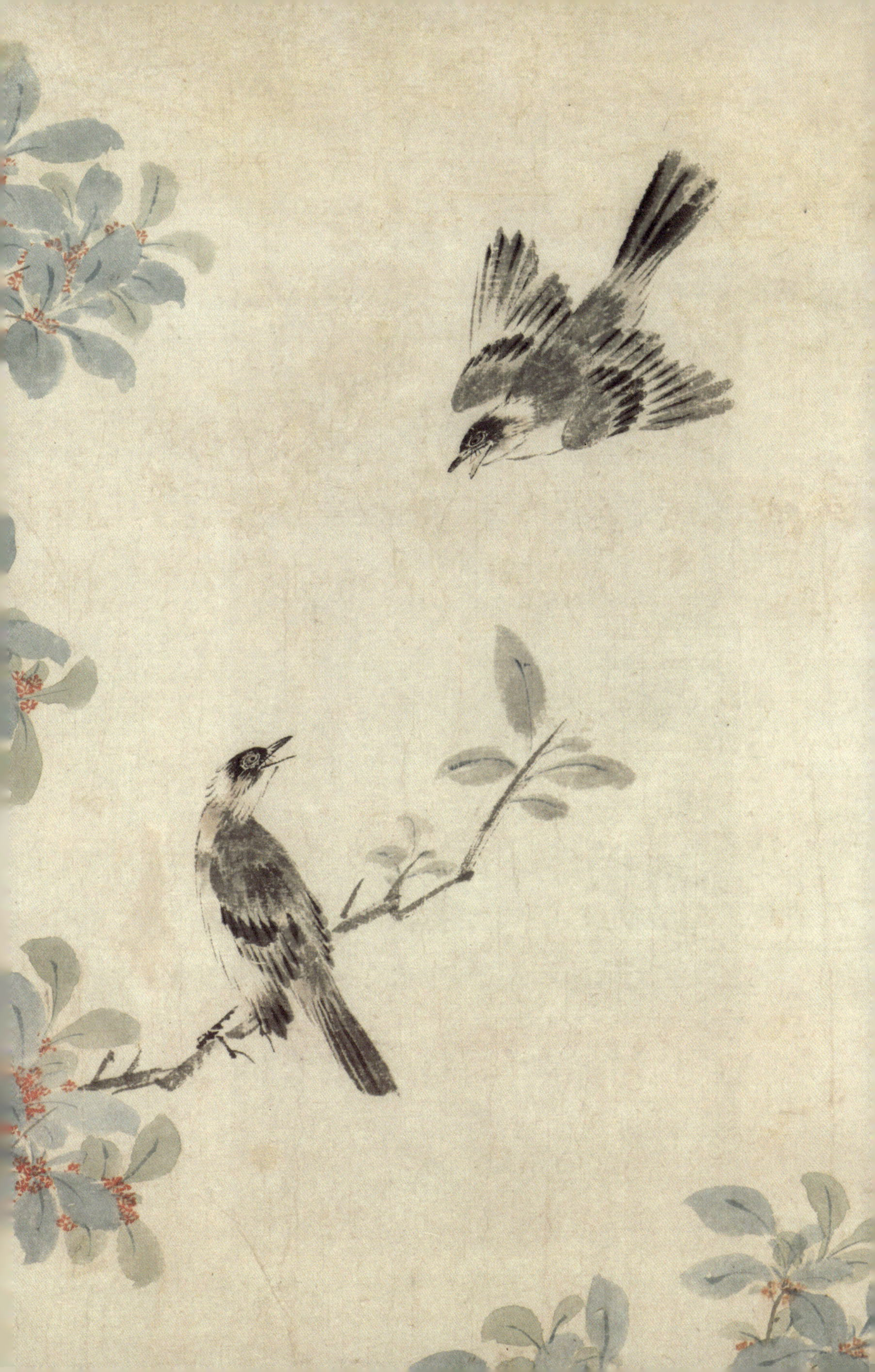

沈周原题： 隔溆为家路引桥，水光山色入逍遥。客筇剥啄鸟飞去，红雨拂衣吹野桃。弘治四年春三月既望，偶用黄鹤山樵笔法写此并题。沈周。

[明] 沈周，《仿王蒙山水图》，立轴，纸本设色，纵121.2厘米、横60.2厘米
美国弗利尔美术馆藏

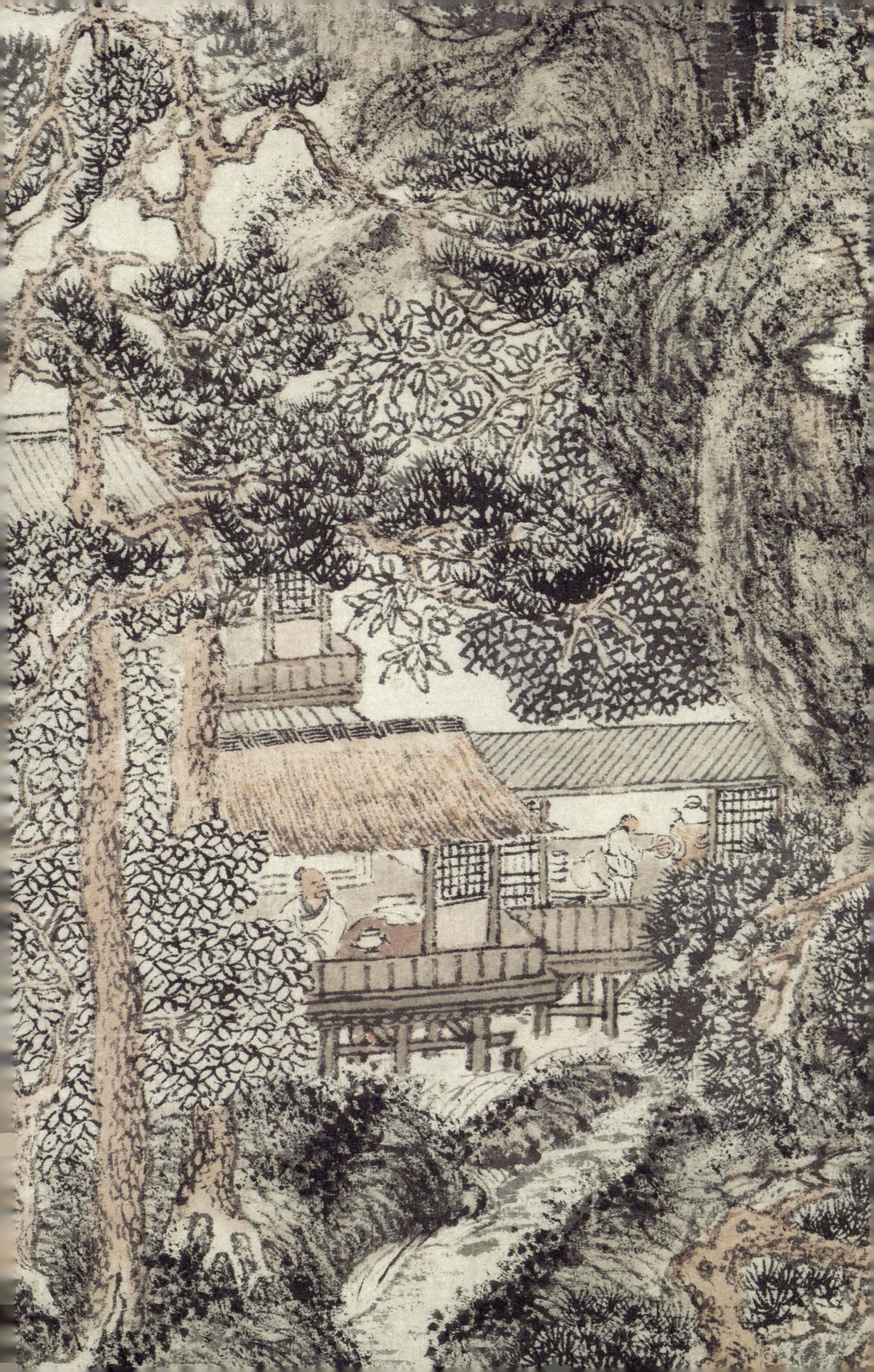

观沈周《仿王蒙山水图》步其原题诗韵（三首）

汲水烹茶远过桥，松风瀑布和声遥。
客来未晚勿急去，茶罢山羹兼玉桃。

再和

茶屋茅亭接野桥，二三高士乐逍遥。
高峰四五插天去，无数高松似伯桃。

三和

此景此情还此桥，山深树茂人逍遥。
叔明若到也难去，更讨一盘王母桃。

注释

1. 兼玉桃：超过玉桃。《论语注疏》卷十一，先进第十一："由也兼人，故退之。"
2. 伯桃：即左伯桃，代指生死与共之友。《后汉书》卷二十九，《申屠刚传》李贤注引《烈士传》："羊角哀、左伯桃二人为死友，欲仕于楚，道阻，遇雨雪不得行，饥寒，自度不俱生。伯桃谓角哀曰：'俱死之后，骸骨莫收，内手扪心，知不如子。生恐无益而弃子之能，我乐在树中。'角哀听之，伯桃入树中而死。楚平王爱角哀之贤，以上卿礼葬伯桃。角哀梦伯桃曰：'蒙子之恩而获厚葬，正苦荆将军冢相近。今月十五日，当大战以决胜负。'角哀至期日，陈兵马诣其冢，作三桐人，自杀，下而从之。"
3. 叔明：王蒙，字叔明。
4. 王母桃：《汉武帝内传》："须臾，殿南朱雀窗中，忽有一人来窥看仙官。帝惊问：'何人？'王母曰：'女不识此人耶？是女侍郎东方朔，是我邻家小儿也。性多滑稽，曾三来偷此桃。'"

[明] 沈周，《落花图》，纸本设色，纵 35.9 厘米、横 60.1 厘米，南京博物院藏

沈周原题： 诵张季鹰"群物从大化，孤英将奈何"。惟是老人感之为切，少年当未知此。人从老年坐于无聊，须春时玩弄物华，以为性情之悦，而忘其老之所至，少之所达为惬耳。余自弘治乙丑春一病弥月，迨起则林花净尽，红白满地，不偶其开而见其落，不能无怅然，触物成咏，命为落花篇，得十律焉。写寄徵明知己，传及九栢太常，俱连章见和，能超老拙腐烂之外多矣。嫫母不自悔丑，强又答之，累三十首，于重二公之辱，乃装卷已，登其作，而腐烂亦得牵于末简。或曰：苏长公咏梅自开而落，凡三和，子将希之乎？余曰：长公于是有"留连一物吾过矣"之咎，然长公所和而自致留连一物，余则激戒于二公，出乎偶耳。今以无为而加有为之过，是犹责触于虚舟，怒击于飘瓦，信难为其任焉，若以老有稚心，更作稚语竟人，此过知自取也。嘲者不复相辨，因衍其说于篇首云。八十翁沈周。　　富逞秋华满树春，香飘瓣落树还贫。红芳既蜕仙成道，绿叶初阴子养仁。偶补燕巢泥荐宠，别修蜂蜜水资神。年年为尔添惆怅，独是蛾眉未嫁人。　　飘飘荡荡复悠悠，树底追寻到树头。赵武泥涂知辱雨，秦宫脂粉惜随流。痴情恋酒粘红袖，急意穿帘泊玉钩。欲拾残芳捣为药，伤春难疗个中愁。　　是谁揉碎锦云堆，着地难扶气力颓。懊恼夜生听雨枕，浮沉朝入送春杯。梢傍小剩莺还掠，风背差迟鸠又催。瞥眼兴亡供一笑，竟因何落竟何开。　　玉勒银罂已倦游，东飞西落使人愁。急搀春去先辞树，懒被风扶强上楼。鱼沫劬恩残粉在，蛛丝牵爱小红留。色香久在沉迷界，忏悔谁能倩比丘。　　十二街头散冶游，满街红紫乱春愁。知时去去留难得，误色空空念罢休。朝扫尚嫌奴作贱，晚归还有马堪忧。何人早起酬怜惜，孤负新妆倚翠楼。　　夕阳无那小桥西，春事阑珊意亦迷。锦里门前溪好浣，黄陵庙里鸟还啼。焚追螺甲教香史，煎带牛酥嘱膳媛。万宝千钿真可惜，归来直欲满筐携。　　一园桃李只须臾，白白朱朱彻树无。亭怪草玄加旧白，窗嫌点易乱新朱。无方漂泊关游子，如此衰残类老夫。来岁重开还自好，小篇聊复记荣枯。　　芳菲死日是生时，李妹桃娘尽欲儿。人散酒阑春亦去，红消绿长物无私。青山可惜文章丧，黄土何堪锦绣施。空记少年簪舞处，飘零今已鬓如丝。　　百年光阴瞬息中，夜来无树不惊风。踏歌女子思杨白，进酒才人赋雨红。金水送香波共渺，玉阶看影月俱空。当时深院还重锁，今出墙头西复东。　　阵阵纷飞看不真，霎时芳树减精神。黄金莫铸长生蒂，红泪空啼短命春。草上苟存流寓迹，陌头终化冶游尘。大家准备明年酒，惭愧重看是老人。　　供送春愁上客眉，乱纷纷地伫多时。儗招绿妾难成些，戏比红儿煞要诗。临水东风撩短鬓，惹空晴日共游丝。还随蛱蝶追寻去，墙角公然隐半枝。　　昨日繁花焕眼新，今朝瞥眼又成尘。深关羊户无来客，漫藉周亭有醉人。露涕烟洟伤故物，蜗涎蚁迹吊残春。门墙蹊径俱寥落，丞相知时却不嗔。　　扰扰纷纷纵复横，那堪薄薄更轻轻。沾泥寥老无狂相，留物坡翁有过名。送雨送春长寿寺，飞来飞去洛阳城。莫将风雨埋冤杀，造化从来要忌盈。　　似雨纷然落处晴，飘红泊紫莫聊生。美人天远无家别，逐客春深尽族行。去是何因趁忙蝶，问难为说假啼莺。闷思遣拨容酣枕，短梦茫茫又不明。　　春归莫怪懒开门，及至开门绿满园。渔楫再寻非旧路，酒家难问是空村。悲歌夜帐虞兮泪，醉侮烟江白也魂。委地于今却惆怅，早无人立厌风幡。　　芳菲别我漫匆匆，已信难留留亦空。万物死生宁离土，一场恩怨本同风。株连晓树成愁绿，波及烟江有倖红。漠漠香魂无点断，数声啼鸟夕阳中。　　笫枝侵晓啄芳痕，借尔庭阶亦暂存。路不分明愁唤梦，酒无聊赖怕临轩。随风肯去从新嫁，弃树难留绝故恩。惆怅断香余粉在，何人剪纸一招魂。　　卖叟篮空雨满城，鏖芳战艳寂无声。白头苑吏闲陪扫，红粉佳人蓦着惊。莫怪漫山便粗俗，还怜点地亦轻盈。乱纷纷处无凭据，一局残棋不算赢。　　十分颜色尽堪夸，只柰风情不恋家。惯把无常玩成败，别因容易惜繁华。两姬先殒伤吴队，千艳丛生怨汉斜。消遣一枝闲挂杖，小池新锦看跳蛙。　　香车宝马少追陪，红白纷纷又一回。昨日不知今日异，开时便有落时催。只从个里观生灭，再转年头证去来。老子与渠忘未得，残红收入掌中杯。　　玉蕊霞苞六附全，一时分散合无缘。风前败兴休当立，窗下关愁且背眠。田氏义亡同五百，唐宫怨放及三千。无人相唤江南北，吹满西兴旧渡船。　　落柄开权既属春，少容迟缓亦谁嗔。酷憎好事败涂地，苦被闲愁瀰杀人。细数只堪滋眼缬，仰吹时欲堕头巾。不应扪虱穷檐者，荐坐公然有锦茵。　　锦装林馆绣池台，彻底从头今在哉。断酒不堪诗并废，懒游只把病相催。节推系树马惊去，工部移舟燕蹴来。烂漫愁踪何地着，谢承惟有一庭苔。　　打失园林

富与荣，群芳力莫共时争。将春托命春何托，恃色倾城色早倾。物不可长知堕幻，势因无赖到轻生。闲窗戏把丹青笔，描写人间懊恼情。　千林红褪已如挚，一片初飞渐渐添。梨雪冱阶人病酒，絮风撩面妾窥帘。并伤鸟起余芳尽，泛爱鲦争小浪恬。可奈去年生灭相，今年公案又重拈。　昨日才闻叫子规，又看青子绿荫时。秋娘劝早今方信，杜牧来寻已较迟。脱当不归魂冉冉，溅枝空有泪垂垂。淹留墙角嫣黄甚，暴殄芳菲罪阿谁。　芳树清樽兴已阑，抛阶滚地又成团。带烟窗扇棂斜透，夹雨檐沟瓦半漫。老衲目皮闲作观，小娃裙衩戏成欢。无端打破繁华梦，拥被伤春卧不安。　乐游园里眼俱空，只在今朝事不同。错道海棠依旧日，生憎楝子下稍风。圬人镘上泥柔粉，桑妇筐中绿映红。便认未开如已谢，一般情况寂寥中。　为尔徘徊何处边，赤阑干外碧帘前。乱飞万点红无度，闲过一莺黄可怜。观里又来刘禹锡，江南重见李龟年。送春把酒追无及，留取银灯补后缘。　东风刮刮剧情吹，万玉园林子不遗。席卷横收西楚货，国亡空怆后庭词。拂红回去思前度，搔白看来惜少时。莫怪留连三十咏，老夫伤处少人知。

观沈周《落花图》步其原题诗三十章韵

一

婆娑摇曳十分春，零落斑斓土减贫。

抛却红妆乘直道，长成青盖喜柔仁。

不惊燕子荐泥宠，聊助蜂儿炼蜜神。

何必年年添惋怅，当初都是遏云人。

二

悠悠荡荡复悠悠，屋角篱边津渡头。

萨埵林边随法雨，独孤帽侧认清流。

才看扬子补青袖，又见绿珠系玉钩。

闲与云英捣霜药，聊消一点海牢愁。

注释

1. 萨埵林：萨埵太子舍身饲虎，血溅大竹林。参见唐义净译《金光明经》卷十，舍身品第二十六。
2. 独孤帽：唐令狐德棻《周书》卷十六，《独孤信传》："（独孤）信在秦州，尝因猎日暮，驰马入城，其帽微侧。诘旦，而吏民有戴帽者，咸慕信而侧帽焉。"
3. 扬子：扬雄。《汉书》卷八十七下，《扬雄传》："莽诛丰父子，投棻四裔，辞所连及，便收不请。时雄校书天禄阁上，治狱事使者来，欲收雄，雄恐不能自免，乃从阁上自投下，几死。莽闻之曰：'雄素不与事，何故在此？'间请问其故，乃刘棻尝从雄学作奇字，雄不知情。有诏勿问。……雄以病免，复召为大夫。家素贫，嗜酒，人希至其门。"
4. 绿珠：《晋书》卷三十三，《石苞传》所附《石崇传》："崇有妓曰绿珠，美而艳，善吹笛。孙秀使人求之。……崇勃然曰'绿珠吾所爱，不可得也。'……崇正宴于楼上，介士到门。崇谓绿珠曰：'我今为尔得罪。'绿珠泣曰：'当效死于官前。'因自投于楼下而死。……崇母兄妻子无少长皆被害，死者十五人，崇时年五十二。"
5. 闲与云英捣霜药：唐裴铏《传奇·裴航》："夫人后使裹烟持诗一章：'一饮琼浆百感生，玄霜捣尽见云英。蓝桥便是神仙窟，何必崎岖上玉清。'航览之，空愧佩而已，然亦不能洞达诗之旨趣。"

三

何人多事扫成堆，满面浣尘颜色颓。
今夜低徊应伏枕，明朝濩落傥停杯。
惊看一朵犹妆掠，无碍几颗凭鼓催。
起落波澜成一笑，来年珍重待花开。

注释

1. 伏枕：曹丕《燕歌行二首》其二："乐往哀来摧心肝，耿耿伏枕不能眠。"
2. 濩落：零落。杜甫《自京赴奉先县咏怀五百字》："居然成濩落，白首甘契阔。"
3. 傥：或许。

四

梅萼樱葩岂倦游，雪团锦簇竟生愁。
不堪花落旋辞树，又被风吹扬上楼。
摹写差强芳泽在，招邀难把倩魂留。
一心要出娑婆界，洁白何须忏比丘。

五

痴爱幽葩秉烛游，奈何落尽使人愁。
一年光景殊难得，十日妖娆即罢休。
弥漫满城无贵贱，掂量一寸减幽忧。
英英满地可怜惜，何忍明朝上翠楼。

六

恍然来至武陵西，夹岸落英心欲迷。
鸡犬相闻村女浣，池田交错谷莺啼。
不知炎汉成两史，无论伏波征五溪。

山口绝踪良可惜，茫茫何许再来携。

按
此隐括晋陶渊明《桃花源记》。

注释
1. 何许：何处。

七

　　翩翩五百死须臾，落地成泥香有无。
　　琼蕊香消淮月白，柑花梦去海厓朱。
　　风檐凛凛正气子，梅岭堂堂英烈夫。
　　万代千秋魂魄好，丹心碧血海同枯。

注释
1. 翩翩五百：齐王田横耻臣于刘邦而自杀，其五百部属闻亦自杀殉之。参见《史记》卷九十四，《田儋传》。
2. 琼蕊香消淮月白：宋德祐元年（1275）春至德祐二年（1276）七月，元军围扬州，南宋将领李庭芝、姜才坚守，屡杀招降者，城破宁死不降。参见《宋史》卷四百二十一，《李庭芝传》；《宋史》卷四百五十一，《姜才传》。琼蕊，指扬州后土祠琼花，南宋亡后枯死。宋郑思肖（1241—1318）《吊扬州琼花并序》："扬州琼花，天下惟一本，后土夫人司之，花之盛衰，淮境丰歉系焉。南渡前，经兵火，此花亦死。今遭大故，丙子岁维扬陷，丁丑岁此花又死，孰谓草木无知乎！上天福正统厌夷狄于兹见矣。南土新飞劫火灰，琼仙恋国暗惊猜。定应摄向天宫种，不忍陷于胡地开。花死青春禽鸟哭，城埋黑气鬼神哀。一朝枯枿变高树，传得欢声沸似雷。"
3. 柑花梦去海厓朱：宋祥兴二年二月初六（1279年3月19日），宋、元军大战于厓山海上。宋军败，军民十万人蹈海殉国。参见《宋史》卷四百五十一，《张世杰传》、《陆秀夫传》。厓山，今在广东江门市新会区崖门镇，属天下驰名之新会柑橘、陈皮产地。南宋人庄绰《鸡肋编》卷下曰："广南可耕之地少，民多种柑橘以图利。"可知其地宋代已有种植柑橘。宋代元宵节，宫中有传柑之习。苏轼《上元侍饮楼上三首呈同列》其三："归来一盏残灯在，犹有传柑遗细君。"自注："侍饮楼上，则贵戚争以黄柑遗近臣，谓之传柑，听携以归，盖故事也。"宋刘辰翁（1232—1297）《青玉案·用辛稼轩元夕韵》："天涯客鬓愁成缕。海上传柑梦中去。今夜上元何处度。乱山茅屋，寒镫败壁，渔火青荧处。"亦追忆南宋少帝及军队驻扎厓山所度之元宵节。
4. 风檐凛凛正气子：文天祥《正气歌》："风檐展书读，古道照颜色。"

5. 梅岭堂堂英烈夫：扬州梅花岭有史可法衣冠冢与祠。

八

又到春工揖别时，花枝寂寂少蜂儿。
农家忙罢土牛去，客牖闲来雪蚁私。
红雨何曾怨凋丧，青山一向惠恩施。
请看灯火阑珊处，若个人儿鬓如丝。

注释

1. 土牛：即春牛。《礼记·月令》："（季冬之月）命有司大傩，旁磔，出土牛，以送寒气。"唐白居易《和三月三十日四十韵》："布泽木龙催，迎春土牛助。"
2. 雪蚁：酒。元王恽《秋月篇寿干臣周宰取杜默为李文定公迪诗例》："湛露金茎湿，清樽雪蚁新。"

九

车水马龙正热中，忽然刮起打头风。
玉山崩碎休青白，光宅幽居乱碧红。
绛树琅玕音杳渺，绿珠窈窕影虚空。
溪桥如月焉能锁，流水落花西复东。

注释

1. 玉山崩碎：《世说新语·容止》："山公曰：'嵇叔夜之为人也，岩岩若孤松之独立。其醉也，傀俄若玉山之将崩。'"
2. 光宅幽居乱碧红：光宅，唐睿宗年号，实控者为武后，一般作武后年号。武后《如意娘》："看朱成碧思纷纷，憔悴支离为忆君。不信比来长下泪，开箱验取石榴裙。"
3. 绛树：曹丕《答繁钦书》："今之妙舞莫巧于绛树，清歌莫激于宋腊。"
4. 绿珠：见前第二首注。

十

坐看凋尽镜中真，欲说兴亡徒费神。

命格高低皆俗蒂，运交否泰俱芳春。

珊瑚斗富留陈迹，玳瑁传情付软尘。

珍重眼前一杯酒，古今如水水如人。

注释

1. 珊瑚斗富：《世说新语·汰侈》："石崇与王恺争豪，并穷绮丽，以饰舆服。武帝，恺之甥也，每助恺。尝以一珊瑚树高二尺许赐恺，枝柯扶疏，世罕其比。恺以示崇，崇视讫，以铁如意击之，应手而碎。恺既惋惜，又以为疾己之宝，声色甚厉。崇曰：'不足恨，今还卿。'乃命左右悉取珊瑚树，有三尺、四尺，条干绝世、光彩溢目者六七枚，如恺许比甚众。恺惘然自失。"
2. 玳瑁传情付软尘：汉乐府《有所思》："有所思，乃在大海南。何用问遗君，双珠玳瑁簪。用玉绍缭之。闻君有他心，拉杂摧烧之。摧烧之，当风扬其灰。"

十一

逗引愁心是十眉，珊珊梦断伫凝时。

年年濠上伤无些，岁岁人间要好诗。

不碍飞红粘玉鬓，难消飘絮袅晴丝。

可人婪尾懒寻去，墙角新栽月月枝。

注释

1. 十眉：宋范镇《东斋记事》卷四："大慈寺御容院有唐明皇铸像在焉，又有壁画明皇按乐十眉图。"
2. 婪尾：唐苏鹗《苏氏演义》卷下："今人以酒巡匝为婪尾。又云婪，贪也，谓处于座末得酒为贪婪。"

十二

烨烨繁花照眼新，感深一掷化红尘。

徊徘桥下漆身客，跳踉阶前轵井人。

徐匕光寒成旧物，燕琴铅冷了残春。

风吹云散俱寥落，贯日白虹何怒嗔。

225

注释

1. 漆身客：豫让为智伯报仇，二次刺赵襄子不成，自杀。《史记》卷八十六，《刺客列传》："居顷之，豫让又漆身为厉，吞炭为哑，使形状不可知，行乞于市。"
2. 轵井人：聂政为严仲子刺杀韩相侠累。《史记》卷八十六，《刺客列传》："聂政者，轵深井里人也。"
3. 徐匕：荆轲携入秦之徐夫人匕首。《史记》卷八十六，《刺客列传》："于是太子豫求天下之利匕首，得赵人徐夫人匕首。取之百金，使工以药淬之，以试人，血濡缕，人无不立死者。"
4. 燕琴铅冷：高渐离以铅置筑，击秦王不中被诛。参见《史记》卷八十六，《刺客列传》。
5. 贯日白虹：《史记》卷八十三，《邹阳列传》："昔者荆轲慕燕丹之义，白虹贯日，太子畏之。"《战国策》卷二十五，魏四："聂政之刺韩傀也，白虹贯日。"

十三

抛洒纷纷纵复横，如磐风雨意非轻。

破胡李牧无侯相，失国韩王夸将名。

月暗忠魂沉棘寺，日高毅魄碎西城。

千年犹是叹冤杀，天日昭昭恨满盈。

注释

1. 李牧：赵王中秦王离间计，夺李牧兵权并斩之。参见《史记》卷八十一，《廉颇蔺相如列传》所附《李牧传》。
2. 失国韩王夸将名：韩信自谓带兵多多益善，然功成即被刘邦夺国，终被吕雉斩杀。参见《史记》卷九十二，《淮阴侯列传》。
3. 忠魂沉棘寺：岳飞被罗织冤杀。棘寺，大理寺。《宋史》卷三百六十五，《岳飞传》："初，飞在狱，大理寺丞李若朴何彦猷、大理卿薛仁辅并言飞无罪，俱俱劾去。宗正卿士傪请以百口保飞，俱亦劾之，窜死建州。布衣刘允升上书讼飞冤，下棘寺以死。凡傅成其狱者，皆迁转有差。"
4. 毅魄碎西城：袁崇焕遭磔刑冤死于西市。《明史》卷二百五十九，《袁崇焕传》："（崇祯）三年八月，遂磔崇焕于市，兄弟妻子流三千里，籍其家。崇焕无子，家亦无余赀，天下冤之。"明史玄《旧京遗事》："西市，在西安门外四牌坊，凡刑人于市，有锦衣卫、理刑官、刑部主事、监察御史及宛大两县正官，处决之后，大兴县领身投漏泽园，宛平县领首贮库，所谓会官处决也。"

十四

暖日浮浮放新晴，枝头残蕊可怜生。

牵衣徘徊河梁别，执手逡巡车马行。

零落水村伤蜕蝶，栖迟山郭感流莺。

愁多游子少酣枕，往往寒窗坐到明。

注释

1.河梁别：汉李陵《与苏武三首》之三："携手上河梁，游子暮何之。徘徊蹊路侧，恨恨不得辞。行人难久留，各言长相思。安知非日月，弦望自有时。努力崇明德，皓首以为期。"

十五

新来酒瘦闭柴门，怕见春归怕入园。

西子罢寻前日路，虞姬已去旧时村。

琵琶不尽昭君泪，觱篥难回杨氏魂。

狼藉残红惹惆怅，不如头上小春幡。

注释

1.觱篥难回杨氏魂：唐郑处诲《明皇杂录·补遗》："明皇既幸蜀，西南行，初入斜谷，属霖雨涉旬，于栈道雨中闻铃，音与山相应。上既悼念贵妃，采其声为《雨霖铃》曲，以寄恨焉。时梨园子弟善吹觱篥者，张野狐为第一。此人从至蜀，上因以其曲授野狐。洎至德中，车驾复幸华清宫，从官嫔御多非旧人。上于望京楼中命野狐奏《雨霖铃》，曲未半，上四顾凄凉，不觉流泪。左右感动，与之歔欷。其曲今传于法部。"

十六

芳容一别太匆匆，始信万缘皆是空。

百媚千娇都归土，三贞九烈尽随风。

江边剩得鸭头绿，天际偏留鱼尾红。

失队雁儿魂欲断，奋飞嘹呖夕阳中。

十七

　　婀娜宛转坠苔痕，肤泽肌香幸得存。

　　飑飑可怜未断梦，朦朦无赖尚临轩。

　　飞廉缱绻送新嫁，渥洼飘渺少故恩。

　　一米阳光终不在，杜鹃哀切五更魂。

注释

1. 飞廉：风神。《离骚》："前望舒使先驱兮，后飞廉使奔属。"汉王逸曰："飞廉，风伯也。风为号令，以喻君命。"
2. 渥洼：汉司马迁《史记》卷二十四，《乐书》："又尝得神马渥洼水中。"

十八

　　得气春时香满城，喧喧都是赏花声。

　　且开且落难追扫，方死方生漫着惊。

　　注目玲珑清脱俗，放怀磅礴雪轻盈。

　　年年沉醉奉专据，不管人间输与赢。

注释

1. 专据：独占。此言处处皆花。

十九

　　红红火火足堪夸，刹那春风到别家。

　　一世便逢恩泽败，三生稀见德风华。

　　狂飙轻破柘枝队，骤雨漫侵红粉斜。

　　不见闲人拄野杖，草深处处噪青蛙。

二十

　　去年疏忽失叨陪，今日人言又转回。

　　烂漫如常无别异，飘零一向镇相催。

可怜好物易磨灭，且幸精华再至来。
感激邻家曾焙得，旋投几片掌中杯。

二一

棣萼相辉接附全，分飞刹那失前缘。
明窗泪尽黯凝立，清枕愁深少晏眠。
自是人生难满百，因何愁恨过三千。
钟情不肯到城北，怕见栖溪渡口船。

注释
1. 棣萼：《诗经·小雅·常棣》："常棣之华，鄂不韡韡。凡今之人，莫如兄弟。死丧之威，兄弟孔怀。原隰裒矣，兄弟求矣。"郑玄笺云："承华者曰鄂，不，当作柎。柎，鄂足也。鄂足得华之光明，则韡韡然盛兴者，喻弟以敬事兄，兄以荣覆弟，恩义之显，亦韡韡然。古声不、柎同。"

二二

往复回环又是春，花开花落不用嗔。
欧公放出前头地，坡老提携后面人。
灿灿才如张锦缋，悠悠便要堕衣巾。
闭门不出何为者，却是怕他作锦茵。

注释
1. 欧公放出前头地：欧阳修《与梅圣俞书》："读轼书，不觉汗出。快哉快哉，老夫当避路，放他出一头地也。"
2. 坡老：苏轼自号东坡居士。

二三

熙熙南北上春台，屐齿无情安在哉。
招隐小山呻可废，避人沮溺病相催。
桃源路断金乌去，蓝驿梦回玉兔来。

一段闲情无处着，停云写寄岭中苔。

注释

1. 熙熙南北上春台：《老子》第二十章："众人熙熙，若享太牢，若春登台。"
2. 招隐小山：淮南小山《招隐士》："王孙兮归来！山中兮不可以久留。"
3. 沮溺：长沮、桀溺。《论语注疏》卷十八，微子第十八："长沮、桀溺耦而耕，孔子过之，使子路问津焉。长沮曰：'夫执舆者为谁？'子路曰：'为孔丘。'曰：'是鲁孔丘与？'曰：'是也。'曰：'是知津矣。'问于桀溺。桀溺曰：'子为谁？'曰：'为仲由。'曰：'是鲁孔丘之徒与？'对曰：'然。'曰：'滔滔者天下皆是也，而谁以易之？且而与其从辟人之士也，岂若从辟世之士哉？'耰而不辍。"
4. 蓝驿：唐裴铏《传奇·裴航》："经蓝桥驿侧近，因渴甚，遂下道求浆而饮。见茅屋三四间，低而复隘，有老妪绩麻苎，航揖之求浆，妪咄曰：'云英擎一瓯浆来，郎君要饮。'航讶之，忆樊夫人诗有云英之句，深不自会。俄于苇箔之下，出双玉手捧瓷，航接饮之，真玉液也，但觉异香氤郁，透于户外。"

二四

万物欣欣皆向荣，群芳竞把晓光争。

乍看锦绣喧轰在，瞥眼琼瑰倒泻倾。

动魄三春大魔幻，回肠一日小浮生。

向谁借取凌云笔，写此淋漓痛快情。

按

是图石田所题本章第三句作"将春托命春何托"，而石田《三答太常吕公见和落花之作》、现存文徵明小楷《落花诗卷》（苏州博物馆藏）中此句均作"将春托命春何在"，细味之，亦以后者为长，故此和韵亦以为式也。

二五

一年荣谢又如挚，但喜果蔬次第添。

花事已闲勤酿酒，人情未了懒窥帘。

斜阳影里茶烟尽，布谷声中鱼浪恬。

摩诘光明无着相，坐前不用把花拈。

注释

1. 如挚：石田原句："千林红褪已如挚，一片初飞渐渐添。"张衡《西京赋》："百卉具零，刚虫搏挚。"

二六

夸父无能系日规，江南又到落花时。

已知花信如潮信，不觉栖迟变暮迟。

摇曳韶光空冉冉，参差红碧复垂垂。

一春好物皆闲甚，浪掷光阴是阿谁。

二七

陌上缓缓兴未阑，风云突变雪团团。

枝枝打理青琅透，萼萼随教红雨漫。

高士倘佯闲作观，儿童踊跃饱贪欢。

懒寻卧雪芭蕉梦，无有清愁意自安。

注释

1. 卧雪芭蕉：沈括《梦溪笔谈》卷十七："予家所藏摩诘画袁安卧雪图，有雪中芭蕉，此乃得心应手，意到便成，故造理入神，迥得天意，此难可与俗人论也。"

二八

开时盛大落时空，只是年年人不同。

且喜春来多丽日，难能花在好光风。

酥糕团扁着轻粉，坛罐高低泡软红。

守物顺时无愧谢，八窗明净坐当中。

二九

尽日徘徊沙水边，东风骀荡马头前。

从教岁月悠悠度，剩把落花细细怜。

庭圃自惜得天锡，湖山幸住嘉华年。
送春春去不能及，珍重来年再结缘。

三十

东风浩荡尽情吹，万点愁红送不遗。
割舍阎扶稀罕货，剪裁阆苑冗余词。
蓬莱清浅看三度，弱水浮沉剩几时。
独坐江天吐清咏，纷纭六气一心知。

注释

1.阎扶：即阎浮，阎扶（浮）提，泛称人间也。唐释道世《法苑珠林》卷八十二："阎浮世界中，人身极难得。"唐段成式《酉阳杂俎》卷一："释氏书言须弥山南面，有阎扶树，月过树影入月中，或言月中蟾桂地影也，空处水影也，此语差近。"

2.蓬莱清浅看三度：晋葛洪《神仙传》卷二："麻姑自说云：接待以来，已见东海三为桑田。向到蓬莱，水又浅于往日会时略半耳，岂将复为陵陆乎？"

3.弱水：《海内十洲记》："凤麟洲，在西海之中央，地方一千五百里，洲四面有弱水绕之，鸿毛不浮，不可越也。"

4.六气：《春秋左传·昭公元年》："天有六气，降生五味，发为五色，徵为五声，淫生六疾。六气曰阴、阳、风、雨、晦、明也。"《庄子·逍遥游》："若夫乘天地之正，而御六气之辩，以游无穷者，彼且恶乎待哉。"

论唐寅

画家小传

唐寅（1470—1524），字伯虎，一字子畏，号六如居士、桃花庵主等，南直隶苏州府吴县（今江苏省苏州）人，祖籍凉州晋昌郡。十六岁中苏州府试第一，二十八岁中南直隶乡试第一，因科场案牵连入狱，罚黜为吏，耻而不就。漫游四方，得疾而止，筑桃花庵居，以诗画为生，年五十四病逝。其画山水人物俱佳，师法李唐、刘松年，融会南北，造型准确，秀逸清俊，神韵独具，诗画合一，位列明四家。其诗文以才情取胜，真挚清新，与祝允明、文徵明、徐祯卿并称"吴中四才子"。传世有《六如居士集》、《松林扬鞭图》、《蜀宫妓图》等。

载记选录

明祝允明《唐子畏墓志铭》："子畏死，余为歌诗，往哭之恸。将葬，其弟子重请为铭。子畏，余肺腑友，微子重，且铭之。子畏性绝颖利，度越于士，世所谓颖者。数岁能为科举文字，童髫中科第，一日四海惊称之，子畏不然。幼读书，不识门外街陌。其中屹屹，有一日千里气。不或友一人，余访之再，亦不答。一旦，以二章投余，桀特之志铮然。余亦报以诗，劝其少加弘舒，言万物转高转细，未闻华峰可建都聚，惟天极峻且无外，故为万物宗。子畏始肯可，久乃大契，然一意望古豪杰，殊不屑事场屋。其父广德，贾业而士行，将用子畏起家，致举业师教子畏，子畏不得违父旨。德广尝语人：'此儿必成名，殆难成家乎。'父没，子畏犹落落。一日余谓曰：'子欲成先志，当且事时业。若必从己愿，便可襭襕幞，烧科策。今徒藉名泮庐，目不接其册子，则取舍奈何？'子畏曰：'诺。明年当大比，吾试捐一年力为之，若弗集，一掷之耳。'即堚户绝交往，亦不觅时辈讲习，取前所治毛氏诗，与所谓四书者，缮讨拟议，只求合时义。戊午试应天府，录为第一人。己未，往会试，时傍郡有富子亦已举于乡，师慕子畏，载与俱北。即入试二场后，有仇富子者抨于朝，言与主司有私，并连子畏。诏驰敕礼闱，令此主司不得阅卷，亟捕富子及子畏付狱，诏逮主司出，同讯于廷，富子即承，子畏不复辩，与同罚，黜橼于浙藩，归而不往。或劝少贬，异时亦不失一命。子畏大笑，竟不行。放浪形迹，翩翩远游，扁舟独迈祝融、匡庐、天台、武夷，观海于东南，浮洞庭、彭蠡。暂归，将复踏四方，得疾，久少愈，稍治旧绪。其学务穷研造化，玄蕴象数，寻究律历，求扬马玄虚、邵氏声音之理，而赞订之，傍及风鸟、五遁、太乙，出入天人之间，将为一家学，未及成章而殁。其于应世文字诗歌，不甚措意，谓后世知不在是，见我一班已矣。奇趣时发，或寄于画，下笔辄追唐宋名匠，既复为人请乞烦杂不休，遂亦不及精谛，且已四方慕之，无贵贱富贫，日请门征索文辞诗画，子畏随应之，而不必尽所至。大率兴寄遐邈，不以一时毁誉重轻为取舍。子畏临事果，事多全大节，即少不合不问。故知者诚爱宝之，若异玉珍贝。王文恪公最慎予可，知之最深重。不知者亦莫不歆其才望，而娼疾者先后有之。子畏粪土财货，或饮其惠，讳且矫，乐其菹，更下之石，亦其得祸之由也。桂伐漆割，害隽戕特，尘土物态，亦何伤于子畏，余伤子畏不以是。气化英灵，大略数百岁一发钟于人，子畏得之，一旦已矣，此其痛宜如何置？有过人之杰，人不歆而更毁。存高世之才，世不用而更摈，此其冤宜如何已？子畏为文或丽或淡，或精或泛，无常态，不肯为锻炼功，奇思常多而不尽用。其诗初喜秾丽，既又放白氏务达情性，而语终璀璨，佳者多与古合。尝乞梦仙游九鲤神，梦惠之墨一担，盖终以文业传焉。唐氏世吴人，居吴趋里。子畏母丘氏，以成化六年二月初四日生子畏，岁舍庚寅，名之曰寅，初字伯虎，更子畏，卒嘉靖癸未十二月二日，得年五十四。配徐，继沈，生一女，许王氏国士履吉之子。墓在横塘王家村。子畏罹祸后，归好佛氏，自号六如，取四句偈旨。治圃舍北桃花坞，日般饮其中，客来便共饮，去不问，醉便颓寝。子重名申，亦佳士，称难弟兄也。铭曰：穆天门兮夕开，纷吾乘兮归来。睇桃夭兮故土，回风冲兮兰玉摧。不兜率兮犹裴徊，星辰下上兮云雨淮。椅桐轮囷兮，稼无滞穄。孔翠错璨兮，金芝葳蕤。碧丹渊涵兮，人间望思。"（明唐寅撰，明何大成辑《唐伯虎先生集》外编卷之四，一集伯虎志传，明万历二十年刻本）

明朱谋垔《画史会要》卷四："唐寅，其生也，以成化庚寅岁，故名寅，初字伯虎，更字子畏，中南京解元，后以讹误被黜，放浪不羁，归心佛氏，取四句偈旨号六如居士，又图其石曰江南第一风流才子。祝允明志云寅于文字诗歌不甚措意，谓后世知不在是，奇趣时发，或寄于画，下笔辄追唐宋名匠，故其画法沈郁，风骨奇峭，刊落庸琐，务求浓厚，连江迭巘，缅缅不穷。评者谓远攻李唐，足任偏师；近交沈周，可当半席。晚年赋诗云：不炼金丹不坐禅，不为商贾不耕田。起来就写青山买，不使人间造业钱。其标寄如此。真迹传在江右者，有《买臣负薪图》及《栈道》、《桃源》、《击磬》等图。"（明崇祯刻清初朱统鉎重修本）

清张廷玉等《明史》卷二百八十六，文苑二："唐寅，字伯虎，一字子畏。性颖利，与里狂生张灵纵酒，不事诸生业。祝允明规之，乃闭户浃岁。举弘治十一年乡试第一，座主梁储奇其文，还朝示学士程敏政，敏政亦奇之。未几，敏政总裁会试，江阴富人徐经贿其家僮，得试题。事露，言者劾敏政，语连寅，下诏狱，谪为吏。寅耻不就，归家益放浪。宁王宸濠厚币聘之，寅察其有异志，佯狂使酒，露其丑秽。宸濠不能堪，放还。筑室桃花坞，与客日般饮其中，年五十四而卒。寅诗文，初尚才情，晚年颓然自放，谓后人知我不在此，论者伤之。吴中自枝山辈以放诞不羁为世所指目，而文才轻艳，倾动流辈，传说者增益而附丽之，往往出名教外。"（中华书局，1974，第7352—7353页）

[明]唐寅,《骑驴归思图》,绢本设色,纵77.3厘米、横37.5厘米,上海博物馆藏

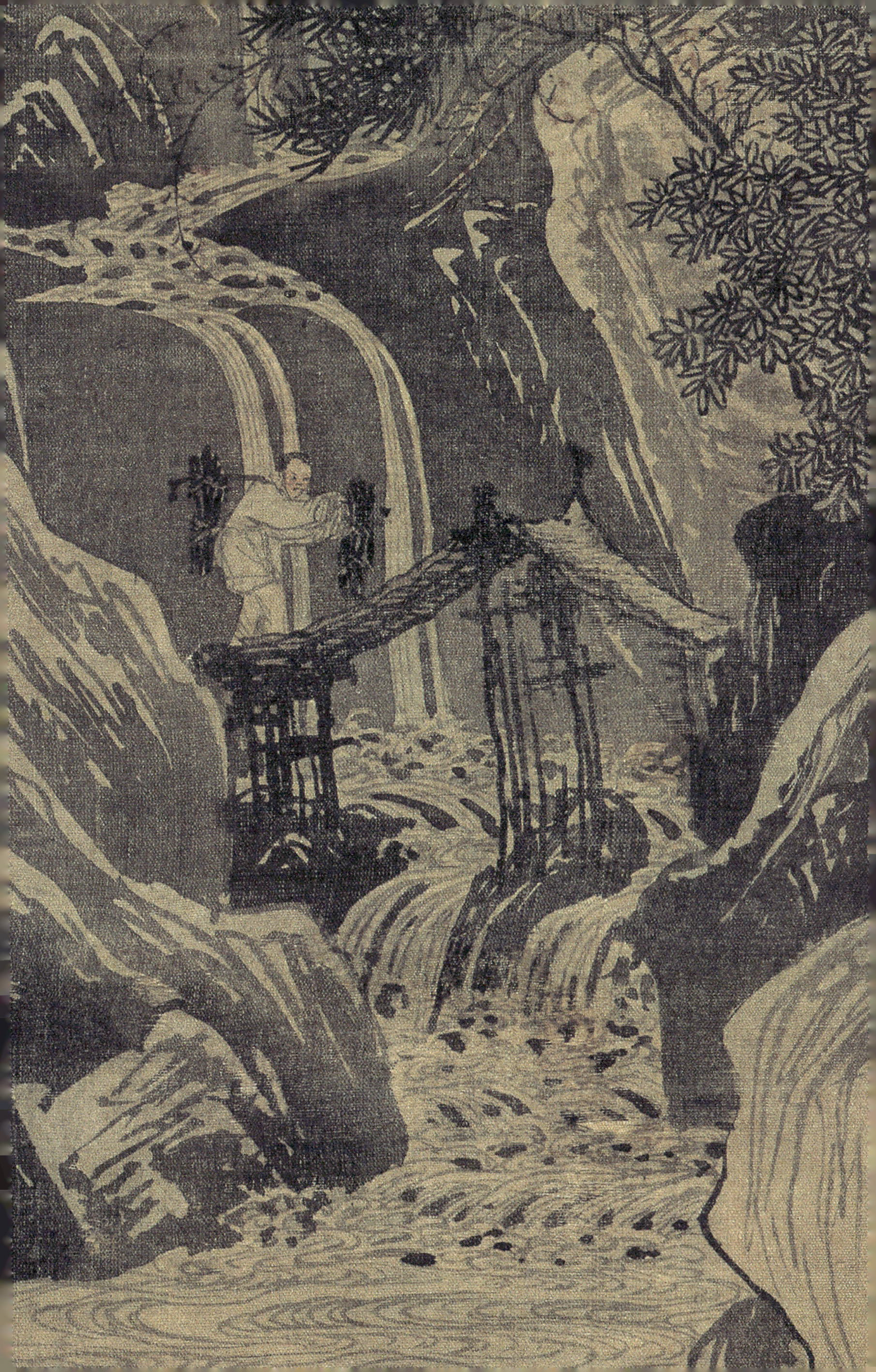

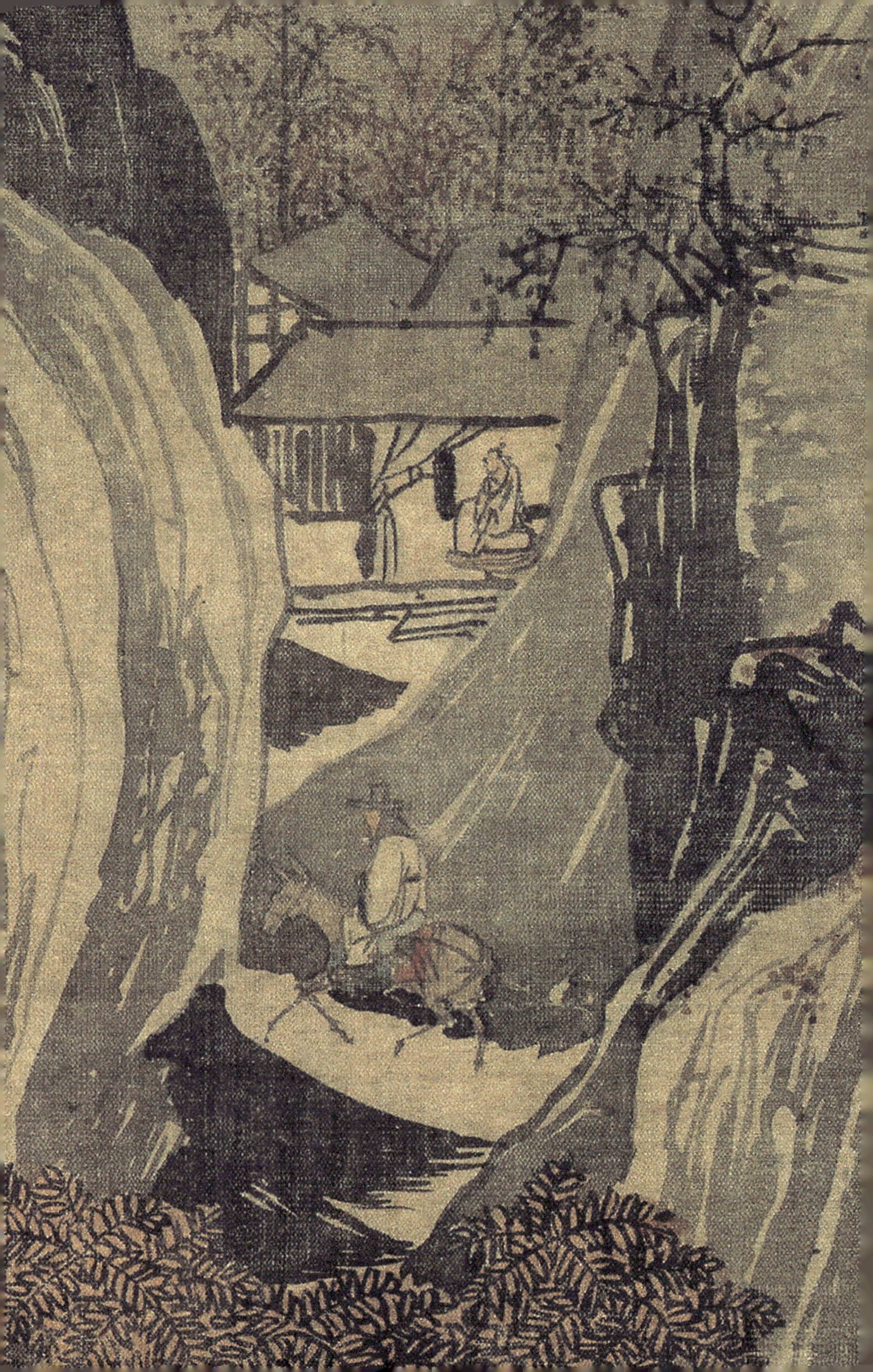

唐寅原题：乞求无得束书归，依旧骑驴向翠微。满面风霜尘土气，山妻相对有牛衣。吴郡唐寅诗意图。

观唐寅《骑驴归思图》步其原题诗韵

秀才樵子俱来归，岭上寒梅破翠微。

进退皆难未衰气，仲卿何鄙泣牛衣。

注释

1.仲卿何鄙泣牛衣：汉班固《汉书》卷七十六，《王章传》："王章字仲卿，泰山钜平人也。少以文学为官，稍迁至谏大夫，在朝廷名敢直言。……初，章为诸生学长安，独与妻居。章疾病，无被，卧牛衣中，与妻决，涕泣。其妻呵怒之曰：'仲卿！京师尊贵在朝廷人谁踰仲卿者？今疾病困厄，不自激卬，乃反涕泣，何鄙也！'"

[明]唐寅，《松林扬鞭图》，绢本设色，纵145.3厘米、横72.5厘米，旅顺博物馆藏

唐寅原题：女几山头春雪消，路傍仙杏发柔条。心期此日同游赏，载酒扬鞭过野桥。唐寅。

观唐寅《松林扬鞭图》步其原题诗韵（二首）

山雾迷蒙冰雪消，春风侧帽不鸣条。
长松偃蹇杏堪赏，莫话金陵朱雀桥。

再和

野杏微红粉未消，石皴斧劈偶成条。
光阴也恋旧游赏，打马才过溪水桥。

注释
1. 唐羊士谔《过三乡望女几山早岁有卜筑之志》："女几山头春雪消，路傍仙杏发柔条。心期欲去知何日，惆怅回车上野桥。"
2. 春风侧帽不鸣条：言春风和煦，人物帽檐、缨带飞动。侧帽：唐令狐德棻《周书》卷十六，《独孤信传》："（独孤）信在秦州，尝因猎日暮，驰马入城，其帽微侧。诘旦，而吏民有戴帽者，咸慕信而侧帽焉。"唐李商隐《病中闻河东公乐营置酒口占寄上》："风长应侧帽，路隘岂容车。"不鸣条：汉桓宽《盐铁论·水旱》："周公载纪而天下太平，国无天伤，岁无荒年。当此之时，雨不破块，风不鸣条。"
3. 偃蹇：屈曲而高耸。
4. 朱雀桥：又名朱雀桁，故址在今南京，为东晋、南朝都城建康秦淮河上二十四航（浮桥）中最大的一座，因面对朱雀门故名，近傍乌衣巷有东晋名相王导、谢安宅。唐刘禹锡《金陵五题·乌衣巷》："朱雀桥边野草花，乌衣巷口夕阳斜。旧时王谢堂前燕，飞入寻常百姓家。"
5. 石皴斧劈偶成条：言唐寅此图山石用李唐笔法，尚未展现出日后其独具面目的带水长条皴。
6. 光阴打马二句：言此图之气韵生动并未随岁月流逝而减弱。

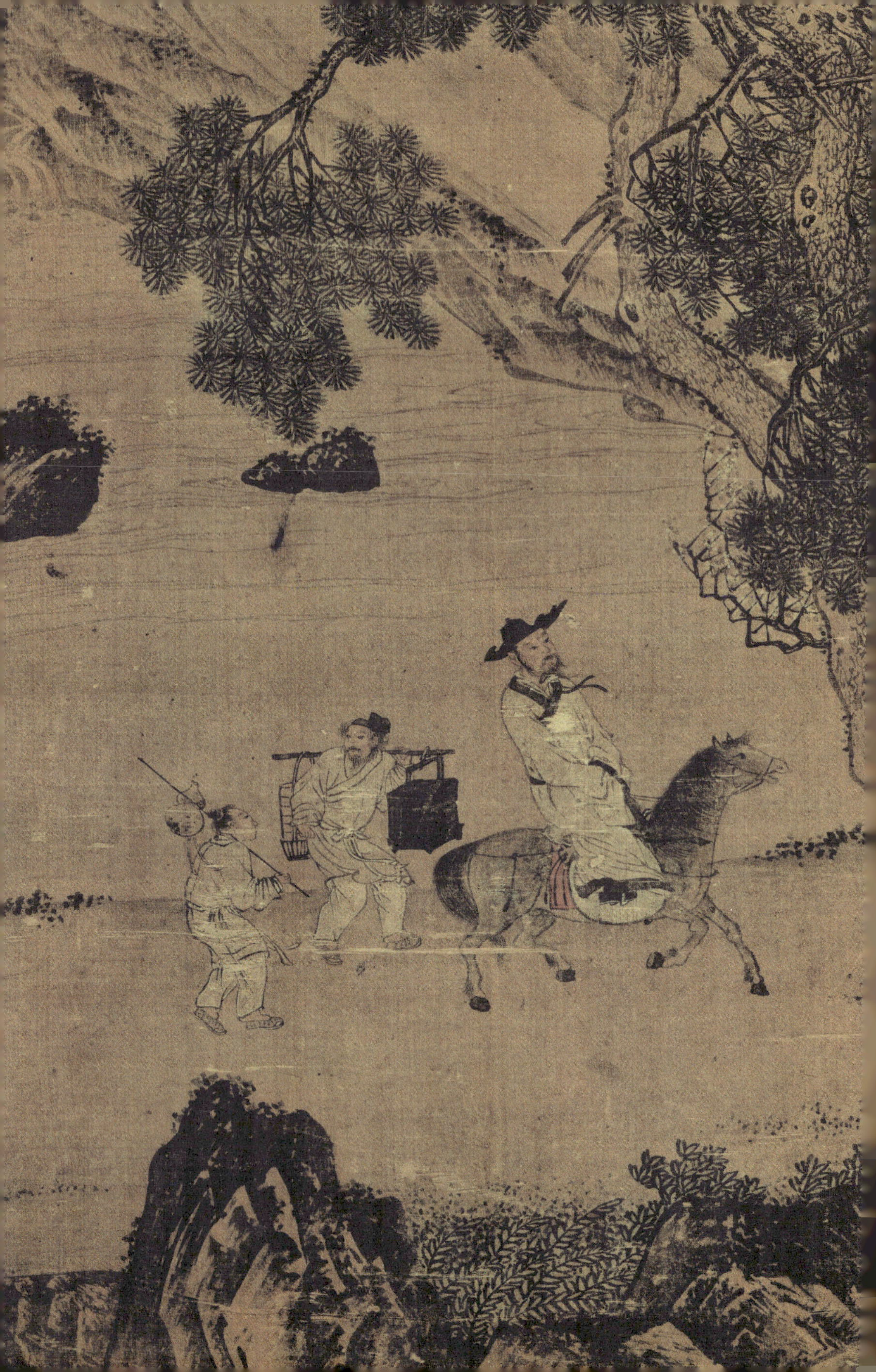

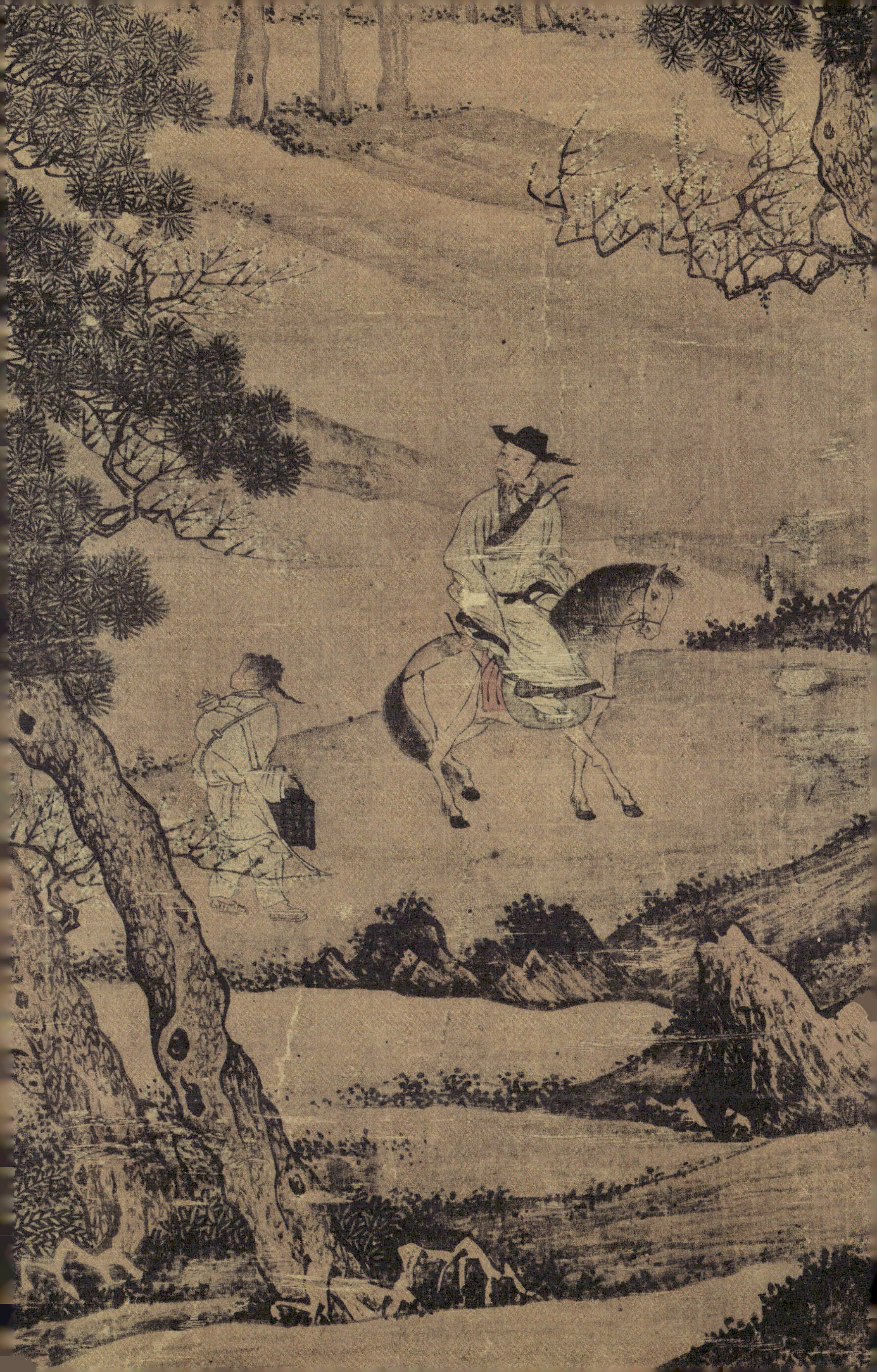

[明] 唐寅，《莳田行犊图》，纸本墨笔，纵 74.7 厘米、横 42.7 厘米，上海博物馆藏

唐寅原题：骑犊归来绕莳田，角端轻挂汉编年。无人解得悠悠意，行过松阴懒着鞭。唐寅画。

观唐寅《莳田行犊图》步其原题诗韵

松老岩崎照莳田，葛藤缠绕不知年。

谁人会得深深意，牛角无书还执鞭。

注释

1. 牛角无书：《新唐书》卷八十四，《李密传》："（李密）闻包恺在缑山，往从之。以蒲鞯乘牛，挂《汉书》一帙角上，行且读。"

[明] 唐寅，《事茗图》，纸本设色，纵 31.1 厘米、横 105.8 厘米，故宫博物院藏

唐寅原题： 日长何所事，茗碗自赍持。料得南窗下，清风满鬓丝。吴趋唐寅。

观唐寅《事茗图》步其原题诗韵

吟余何所事，汲水贮军持。

更喜松窗下，闲挥绿绮丝。

注释

1. 军持：汤瓶，用以贮水煎茶等。
2. 绿绮：汉司马相如有琴名绿绮，后用以代指古琴。西晋傅玄《琴赋序》："齐桓公有鸣琴曰号钟，楚庄有鸣琴曰绕梁，中世司马相如有绿绮，蔡邕有焦尾，皆名器也。"（《文选》卷三十，唐李善注张载《拟四愁诗》所引）

唐寅原题：雪满空山晓会琴，耸肩驴背自长吟。乾坤千古兴亡迹，公是公非总陆沉。唐寅。

[明] 唐寅，《雪山会琴图》，纸本设色，纵 117.1 厘米、横 31.4 厘米，上海博物馆藏

观唐寅《雪山会琴图》步其原题诗韵

策蹇雪朝携绿琴,琼枝玉树和清吟。

山深一径少人迹,茅屋围炉忘陆沉。

注释

1. 策蹇:骑驴。
2. 雪朝:雪天。
3. 绿琴:即绿绮琴,汉司马相如之琴,后用以代指古琴。详见前《观唐寅〈事茗图〉步其原题诗韵》注。

[明]唐寅，《溪山渔隐图》，绢本设色，纵 30.0 厘米、横 610.0 厘米，台北故宫博物院藏

茶竈魚竿不自春
野心水田漠漠樹
陰陰太平時
節英雄懒酬湖
海無邊莫草澤
深 唐寅画

或魁深岑或漢舟平
伴原不爲耕餓原俗
姓氏拘張孟倪是人
洞第一派
己卯夏御題

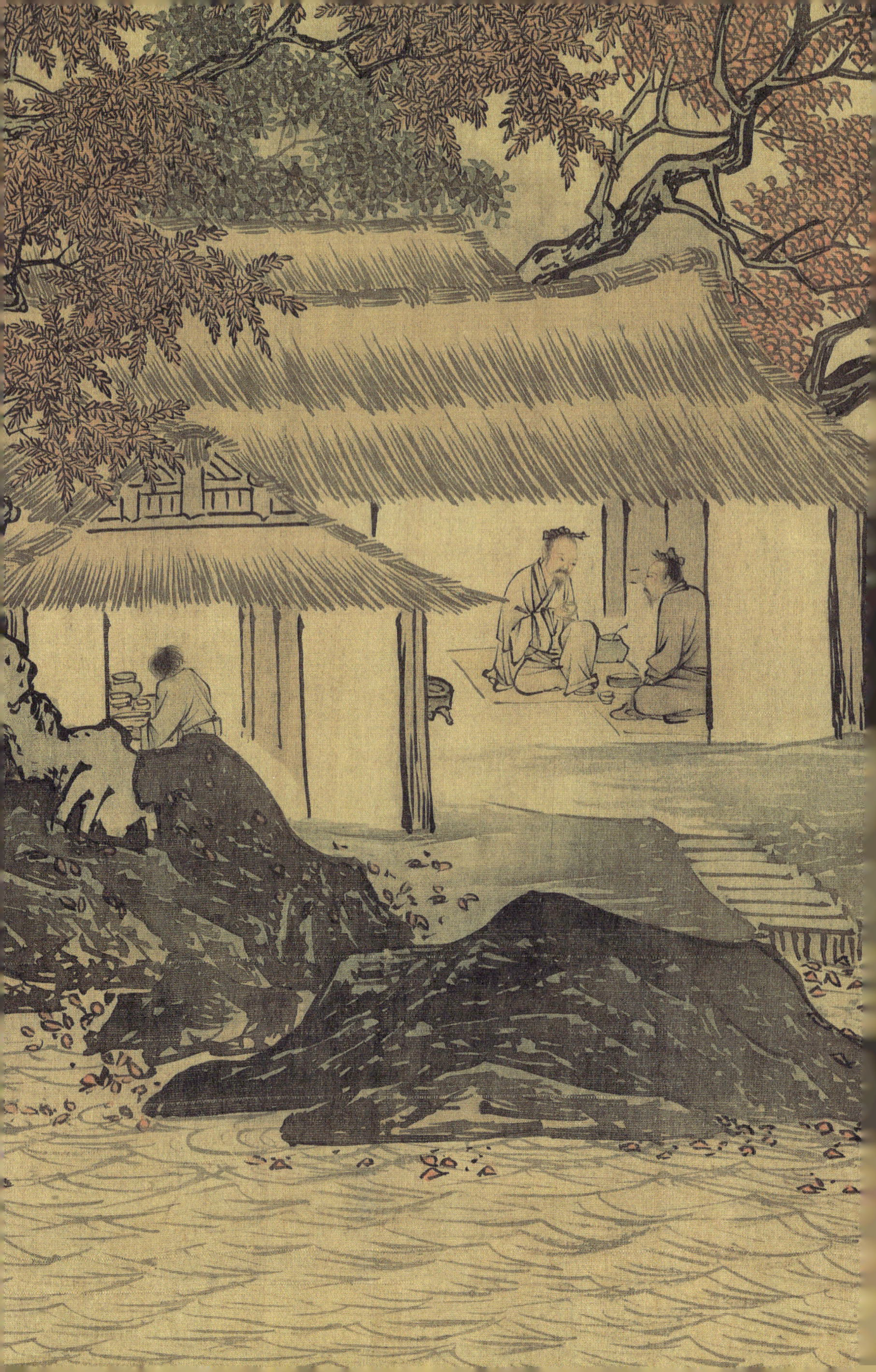

唐寅原题： 茶灶钓竿养野心，水田漠漠树阴阴。太平时节英雄懒，湖海无边草泽深。唐寅画。

观唐寅《溪山渔隐图》步其原题诗韵

渔隐溪山日赏心，秋高崖上少愁阴。

莫谈奇泌与神懒，煮茗调琴解会深。

注释

1. 愁阴：阴霾。
2. 莫谈奇泌与神懒：奇泌，指唐李泌，有奇谋，七岁有神童之誉，身历玄、肃、代、德宗四朝，德宗时为相。神懒，指懒残僧。唐袁郊《甘泽谣·懒残》："懒残者，名明瓒，天宝初衡岳寺执役僧也。退食，即收所余而食，性懒而食残，故号懒残也。昼专一寺之工，夜止群牛之下，曾无倦色，已二十年矣。时邺侯李泌寺中读书，察懒残所为曰：'非凡物也。'听其中宵梵呗，响彻山林。李公情颇知音，能辨休戚。谓懒残经音先凄惋而后喜悦，必谪堕之人，时将去矣。候中夜，李公潜往谒焉，望席门通名而拜。懒残大诟，仰空而唾曰：'是将贼我。'李公愈加谨敬，唯拜而已。懒残正拨牛粪火，出芋啖之。良久乃曰：'可以席地。'取所啗芋之半以授焉，李公捧承，就食而谢。谓李公曰：'慎勿多言，领取十年宰相。'一拜而退。……后李公果十年为相也。"

莲花冠子道人衣，日侍君王宴
紫微花畔不知人已去年闹绯
与孝绯

蜀後主每於宫中裹小巾命宫妓
衣道衣冠蓮花冠日尋花柳以
侍酣宴蜀之諺巳溢耳矣而主
不挹注之竟至濫賞伴後想擅
穎之令不無抚膝書

[明] 唐寅，《孟蜀
宫妓图》，绢本设
色，纵 124.7 厘米、
横 63.6 厘米，故
宫博物院藏

唐寅原题： 莲花冠子道人衣，日侍君王宴紫微。花柳不知人已去，年年斗绿与争绯。蜀后主每于宫中裹小巾，命宫妓衣道衣，冠莲花冠，日寻花柳以侍酣宴。蜀之谣已溢耳矣，而主之不捏注之，竟至滥觞。俾后想摇头之令，不无扼腕。唐寅。

观唐寅《蜀宫妓图》步其原题诗韵

花冠檀晕绮罗衣，相与整妆心事微。

几度春风鸾未去，拘挐还斗旧时绯。

注释

1. 檀晕：言图中美人作檀晕妆。宋苏轼（1037—1101）《次韵杨公济梅花十首》其九："鲛绡翦碎玉簪轻，檀晕妆成雪月明。"
2. 鸾未去：言此图流传至今。《艺文类聚》卷九十，鸟部上，"鸾"条引南朝宋范泰《鸾鸟诗》序："昔罽宾王结罝峻卯之山，获一鸾鸟，王甚爱之，欲其鸣而不致也。乃饰以金樊，飨以珍羞。对之逾戚，三年不鸣。其夫人曰：'尝闻鸟见其类而后鸣，何不悬镜以映之！'王从其意。鸾睹形悲鸣，哀响中霄，一奋而绝。"
3. 拘挐：即夹竹桃。图中四美所簪花当为夹竹桃花。夹竹桃，原产印度、伊朗，在唐寅时代之吴地比较贵重。元李衎（1245—1320）《竹谱》卷七，"有名而非竹品"："夹竹桃自南方来，名拘那夷，又云拘挐儿，花红类桃，其根叶似竹而不劲，足供盆槛之玩。"清周亮工（1612—1672）《闽小纪》卷上，"夹竹桃"条："闽中多夹竹桃，叶微如竹，花逼似桃，柔艳异常。予尝谓友人曰：'此陶靖节赋闲情时也。千载后犹时见之。'此种闽人不甚贵重，过岭即不生。虎林一郡闻只三数株，金陵间有，然亦无过三五岁者。曾师建《闽中记》：'南方花有北地所无者，阇提、茉莉、俱那异，皆出西域。盛传闽中俱那卫即俱那异，夹竹桃也。'"

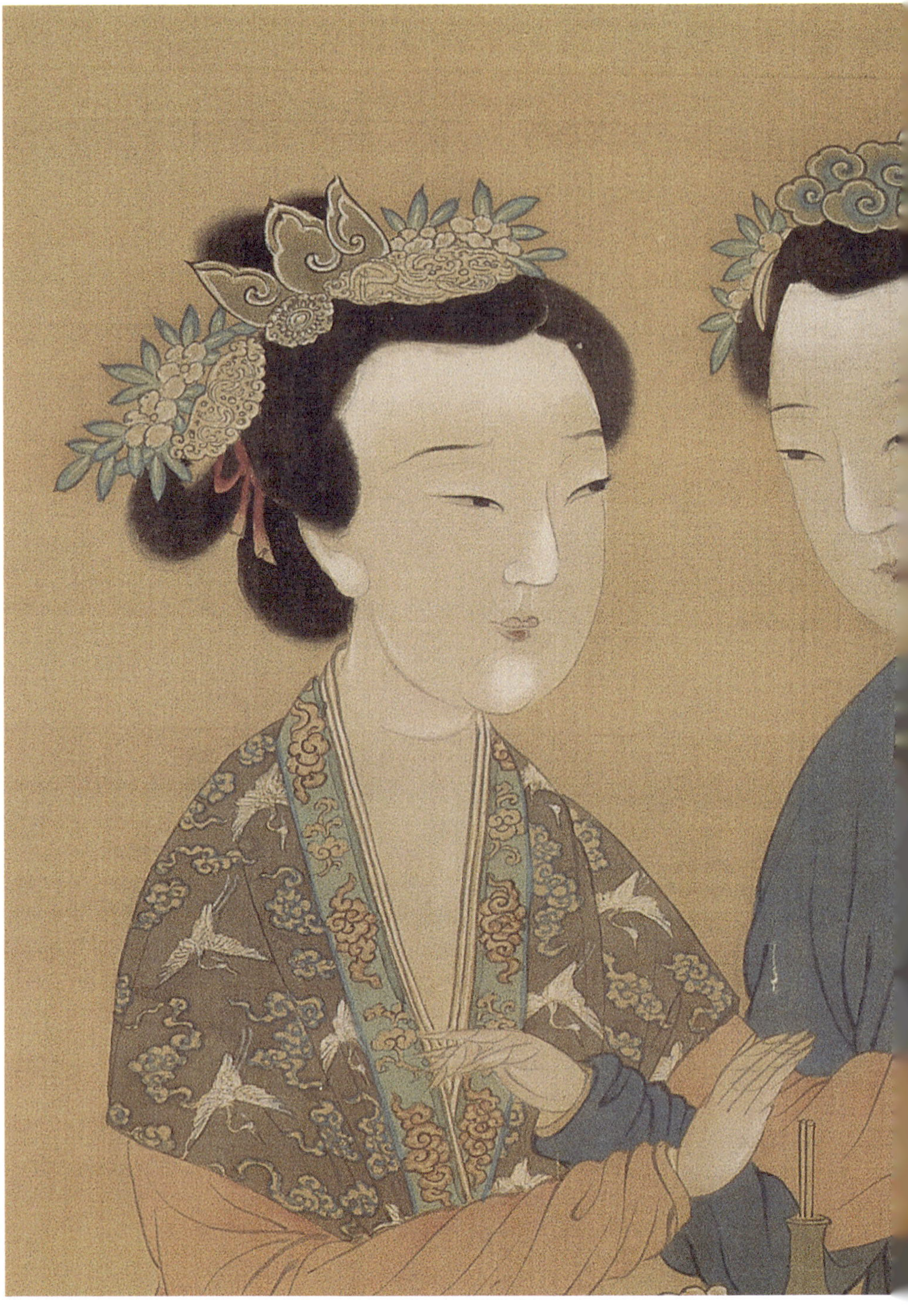

257

[明] 唐寅，《金昌送别图》，纸本设色，纵 21 厘米、横 132 厘米，吴湖帆梅景书屋旧藏

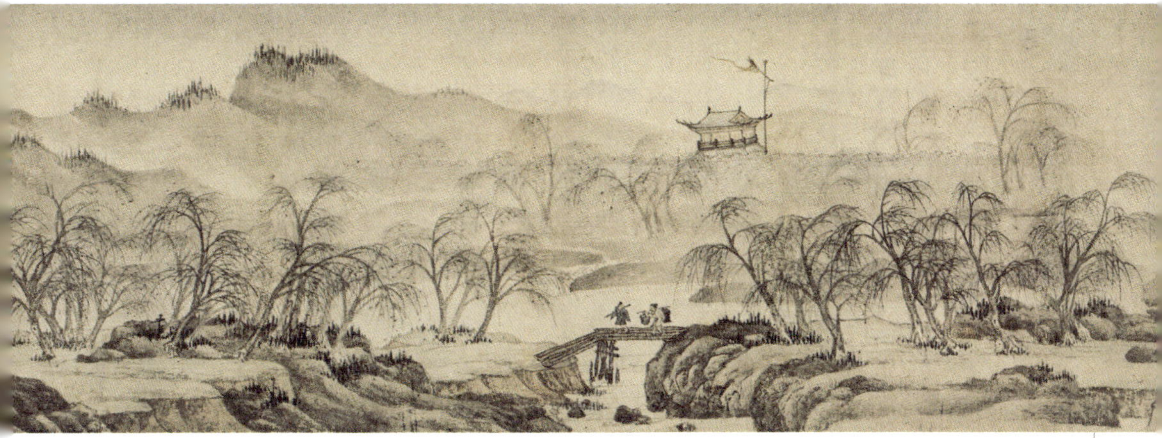

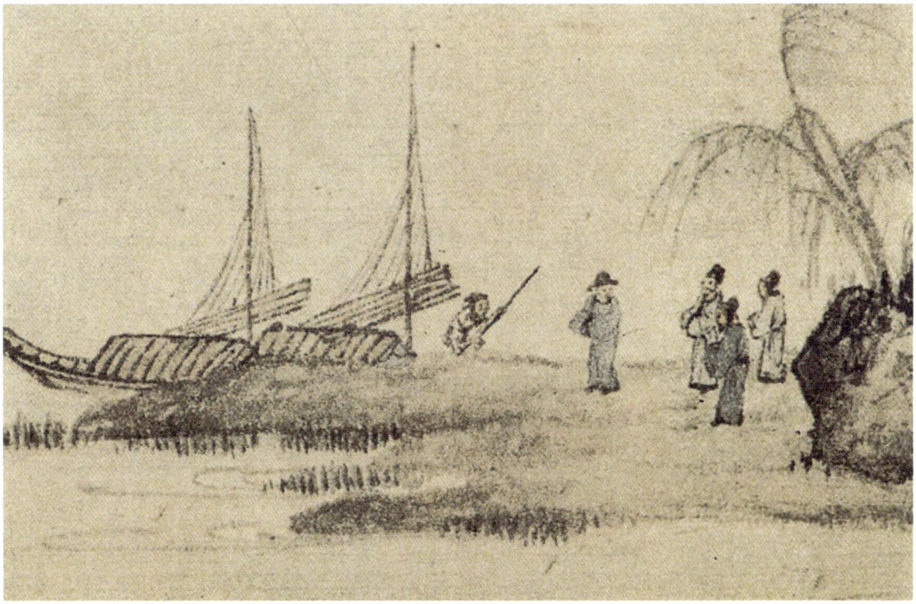

唐寅原题：金昌亭下送人行，天际残阳对酒倾。重祝珍调无别语，依依杨柳不胜情。唐寅画并题。

观唐寅《金昌送别图》步其原题诗韵

云山霭霭送将行，苔点情浓欲倒倾。
自是杨枝能别语，城头猎猎更关情。

注释
1. 霭霭：晋陶渊明《停云》："霭霭停云，蒙蒙时雨。"
2. 倒倾：宋苏轼《有美堂暴雨》："唤起谪仙泉洒面，倒倾鲛室泻琼瑰。"

女几山前野路横 松声偏称合泉声 静里间倾耳便觉冲然道气生
李父母大人先生 治下唐寅画呈

[明] 唐寅,《山路松声图》,绢本设色,纵194.5厘米、横102.8厘米,台北故宫博物院藏

古朗月行——中国古代名画观咏

唐寅原题： 女几山前野路横，松声偏解合泉声。试从静里闲倾耳，便觉冲然道气生。治下唐寅画呈李父母大人先生。

观唐寅《山路松声图》步其原题诗韵

郁郁岩松枝乱横，盘空蔽日送泉声。
溪桥一伫清心耳，万象森然不二生。

[明] 唐寅，《烧药图》，纸本设色，纵 28.8 厘米、横 119.6 厘米，台北故宫博物院藏

唐寅原题： 人来种杏不虚寻，仿佛庐山小径深。常向静中参大道，不因忙里废清吟。愿随雨化三春泽，未许云闲一片心。老我近来多肺疾，好分紫雪扫烦襟。晋昌唐寅。

观唐寅《烧药图》步其原题诗韵

应怜坎坷漫栖寻，功业转从书画深。
翰墨淋漓参大道，精神洒落咏清吟。
病衰下笔犹春泽，胜致投医当瓣心。
烧药奈何难去疾，却留山水洗凡襟。

论董其昌

画家小传

董其昌（1555—1636），字玄宰，号思白，别号香光居士，松江华亭（今上海）人。万历十七年（1589）进士，改庶吉士，授翰林院编修，充皇长子讲官，后历任湖广提学副使、福建提学副使、太常少卿、南京礼部尚书等。七十八岁致仕，诏加太子太保。卒赠太子太傅。福王时，谥文敏。工书擅画，师古而超迈。书法出入晋唐，兼颜骨赵姿之美；画参董米倪黄，笔墨恬静明洁，温敦淡荡。以禅喻画，倡南北宗之论。成就、影响与赵孟頫并峙，有"画史两文敏"之称。存世书画甚多，有诗文集《容台集》，又辑有《戏鸿堂帖》。

载记选录

清张廷玉等撰《明史》卷二百八十八，文苑四： "董其昌，字元宰，松江华亭人。举万历十七年进士，改庶吉士。礼部侍郎田一儁以教习卒官，其昌请假，走数千里，护其丧归葬。迁授编修。皇长子出阁，充讲官，因事启沃，皇长子每目属之。坐失执政意，出为湖广副使，移疾归。起故官，督湖广学政，不徇请嘱，为势家所怨，嗾生儒数百人鼓噪，毁其公署。其昌即拜疏求去，帝不许，而令所司按治，其昌卒谢事归。起山东副使、登莱兵备、河南参政，并不赴。光宗立，问：'旧讲官董先生安在？'乃召为太常少卿，掌国子司业事。天启二年，擢本寺卿，兼侍读学士。时修《神宗实录》，命往南方采辑先朝章疏及遗事，其昌广搜博征，录成三百本。又采留中之疏切于国本、藩封、人才、风俗、河渠、食货、吏治、边防者，别为四十卷。仿史赞之例，每篇系以笔断。书成表进，有诏褒美，宣付史馆。明年秋，擢礼部右侍郎，协理詹事府事，寻转左侍郎。五年正月拜南京礼部尚书。时政在奄竖，党祸酷烈。其昌深自引远，逾年请告归。崇祯四年起故官，掌詹事府事。居三年，屡疏乞休，诏加太子太保致仕。又二年卒，年八十有三。赠太子太傅。福王时，谥文敏。其昌天才俊逸，少负重名。初，华亭自沈度、沈粲以后，南安知府张弼、詹事陆深、布政莫如忠及子是龙皆以善书称。其昌后出，超越诸家。始以宋米芾为宗，后自成一家，名闻外国。其画集宋、元诸家之长，行以己意，潇洒生动，非人力所及也。四方金石之刻，得其制作手书，以为二绝。造请无虚日，尺素短札，流布人间，争购宝之。精于品题，收藏家得片语只字以为重。性和易，通禅理，萧闲吐纳，终日无俗语。人拟之米芾、赵孟頫云。同时以善书名者，临邑邢侗、顺天米万钟、晋江张瑞图，时人谓邢、张、米、董，又曰南董、北米。然三人者，不逮其昌远甚。"（中华书局，1974，第 7395—7397 页）

［明］董其昌，《燕吴八景图册》之《西山雪霁》，绢本设色，纵 26.1 厘米、横 24.8 厘米，上海博物馆藏

董其昌原题： 西山雪霁仿张僧繇。

观董其昌《西山雪霁图》（古体）

是何天纵心与眼，没骨写出九点烟。
磅礴谲怪碧巉嵌，万古清冷胜广寒。
山头积雪浮瑗碡，雪里红树灿琅玕。
殿宇茅舍何人住，沧海罗浮不愿还。
僧繇子久徒莞尔，未料蹉跎三百年。

注释

1. 九点烟：唐李贺《梦天》："遥望齐州九点烟，一泓海水杯中泻。"
2. 罗浮：此言奇境也。秦汉以来即有罗浮仙山之说，地在今广东博罗县。柳宗元《龙城录》卷上："隋开皇中，赵师雄迁罗浮，一日天寒日暮在醉醒间，因憩仆车于松林间酒肆傍舍，见一女人淡妆素服，出迓师雄，时已昏黑，残雪对月，色微明。师雄喜之，与之语，但觉芳香袭人，语言极清丽，因与之扣酒家门，得数杯，相与饮。少顷，有一绿衣童来，笑歌戏舞，亦自可观，顷醉寝，师雄亦懵然，但觉风寒相袭久之。时东方已白，师雄起视，乃在大梅花树下，上有翠羽啾嘈相须，月落参横，但惆怅而尔。"苏轼《记罗浮异境》："有官吏自罗浮都虚观游长寿，中路睹见道室数十间，有道士据槛坐，见吏不起。吏大怒，使人诘之。至，则人室皆亡矣。乃知罗浮凡圣杂处，似此等异境，平生修行人有不得见者，吏何人，乃独见之。"
3. 僧繇子久：张僧繇、黄公望。
4. 未料蹉跎三百年：此言玄宰之现代性早于西方约三百年。

董其昌原题： 彩笔朱幡照郢都，客星容易落江湖。因君示我名山志，写得楚天清晓图。明卿年兄以所撰《承天志》见示，作此图报谢。壬子八月朔昆山道中。其昌识。

逊之画品已在逸妙，而有昌歜之嗜。收余此图，似谬相赞誉耳，深愧其意。乙丑八月重题。其昌。

［明］董其昌，《山水图》（《楚天清晓图》），纸本水墨，纵 154.7 厘米、横 70 厘米，台北故宫博物院藏

观董其昌《山水图》步其原题诗韵

何意寨舟游鄂都，

潇潇斑竹照江湖。

却依一叶《承天志》，

藻荇空明写此图。

注释

1. 寨舟游鄂都：西汉刘向《说苑》卷十一，记《越人歌》："今夕何夕兮？寨中洲流。今日何日兮？得与王子同舟。"万历三十四年（1606），玄宰督湖广学政，不徇当地势家请嘱，即遭生儒毁公署，遂请辞归乡。玄宰原题有曰："彩笔朱幡照郢都，客星容易落江湖。"
2. 斑竹：湘妃竹。唐李嘉祐《江上曲》："苍梧秋色不堪论，千载依依帝子魂。君看峰上斑斑竹，尽是湘妃泣泪痕。"
3. 却依一叶《承天志》，藻荇空明写此图：玄宰原题有曰："因君示我名山志，写得楚天清晓图。明卿年兄以所撰《承天志》见示，作此图报谢。壬子（1612）八月朔昆山道中。"苏轼谪黄州，有《记承天夜游》："元丰六年十月十二日夜，解衣欲睡，月色入户，欣然起行。念无与为乐者，遂至承天寺寻张怀民。怀民亦未寝，相与步于中庭。庭下如积水空明，水中藻荇交横，盖竹柏影也。何夜无月？何处无竹柏？但少闲人如吾两人者耳。黄州团练副使苏某书。"

[明] 董其昌，《石磴飞流图》，纸本水墨，纵 147.1 厘米、横 55.8 厘米，台北故宫博物院藏

董其昌原题： 梯云石磴羊肠绕，转壑飞流碧玉斜。一段风烟春淡薄，数声鸡犬野人家。偶得朱晦翁手迹，若有当此图，因临以为题画。丙寅九月朔，玄宰在玉峰道舟中。

观董其昌《石磴飞流图》步其原题朱熹《过飞泉岭》诗韵

玉峰堆叠江天绕，

琪树交横坡岸斜。

不见渔樵出林薄，

泠泠应是到仙家。

论蓝瑛

画家小传

蓝瑛（1585—1664或1666），字田叔，号蝶叟，晚号石头陀、西湖研民、东郭老农等。钱塘（今浙江杭州）人。工书擅画，以画为业。师法宋元，于黄公望尤为致力，落笔秀润，晚年一变为苍劲峻嶒，自成一家，为浙派后期代表画家。

载记选录

明朱谋垔《画史会要》卷四： "蓝瑛，字田叔，浙江人，住家西湖，以画为业，老而弥工，苍古颇类沈启南，惜其鬻画自给，未免为当世所轻。"（明崇祯刻清初朱统鉁重修本）

清厉鹗《东城杂记》卷下，"城曲茅堂"： "蓝瑛，字田叔，杭人，善画山水，知名于时。家东城，自号东皋、蜨叟，又号东郭老农。榜所居曰城曲茅堂。子深，字谢青，为诸生，亦以画名。龚蘅圃翔麟《城曲茅堂感旧诗》云：他年文酒地，腹痛此停轩。病叶黄堆径，寒流绿映门。斯人不可作，茅屋至今存。但有空梁燕，喃喃对客喧。"（粤雅堂丛书本）

清徐沁《明画录》卷五： "蓝瑛，字田叔，号蜨叟，晚号石头陀，钱塘人。画山水，初年秀润，摹唐宋元诸家，笔笔入古，而于子久究心尤力，云此如书家真楷，必由此入门，始能各极变化。晚境笔益苍劲。人物写生并佳，兰石尤绝。寿八十余。传其法者甚多。陈璇、王夬、冯湜、顾星、洪都，皆其选也。"（顾氏刻读画斋丛书本）

蓝瑛原题： 天启三年秋八月，仿右丞画法。蓝瑛。

［明］蓝瑛，《溪山雪霁图》，绢本设色，纵 82.3 厘米、横 28.9 厘米，台北故宫博物院藏

观蓝瑛《溪山雪霁图》

玉山皴剔透，琼树角轻盈。
窈窕茅庐寂，玲珑苔石明。
冰凌流不动，松柏挺其贞。
松下红衣者，停舟观物清。

注释

1. 琼树角轻盈：言其画雪树用鹿角法。

论八大山人

画家小传

朱耷（1626—1705？），原名朱统𨨗，字刃庵，为明太祖朱元璋第十七子朱权之九世孙，明亡削发为僧，释名传綮，号八大山人、雪个、个山、人屋、道朗等，后改依道教，住南昌青云谱道院。工诗文，擅书画。笔致极简凝练，形象夸张奇特，风格静穆疏旷，雄奇隽永，洵为中国画写意之高峰。

载记选录

清邵长蘅《八大山人传》："八大山人者，故前明宗室，为诸生，世居南昌，弱冠遭变，弃家遁奉新山中，薙发为僧，不数年竖拂称宗师。住山二十年，从学者常百余人。临川令胡君亦堂闻其名，延之官舍年余。意忽忽不自得，遂发狂疾，忽大笑，忽痛哭竟日。一夕裂其浮屠服，焚之，走还会城，独身猖佯市肆间。常戴布帽，曳长领袍，履穿踵决，拂袖翩跹行市中，儿随观哗笑，人莫识也。其侄某识之，留止其家，久之疾良已。山人工书法，行楷学大令、鲁公，能自成家，狂草颇怪伟。亦喜画水墨芭蕉、怪石花竹及芦雁汀凫，翛然无画家町畦，人得之，争藏弆以为重。饮酒不能尽二升，然喜饮，贫士或市人屠沽邀山人饮，辄往，往饮辄醉，醉后墨渖淋漓，亦不甚爱惜，数往来城外僧舍，雏僧争嬲之索画，至牵袂捉衿，山人不拒也。

士友咸馈遗之，亦不辞。然贵显人欲以数金易一石，不可得，或持续绢至，直受之曰：吾以作韈材。以故贵显人求山人书画，乃反从贫士、山僧、屠沽儿购之。一日忽大书哑字署其门，自是对人不交一言。然善笑而喜饮益甚，或招之饮，则缩项抚掌，笑声哑哑然。又喜为藏钩拇阵之戏，赌酒胜则笑哑哑，数负则拳胜者背，笑愈哑哑不可止，醉则往往唏嘘泣下。予客南昌，雅慕山人，属北兰澹公期山人就寺相见，至日大风雨，予意山人必不出。顷之，澹公驰寸札曰：山人侵蚤已至。予惊喜，趣呼笋舆，冒雨行，相见握手，熟视大笑，夜宿寺中剪烛谈。山人痒不自禁，辄作手语势已，乃索笔书几上相酬答，烛见跋不倦。澹公语予：山人有诗数卷藏箧中，秘不令人见。予见山人题画及他题跋，皆古雅间杂以幽涩语，不尽可解。见与澹公数札，极有致，如晋人语也。山人面微赪，丰下而少髭，初为僧，号雪个，后更号曰人屋，曰驴屋驴，曰书年，曰驴汉，最后号八大山人云。澹公，杭人，为灵岩继公高足，亦工书能诗，喜与文士交。赞曰：世多知山人，然竟无知山人者。山人胸次汩淳郁结，别有不能自解之故，如巨石窒泉，如湿絮之遏火，无可如何，乃忽狂忽喑，隐约玩世，而或者目之曰狂士，曰高人，浅之乎知山人也。哀哉！予与山人宿寺中，夜漏下，雨势益怒，檐溜潺潺，疾风撼窗扉，四面竹树怒号，如空山虎豹声，凄绝几不成寐。假令山人遇方凤、谢翱、吴思齐辈，又当相扶携，恸哭至失声，愧予非其人也。"（清邵长蘅撰《青门稿·旅稿文》卷五，常州先哲遗书本）

清陈鼎《八大山人传》："八大山人，明宁藩宗室，号人屋。人屋者，广厦万间之意也。性孤介，颖异绝伦，八岁即能诗。善书法，工篆刻，尤精绘事，尝写菌苔一枝，半开池中，败叶离披，横斜水面，生意勃然，张堂中如清风徐来，香气常满室。又画龙，丈幅间蜿蜒升降，欲飞欲动，若使叶公见之，亦必大叫惊走也。善诙谐，喜议论，娓娓不倦，尝倾倒四座。父某亦工书画，名噪江右，然喑哑不能言。甲申国亡，父随卒。人屋承父志，亦喑哑，左右承事者皆语以目，合则颔之，否则摇头。对宾客寒暄以手，听人言古今事，心会处则哑然笑，如是十余年，遂弃家为僧，自号曰雪个。未几病颠，初则伏地呜咽，已而仰天大笑，笑已忽跳踯踊跃，叫号痛哭，或鼓腹高歌，或混舞于市，一日之间，颠态百出。市人恶其扰，醉之酒，则颠止，岁余病间，更号曰个山。既而自摩其顶曰：吾为僧矣，何可不以驴名，遂更号曰个山驴。数年妻子俱死，或谓之曰：斩先人祀，非所以为人后也，子无畏乎？个山驴遂慨然蓄发，谋妻子，号八大山人。其言曰：八大者，四方四隅，皆我为大，而无大于我也。山人既嗜酒无他好，人爱其笔墨，多置酒招之，预设墨汁数升，纸若干幅于座右，醉后见之，则欣然泼墨，广幅间或洒以敝帚，涂以败冠，盈纸骯髒不可以目，然后捉笔渲染，或成山林，或成丘壑花鸟竹石，无不入妙。如爱书，则攘臂搦管，狂叫大呼，洋洋洒洒，数十幅立就。醒时欲求其片纸只字，不可得，虽陈黄金百镒于前，勿顾也，其颠如此。外史氏曰：山人果颠也乎哉，何其笔墨雄豪也。余尝阅山人诗画，大有唐宋人气魄，至于书法，则胎骨于晋魏矣。问其乡人，皆曰得之醉后。呜呼！其醉可及也，其颠不可及也。（张山来曰：予闻山人在江右，往往为武人招入室中作画，或二三日不放归，山人辄遗矢堂中，武人不能耐，纵之归。后某抚军驰柬相邀，固辞不往。或问之，答曰：彼武人何足较，遗矢得归可矣。今某公固风雅者也，不就见而召我，我岂可往见哉。又闻其于便面上，大书一哑字，或其人不可与语，则举哑字示之。其画上所钤印，状如屐。予最爱其画，恨相去远，不能得也。）"（清张潮辑《虞初新志》卷十一，文学古籍刊行社，1954，第160—161页）

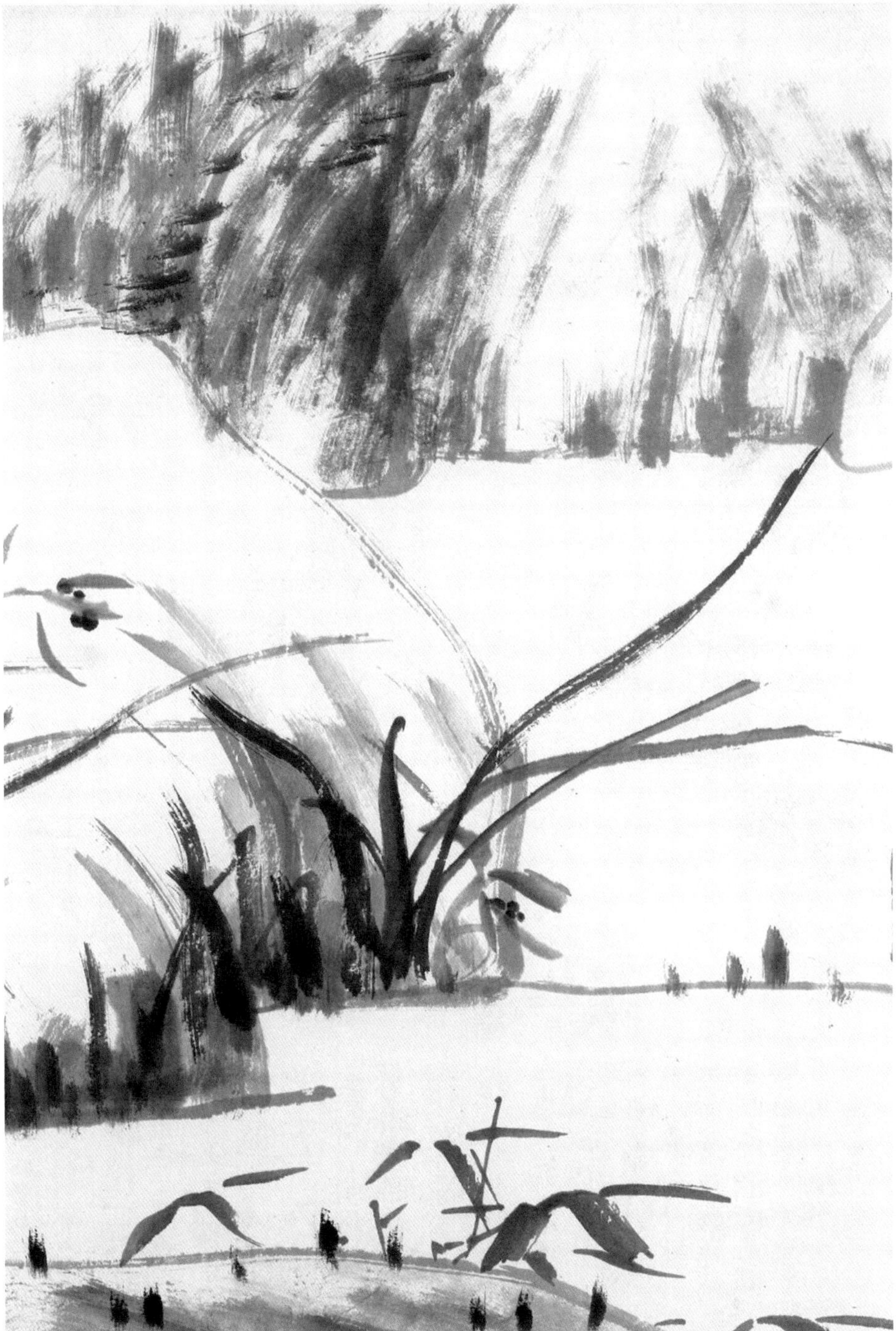

[清] 朱耷，《河上花图》，纸本水墨，纵 47 厘米、横 1292.5 厘米，天津博物馆藏

河上花一千葉
六郎買酥無錢歌萬聲
千迴丁六娘首
至牛望河
北欲兩巫山翠
蓋斜打勻
岩壑昆朋黑魄
知乃珠發不淨
塗上玉茗品先生
墨墨心顏笑園
悵人玉者大無一
遇吾一由岑
太白對宇言
博望後天殷夫
葉如梭張弓外
六娘到湖口方遊
團團肩吳魚
會河上僊人区
圖畫擇狗挂
役中久發凉

八大山人原题：河上花，一千叶，六郎买醉无休歇。万转千回丁六娘，直到牵牛望河北。欲雨巫山翠盖斜，片云卷去昆明黑。馈而明珠擎不得，涂上心头共团墨。蕙嵒先生怜余老大无一遇，万一由拳拳太白。太白对予言：博望侯，天般大。叶如梭，在天外，六娘剑术行方迈。团圞八月吴兼会，河上仙人正图画。撑肠拄腹六十尺，炎凉尽作高冠戴。余曰匡庐山，密林迩，东晋黄冠亦朋比。算来一百八颗念头穿，大金刚，小琼玖，争似图画中实相。无相一颗莲花子，呼嗟世界莲花里。还丹未，乐歌行。泉飞叠叠花循循，东西南北怪底同。朝还并蒂难重陈，至今想见芝山人。蕙嵒先生属画此卷，自丁丑五月以至六七八月，荷叶荷花落成，戏作河上花歌，仅二百余字呈正。八大山人。

观八大山人《河上花图卷》步其原题诗韵（古体）

河上花，田田叶，花时醉舞无休歇。

玉奴微步斗宵娘，直到罡风出河北。

天旋地转密雨斜，鼎折铼覆烧痕黑。

日往月徂留不得，一滴泪和一团墨。

可怜半生狂暗垂翼生死遇，化作灵光照夜白。

仿佛对人言：荷新侯，聿长大。

苞如梭，千障外，裴郎剑器行将迈。

炎炎八月望吴会，水佩风裳胜图画。

太华双莲矗百尺，微尘不动巨鳌戴。

又曰玉京山，瑶池迩，五色莲花亦莫比。

算来面门劈破葛藤穿，转金刚，报琼玖，怎似莲花开妙相。

吁嗟满怀幽忧子，如何善入泥洹里。

血凉未，笙歌行。

独有幽兰来依徇，露冷霜飞月下同。

泠泠一曲何用陈，由拳隃縻光射人。

注释

1. 铼覆鼎折：《周易·鼎》："九四，鼎折足，覆公铼，其形渥，凶。"
2. 垂翼：《周易·明夷》："初九，明夷于飞，垂其翼。君子于行，三日不食。有攸往，主人有言。象曰：君子于行，义不食也。"魏王弼曰："明夷之主，在于上六，上六为至闇者也。初处卦之始，最远于难也。远难过甚，明夷远道，绝迹匿形，不由轨路，故曰明夷于飞。怀惧而行，行不敢显，故曰垂其翼也。"
3. 照夜：汉焦延寿《易林》卷四："明月照夜，使暗为昼。"
4. 荷新侯：言卷首所画为初长成之新荷。
5. 画：属平水韵之"十卦"部，与"迈"同部。
6. 裴郎剑器：言卷首新荷英姿如裴旻舞剑。唐乔潭《裴将军剑舞赋并序》："后元年秋九月，羽林裴公献戎捷于京师，上御花萼楼，大置酒，酒酣，诏将军舞剑，为天下壮观。"

7. 吴会：东南之地。秦汉会稽郡治在吴县，郡县连称为吴会。东汉分会稽郡为吴会二郡，并称吴会，后泛称两郡故地为吴会。三国魏曹丕《杂诗二首》其二："吹我东南行，行行至吴会。吴会非我乡，安得久留滞。"

8. 水佩风裳：宋姜夔《念奴娇》："三十六陂人未到，水佩风裳无数。"

9. 太华双莲：唐韩愈《古意》："太华峰头玉井莲，开花十丈藕如船。"

10. 又道玉京山，瑶池迩，五色莲花亦无比：宋刘弇《吉州新修天庆观三清殿记》："道家谓天有大罗，其上则玄都玉京山也。山延袤九万里，七宝成就，有城傅其椒，面各二百有四十间，罗以宝林，绿叶朱实，城中芝英，五色莲径度十丈，抚然丛生，无有雕禅。"

11. 面门劈破葛藤穿：山人《自题小像》其三："没毛驴，初生兔。劈破面门，手足无措。莫是悲他世上人，到头不识来时路。今朝且喜当行，穿过葛藤露布。"

12. 泥洹：梵文 Nirvana，同涅槃，汉译"灭度"、"寂灭"、"解脱"等。

13. 泠泠一曲：卷尾有高山飞瀑，盖高山流水之喻矣。山人原题有曰："蕙嵒先生怜余老大无一遇，万一由拳拳太白。"又曰："蕙嵒先生属画此卷。"

14. 由拳：由拳纸，名纸。山人原题有曰："万一由拳拳太白。"唐李吉甫《元和郡县图志》卷二十五："（余杭县）由拳山，晋隐士郭文举所居，傍有由拳村，出好藤纸。"

15. 隃糜：隃糜墨，名墨。隃麋，汉置县，出好墨，故地在今陕西千阳县东。唐刘禹锡《牛相公见示新什谨依本韵次用以抒下情》："符彩添隃墨，波澜起剌藤。"

论石涛

画家小传

石涛（1642—1707），原名朱若极，小字阿长，明靖江王朱亨嘉长子。二岁遭变，被救出逃，冲幼为僧，法名原济（元济），字石涛，又号大涤子、清湘陈人、苦瓜和尚、瞎尊者等。工诗文，善书画，笔墨纵肆练，格法多变，风神洒脱，独具创新，洵为中国画笔墨之高峰，著《画语录》亦为经典。

载记选录

清陈鼎《瞎尊者传》："瞎尊者，失其族名，广西梧州人，前朝靖藩裔也，性耿介，不肯俯仰人。时而嘤嘤然，磊磊落落，高视一切。时而岸岸然，踽踽凉凉，不屑不洁，拒人千里外，若将挽之者。弱冠即工书法，善画工诗，南越人得其片纸尺幅，宝若照乘，然不轻以与人。有道之士勿求可致，龌龊儿虽赂百镒，彼闭目掉头，求其睨而一视不可得，以故君子则相爱，小人多恶之者，虽谤言盈耳勿顾也。国亡即剃染为比邱，名元济，字石涛，号苦瓜，又自号曰瞎尊者。或问曰：'师双眸炯炯，何自称瞎？'答曰：'吾目自异，遇阿堵则盲然，不若世人了了，非瞎而何？'乃遍游宇内山川，潇湘洞庭，匡庐钟阜，天都太行，五岳四渎，无不到，而画益进，书益工。尝曰：'董北苑以江南真山水为稿本，固知大块自有真面目在，若书法之钗脚漏痕，不信然乎！'其诗益豪，尝与友人夜饮诗曰：'忆昔相逢在黄檗，座中有尔谈天舌。即今头白两成翁，四顾无人冷似铁。携手大笑菊花丛，纵观书画江海空。灯光晃夜如白昼，酒气直透兜率宫。主人本是再来人，每于醉里见天真。客亦三千堂上客，英风辣飒多精神。拈秃笔，向君笑。忽起舞，发大叫。大叫一声天宇宽，团团明月空中小。'又为友人写春江图，题曰：'书画非小道，世人形似耳。出笔混沌开，入拙聪明死。理尽法无尽，法尽理生矣。理法本无传，古人不得已。吾写此纸时，心入春江水。江花随我开，江月随我起。把卷坐江楼，高呼曰子美。一啸水云低，图开幻神髓。'早得记莂，然不喜摇麈尾，拖柌栗，呼喝人天，作善知识行径云。外史氏曰：负矫世绝俗之行者，多与时不合，往往召求全之毁，瞎尊者秉高洁之性，又安肯泛泛若水中凫随波上下哉，宜乎为世俗所憎也。"（清陈鼎《留溪外传》卷十八，缁流部，常州先哲遗书本）

清李驎《大涤子传》："嗟乎，古之所谓诗若文者创自我也，今之所谓诗若文者剽贼而已！其于书画亦然。不能自出己意，动辄规模前之能者，此庸录人所为耳，而奇士必不然也，然奇士世不一见也。予素奇大涤子，而大涤子亦知予，欲以其生平托予传。或告以东阳有年少能文，大涤子笑曰：'彼年少安能传我哉！'遂造予而请焉。予感其意，不辞而为之传曰：大涤子者，原济其名，字石涛，出自靖江王守谦之后。守谦，高皇帝之从孙也，洪武三年封靖江王，国于桂林，传之明季，南京失守，王亨嘉以唐藩序不当立，不受诏。两广总制丁魁楚檄思恩参将陈邦传率兵攻破之，执至闽，废为庶人，幽死。是时大涤子生始二岁，为宫中仆臣负出，逃至武昌，剃发为僧。年十岁，即好聚古书，然不知读。或语之曰：'不读，聚奚为？'始稍稍取而读之。暇即临古法帖，而心尤喜颜鲁公。或曰："何不学董文敏，时所好也。"即改而学董，然心不甚喜。又学画山水人物及花卉翎毛，楚人往往称之。既而从武昌道荆门，过洞庭，迳长沙，至衡阳而反。怀奇负气，遇不平事，辄为排解，得钱即散去，无所蓄。居久之，又从武昌之越中，由越中之宣城。施愚山、吴晴岩、梅渊公、耦长诸名士一见奇之。时宣城有诗画社，招人相与唱和，辟黄檗道场于敬亭之广教寺而居焉。每自称为小乘客，是时年三十矣。得古人法帖纵观之，于东坡丑字法有所悟，遂弃董不学，冥心屏虑，上溯晋魏，以至秦汉，与古为徒。既又率其缁侣，游歙之黄山，攀接引松，过独木桥，观始信峰，居逾月，始于茫茫云海中得一见之，奇松怪石，千变万殊，如鬼神不可端倪，狂喜大叫，而画以益进。时徽守曹某好奇士也，闻其在山中，以书来丐画，匹纸七十二幅，幅图一峰，笑而许之。图成，每幅各仿佛一宋元名家，而笔无定姿，倏浓倏淡，要皆自出己意为之，神到笔随，与古人不谋而合者也。时又画一横卷，为十六尊者像，梅渊公称其可敌李伯时，镌'前有龙眠'之章赠之。此卷后为人窃去，忽忽不乐，口若喑者几三载云。在敬亭住十有五年，将行，先数日，洞开其寝室，授书厨钥于素相往来者，尽生平所蓄书画古玩器，任其取去。孤身至秦淮，养疾长干寺山上，危坐一龛，龛南向，自题曰：'壁立一枝。'金陵之人日造焉，皆闭目拒之。惟隐者张南村至，则出龛与之谈，间并驴走钟山，稽首于孝陵松树下，其时自号苦瓜和尚，又号清湘陈人。住九年，复渡江而北，至燕京觐天寿诸陵，留四年，南还，栖息于扬之大东门外，临水结屋数椽，自题曰'大涤堂'，而大涤子之号，因此称焉。一日，自画竹一枝于庭，题绝句其旁曰：'未许轻栽种，凌云拔地根。试看雷震后，破壁长儿孙。'其诗奇峭惊人，有不可一世之概，大率类此。大涤子尝为予言：生平未读书，天性簸直，不事修饰。比年或称瞎尊者，或称膏肓子，或用'头白依然不识字'之章，皆自道其实。又为予言：所作画皆用作字法布置，或从行草，或从篆隶，疏密各有其体。又为予言：书画皆以高古为骨，问以北苑、南宫淹润济之，而兰菊梅竹尤有独得之妙。又为予言：平日多奇梦，尝梦过一桥，遇洗菜女子，引入一大院观画，其奇变不可纪；又梦登雨花台，手掬六日吞之，而书画每因之变，若神授然。又为予言：初得记莂，勇猛精进，愿力甚弘，后见诸同辈多好名鲜实，耻与之俦，遂自托于不佛不老间。嗟乎！韩昌黎送张道士诗曰：'臣有胆与气，不忍死茅茨。又不媚笑语，不能伴儿嬉。乃著道士服，众人莫臣知。'此非大涤子之谓耶。生今之世而胆与气无所用，不得已寄迹于僧，以书画名而老焉，悲夫！李子曰：甚矣，人之好疑也。大涤子方自匿其姓氏，不愿人知，而人顾疑之，谓高帝子孙多隆准，而大涤子准不隆。不知靖藩，高帝之从孙也。从孙肖其从祖者，世盖罕焉，况高帝子孙，亦不尽人人隆准也。汉高隆准，光武亦隆准，至昭烈，史止言其垂手下膝，顾目见耳，而不言其隆准。然此皆天子耳，尚不尽然，又何论宗室子乎？即此可知大涤子矣。而人顾疑其不必疑者，何哉？"（清李驎《虬峰文集》卷十六，清康熙刻本）

[清] 石涛，《搜尽奇峰打草稿》，纸本水墨，纵 42.8 厘米、横 285.5 厘米，故宫博物院藏

搜盡奇峰打艸稿

石涛原题：郭河阳论画，山有可望者、可游者、可居者。余曰江南江北，水陆平川，新沙古岸，是可居者；浅则赤壁苍横，湖桥断岸，深则林峦翠滴，瀑水悬争，是可游者；峰峰入云，飞岩堕日，山无凡土，石长无根，木不妄有，是可望者。今之游于笔墨者，总是名山大川未览，幽岩独屋何居，出郭何曾百里，入室那容半年，交泛滥之酒杯，货簇新之古董，道眼未明，纵横习气安可辩焉。自之曰：此某家笔墨，此某家法派，犹盲人之示盲人、丑妇之评丑妇尔，赏鉴云乎哉。不立一法，是吾宗也。不舍一法，是吾旨也。学者知之乎。时辛未二月，余将南还，客且憨斋，宫纸余案，主人慎庵先生索画，并识请教，清湘枝下人石涛元济。

观石涛《搜尽奇峰打草稿》（古体）

一画劈破鸿蒙外，二气交争天地载。
命逢摧覆絮惊飞，尊受隐迹归江海。
临济器宇难自弃，翩翩踏草访幽蓟。
小乘自落是徒然，漫道长安多蔽翳。
无法而法是吾宗，不立不舍制毒龙。
搜尽奇峰打草稿，萧萧独坐大雄峰。
水源龙脉海吞吐，岩薮垒块山鼓舞。
笔与墨会生絪缊，真宰上诉天何补。
皴圈苔点割如金，蒙养生活诗禅心。
光彻溟冷穿牛斗，主人狂喜为披襟。

注释

1. 一画劈破鸿蒙外：尊者《画语录·一画章第一》："行远登高，悉起肤寸，此一画收尽鸿蒙之外，即亿万万笔墨，未有不始于此而终于此，惟听人之握取之耳。"

2. 命逢摧覆絮惊飞：言尊者二岁惊遭家国之变。

3. 尊受：尊者《画语录·尊受章第四》："受与识，先受而后识也。识然后受，非受也。古今至明之士，藉其识而发其所受，知其受而发其所识，不过一事之能。"

4. 临济器宇难自弃：尊者法系属临济宗，本师为善果旅庵本月，师祖为天童山翁道忞，二师皆曾受顺治帝礼遇。尊者有"天童忞之孙、善果月之子石涛济"落款，有"善果月之子天童忞之孙原济之章"印章。

5. 翩翩踏草访幽蓟：言尊者北上京师。尊者《山水》长卷自题有曰："丙寅（1686）冬月，偶携再参看雪丛，宿有方榆丈中，智企告我来春将有闽海之游，余亦私计踏草幽蓟。"（参见清潘正炜《听帆楼续刻书画记》卷下所著录之《清湘道人山水卷》）

6. 小乘自落是徒然：言尊者在京颇受谤言，乃自贬为小乘。广东省博物馆藏尊者《山水》册有自题曰："诸方乞食苦瓜僧，戒行全无趋小乘。五十孤行成独往，一身禅病冷如冰。庚午长安写此。"

7. 漫道长安多蔽翳：尊者此次旅京数年，失望而归。

8. 无法而法是吾宗，不立不舍制毒龙：尊者题此图有曰："不立一法，是吾宗也。不舍一法，是吾旨也。"毒龙，尘世之欲。唐王维《过香积寺》："薄暮空潭曲，安禅制毒龙。"

9. 独坐大雄峰：宋普济《五灯会元》卷三，百丈怀海禅师："问：如何是奇特事？师曰：独坐大雄峰。僧礼拜，师便打。"

10. 皱圈：清张霆《观石涛上人山水歌》："理中有法人不知，茫茫元气一圈子。一圈化作千万亿，烟云形状生奇诡。

11. 蒙养生活：尊者《画语录·笔墨章第五》："墨非蒙养不灵，笔非生活不神。能受蒙养之灵，而不解生活之神，是有墨无笔也。能受生活之神，而不变蒙养之灵，是有笔无墨也。"

12. 主人狂喜为披襟：尊者自题有曰："时辛未二月，余将南还，客且憨斋，宫纸余案，主人慎庵先生索画。"且憨斋主人即慎庵王封溁，湖北黄冈人，顺治十五年（1658）进士，乾隆《黄州府志》卷十一、光绪《黄冈县志》卷十有传。披襟，打开衣襟，推诚相与。唐杜甫《奉赠卢五丈参谋琚》："入幕知孙楚，披襟得郑侨。"

13. 溟冷：阴暗冷落。元《灵宝玉鉴》卷二十八："下告河海，十二泉源，九府水帝，溟冷大神。"

[清] 石涛，《花卉册》之《白菜图》，纸本水墨，纵 31.2 厘米、横 20.4 厘米，上海博物馆藏

石涛原题： 何必秋风想会莼，菜根无乃是灵根。写来淡墨清泉里，留与肥甘作孟邻。钝根济。

观《白菜图》步其原题诗韵

自是白菘胜紫莼，除烦解渴利心根。

清谭淡淡时光里，持守无忘必有邻。

注释

1. 白菘：即白菜。唐孙思邈《千金翼方》卷四："菘，味甘，温，无毒，主通利肠胃，除胸中烦，觟酒渴。"唐苏敬《新修本草》卷十八："菜中有菘，最为恒食，性和人。"
2. 紫莼：即莼菜。唐房玄龄《晋书》卷九十二，《张翰传》："（张）翰因见秋风起，乃思吴中菰菜、莼羹、鲈鱼脍，曰人生贵得适志，何能羁宦数千里，以要名爵乎？遂命驾而归。"
3. 清谭：同"清谈"，如明人洪应明有《菜根谭》，会通人生至理。
4. 必有邻：《论语注疏》卷四，里仁第四："子曰：德不孤，必有邻。"

[清] 石涛，《花卉册》之《芭蕉图》，纸本水墨，纵 31.2 厘米、横 20.4 厘米，上海博物馆藏

石涛原题： 悠然有殊色，貌古神亦骄。宁不在兹乎，雨响风一飘。大涤子济。

观《芭蕉图》步其原题诗韵（古体）

轩昂识空色，脆促轻富骄。

将相有种乎，野马不动飘。

注释

1. 识空色：《维摩诘经》卷上："是身如芭蕉，中无有坚。"《杂阿含经》卷十："诸行如芭蕉，诸识法如幻。"
2. 脆促：脆弱而短暂。
3. 野马不动飘：东晋僧肇《肇论·物不迁论第一》："江河竞注而不流，野马飘鼓而不动。"

[清] 石涛，《花卉册》之《蔷薇图》，纸本设色，纵 31.2 厘米、横 20.4 厘米，上海博物馆藏

石涛原题：一样花枝色不匀，偏放野趣闹残春。分明香滴金茎露，更比荼蘼刺眼新。荼蘼白而一色，此为红黄蔷薇，故刺眼新也。大涤子济。

观《蔷薇图》步其原题诗韵

五德包含二色匀，偏携棘刺护残春。

轻抛一滴沉香露，强似牡丹照眼新。

注释

1. 沉香露：此言蔷薇露。宋陈敬《陈氏香谱》卷一，大食水："今按：此香即大食国蔷薇露也，本土人每晓起，以爪甲于花上取露一滴，置耳轮中，则口眼耳鼻皆有香气，终日不散。"

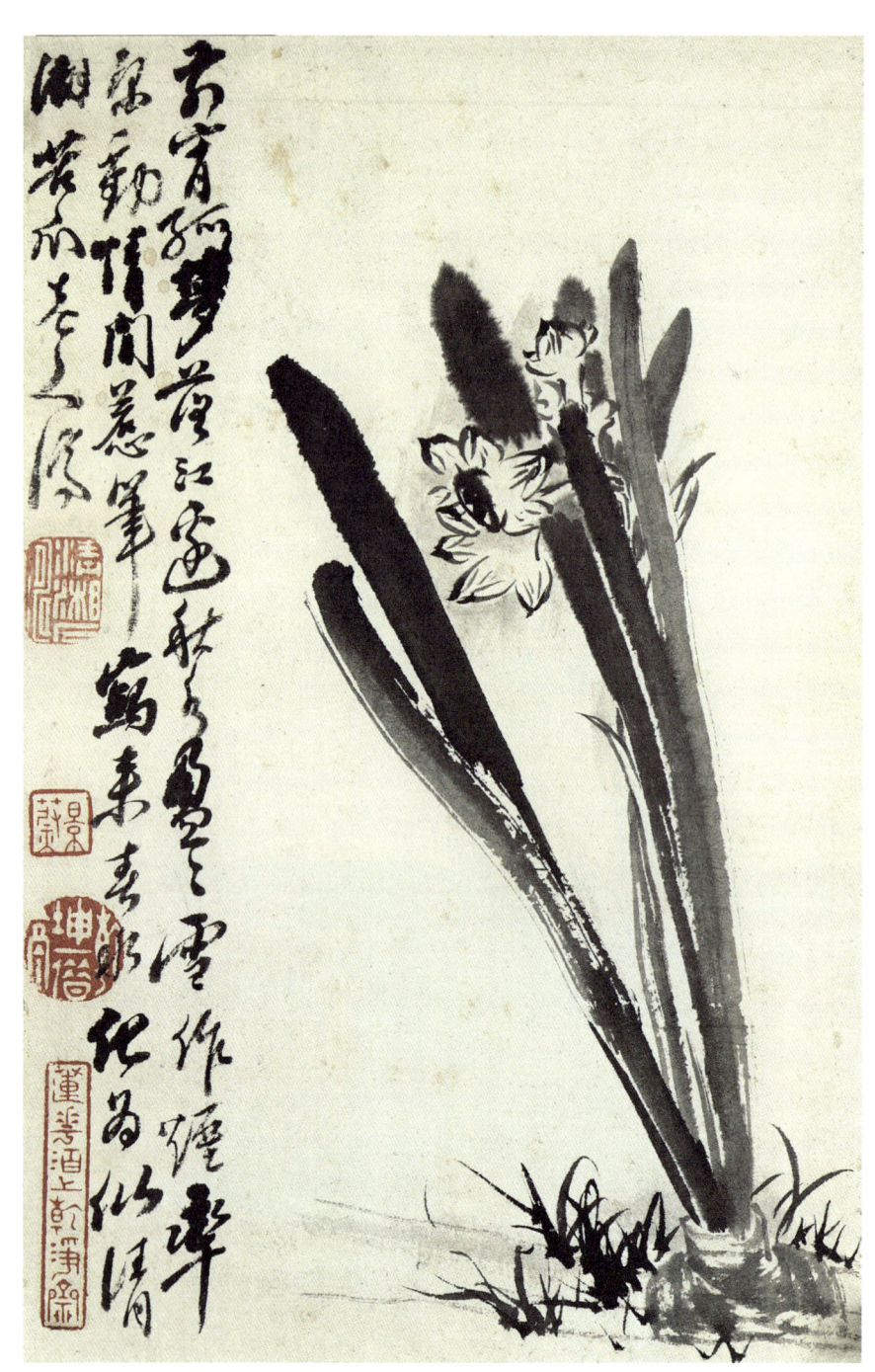

[清]石涛，《花卉册》之《水仙图》，纸本水墨，纵31.2厘米、横20.4厘米，上海博物馆藏

石涛原题： 前霄孤梦落江边，秋水盈盈雪作烟。率尔动情闲惹笔，写来春水化为仙。清湘苦瓜老人济。

观《水仙图》步其原题诗韵

洛神清泪洒江边，玉佩金銮化碧烟。

思接鸿蒙挥健笔，神光八斗若为仙。

注释

1.洛神清泪，玉佩金銮：三国魏曹植《洛神赋》："愿诚素之先达兮，解玉佩以要之。"又曰："腾文鱼以警乘，鸣玉鸾以偕逝。"又曰："抗罗袂以掩涕兮，泪流襟之浪浪。"
2.八斗：唐李瀚《蒙求》："仲宣独步，子建八斗"。宋徐子光注曰："《魏志》陈思王曹植，字子建，年十岁余，诵读诗论及辞赋数十万言，善属文。……旧注引谢灵运云：'天下才共有一石，子建独得八斗，我得一斗，自古及今，同用一斗。'奇才博敏，安有继之。"

[清] 石涛，《花卉册》之《桃花图》，纸本设色，纵 31.2 厘米、横 20.4 厘米，上海博物馆藏

石涛原题：度索山光醉月华，碧空无际染朝霞。东风得意乘消息，变作夭桃世上花。如此说桃花，觉得似有还无。人间不悟，何泥作繁华观也。清湘大涤子济。

观《桃花图》步其原题诗韵

度索三千桃木华，灵光万丈烂云霞。

道人无意传消息，折下一枝和露花。

注释

1. 度索三千桃木华：东汉王充《论衡·订鬼篇》："《山海经》又曰：沧海之中，有度朔之山，上有大桃木，其屈蟠三千里。"
2. 道人无意传消息：宋普寂《五灯会元》卷四，记有唐灵云志勤禅师见桃悟道偈："三十年来寻剑客，几回落叶又抽枝。自从一见桃华后，直至如今更不疑。"

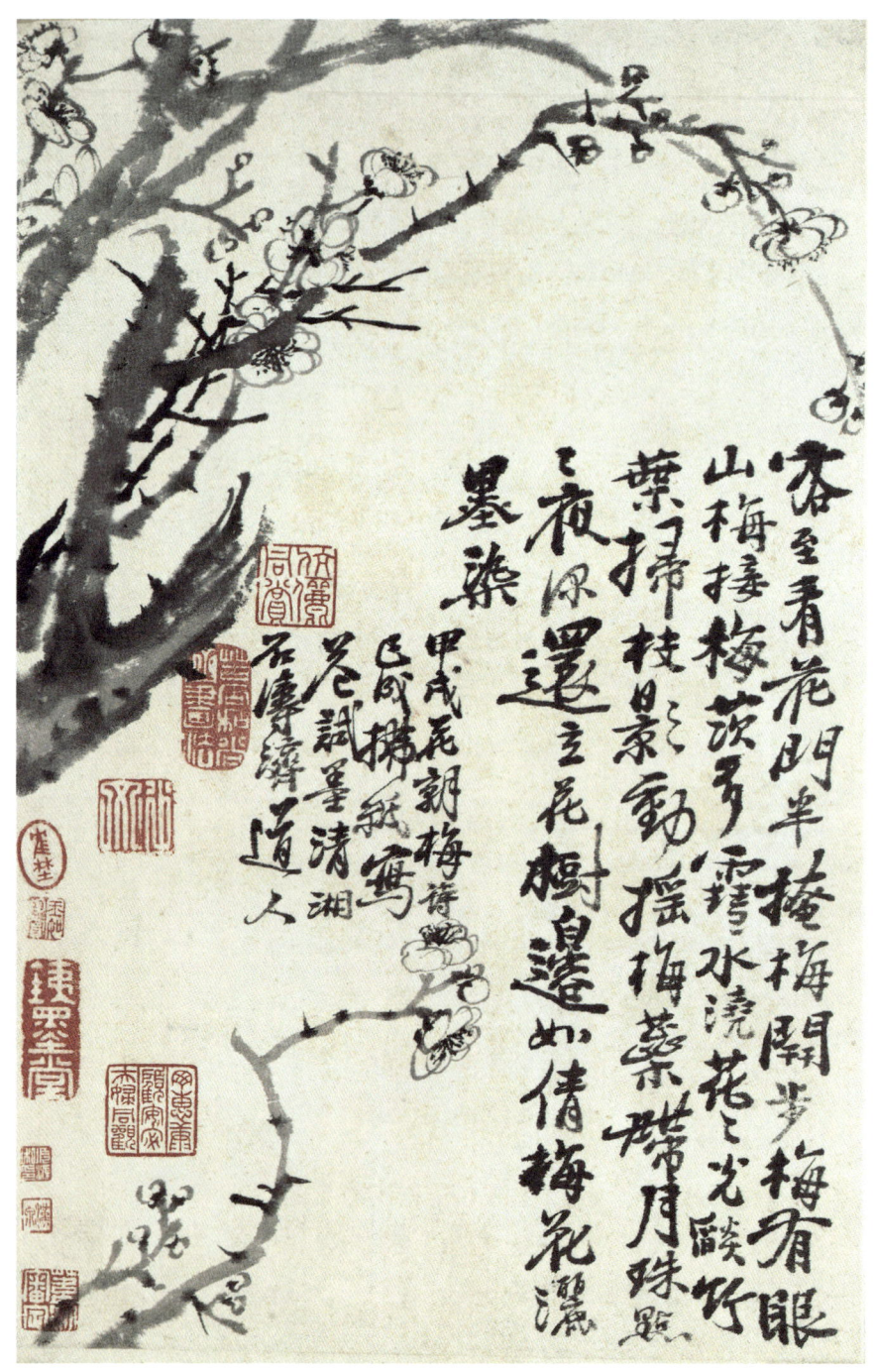

容至青花明半梅，梅开岁眼。
山梅接梅茨多，云水浇花之龙鳞。
叶扫枝日影动，摇梅蕊带月珠点。
之夜原还立花树边，如倩梅花漾
墨染

甲戌花朝梅诗
咸携纸砚
苍翠墨清湘
石涛济道人

[清] 石涛，《花卉册》之《梅花图》，纸本水墨，纵 31.2 厘米、横 20.4 厘米，上海博物馆藏

石涛原题： 客至看花门半掩，梅开步，梅有眼。山梅接，梅茨多，雪水浇花花光焰。竹叶扫枝影动摇，梅蕊带月珠点点。夜深还立花树边，如倩梅花洒墨染。甲戌花朝，梅诗已成，拂纸写花试墨。清湘石涛济道人。

观《梅花图》步其原题诗韵（古体）

清冷欲开还半掩，动吟步，开诗眼。

山野接，棘茨多，雪地冰天射光焰。

鹤舞孤山轻撚摇，珮鸣阆苑浓妆点。

折心最是水月边，暗香浮动衣襟染。

注释

1. 鹤舞孤山：宋沈括《梦溪笔谈》卷十："林逋隐居杭州孤山，常畜两鹤，纵之则飞入云霄，盘旋久之，复入笼中。"
2. 轻撚摇：宋罗大经《鹤林玉露》丙编，卷六，"道不远人"："有尼悟道诗云：'尽日寻春不见春，芒鞋踏遍陇头云。归来笑撚梅花嗅，春在枝头已十分。'"
3. 暗香浮动：宋林逋《山园小梅》："疏影横斜水清浅，暗香浮动月黄昏。"
4. 折心：心折，折服。

[清]石涛，《花卉册》之《绣球花图》，纸本水墨，纵31.2厘米、横20.4厘米，上海博物馆藏

石涛原题： 谁将冰雪折成球，此辈应知非浊流。记得琼花尤出色，高高飞上白云楼。绣球仿佛琼花，但琼花一朵九花，异香飘渺，非同凡卉。雨中偶得十二纸，即正易翁年先生。济。

观《绣球花图》步其原题诗韵

琼花转世把香球，自是花中第一流。

六出玲珑住空色，扶疏朵朵起云楼。

注释

1. 琼花转世：扬州后土祠有琼花，南宋亡后枯死。宋韩琦《琼花》："维扬一株花，四海无同类。年年后土祠，独比琼瑶贵。"明单安仁《琼花辨》："逮元之际，花乃复枯。道士金丙瑞以聚八仙花补之，人遂不识琼之真矣。"清李斗《扬州画舫录》卷十六，蜀冈录："绣球种名不一，有名聚八仙者，昔人又因有琼花为聚八仙者，遂相沿以绣球为琼花。"
2. 六出：绣球花瓣四出，而观此图花瓣六出，盖道人据雪花之六出矣。

[清]石涛,《花卉册》之《芍药图》,纸本设色,纵 31.2 厘米、横 20.4 厘米,上海博物馆藏

石涛原题：分明无种出仙乡，也共人间草木芳。好爵未縻原自在，众香国里独称王。清湘陈人济。

观《芍药图》步其原题诗韵

扬州无梦到仙乡，金带一围稀世芳。

绰约水滨原自在，凭空花国相花王。

注释

1. 扬州无梦：唐杜牧《遣怀》："十年一觉扬州梦。"
2. 金带一围：宋陈师道《后山谈丛》卷一："花之名天下者，洛阳牡丹、广陵芍药耳。红叶而黄腰，号金带围而无种，有时而出，则城中当有宰相。"
3. 绰约水滨：《诗·郑风·溱洧》："洧之外，洵訏且乐。维士与女，伊其相谑，赠之以勺药。"明李时珍《本草纲目》卷十四："时珍曰：芍药，犹婥约也。婥约，美好貌。此草花容婥约，故以为名。"

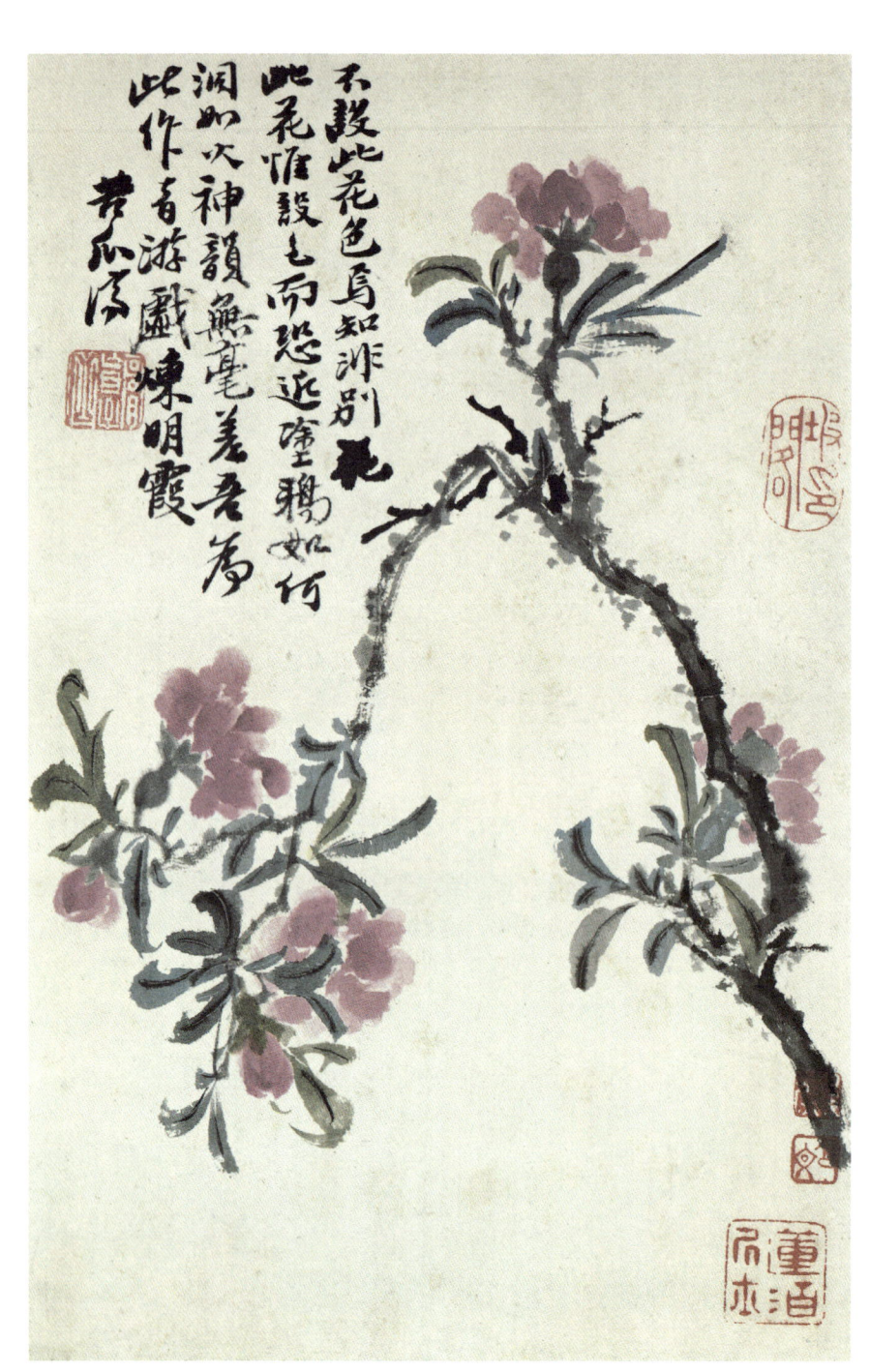

[清]石涛,《花卉册》之《石榴图》,纸本设色,纵 31.2 厘米、横 20.4 厘米,上海博物馆藏

石涛原题： 不设此花色，焉知非别花。此花惟设色，而恐近涂鸦。如何洞如火，神韵无毫差。吾为此作者，游戏炼明霞。苦瓜济。

观《石榴图》步其原题诗韵（古体）

相马忘其色，一挥五月花。

珊珊才著色，欲下矮墙鸦。

边赵洞如火，曹张未有差。

迩来深炼者，只是爱红霞。

注释

1. 相马忘其色：九方皋相马得其质而忘其牝牡骊黄，事见《列子·说符》。
2. 欲下矮墙鸦：古罗马普林尼《自然史》之《第三十五卷 绘画、雕刻和建筑》记古希腊时期，"在宙克西斯（Zeuxis）和帕拉西乌斯（Parrhasius）举行的一场竞赛之中，宙克西斯非常成功地画出了一幅葡萄，以至于鸟儿都飞到悬挂图画的地方"。
3. 边赵：唐代画家边鸾与北宋画家赵昌。宋苏轼《书鄢陵王主簿所画折枝二首》其一："边鸾雀写生，赵昌花传神。"
4. 曹张：三国吴画家曹不兴与南朝梁画家张僧繇。南朝宋裴松之注《三国志·吴志·赵达传》引西晋张勃《吴录》："曹不兴善画，权使画屏风，误落笔点素，因就以作蝇。既进御，权以为生蝇，举手弹之。"唐张彦远《历代名画记》卷七："（张僧繇画）金陵安乐寺四白龙，不点眼睛，每云：点睛即飞去。人以为妄诞，固请点之，须臾雷电破壁，两龙乘云腾去上天，二龙未点眼者见在。"
5. 迩来深炼者：道人原题："吾为此作者，游戏炼明霞。"

[清]石涛,《花卉册》之《杏花图》,纸本设色,纵31.2厘米、横20.4厘米,上海博物馆藏

石涛原题："红杏枝头春意闹"之句，世人怜之至今。予因写其照于纸，顾以未老之春光留斯墨汁，非时鲜艳且亦傲彼冰雪也。钝根原济。

观《杏花图》

花时叵耐雪全消，得意曲江谁足骄。

凭仗清湘墨苍老，为写冰姿品自高。

注释

1. 叵耐：无奈，不堪。
2. 得意曲江：唐宋以来科举进士放榜，正值杏花开放。唐李远《陪新及第赴同年会》："今日杏园宴，当时天乐声。"宋高承辑《事物纪原》卷三："唐制，礼部发榜后，敕下之日，醵钱于曲江，为开嘉宴。"
3. 清湘：尊者之号，见前录小传。

[清] 石涛，《花卉册》之《玉兰山茶图》，纸本设色，纵 31.2 厘米、横 20.4 厘米，上海博物馆藏

石涛原题： 花色殊途最有情，宛如深柳乱啼莺。疏疏历历怜同调，款款盈盈致味清。

观《玉兰山茶图》步其原题诗韵

料峭春寒别有情，何须浓柳乱啼莺。

天生琼玉是同调，俯偻高华仰止清。

注释

1. 莺：黄莺，善鸣，暮春初夏始鸣。
2. 俯偻：低首曲背，此言图中玉兰低首向山茶。晋潘尼《赠陆机出为吴王郎中令》："俯偻从命，爰恤奚喜。"
3. 仰止：仰慕，向往，此言图中山茶仰首向玉兰。《诗·小雅·车舝》："高山仰止，景行行止。"

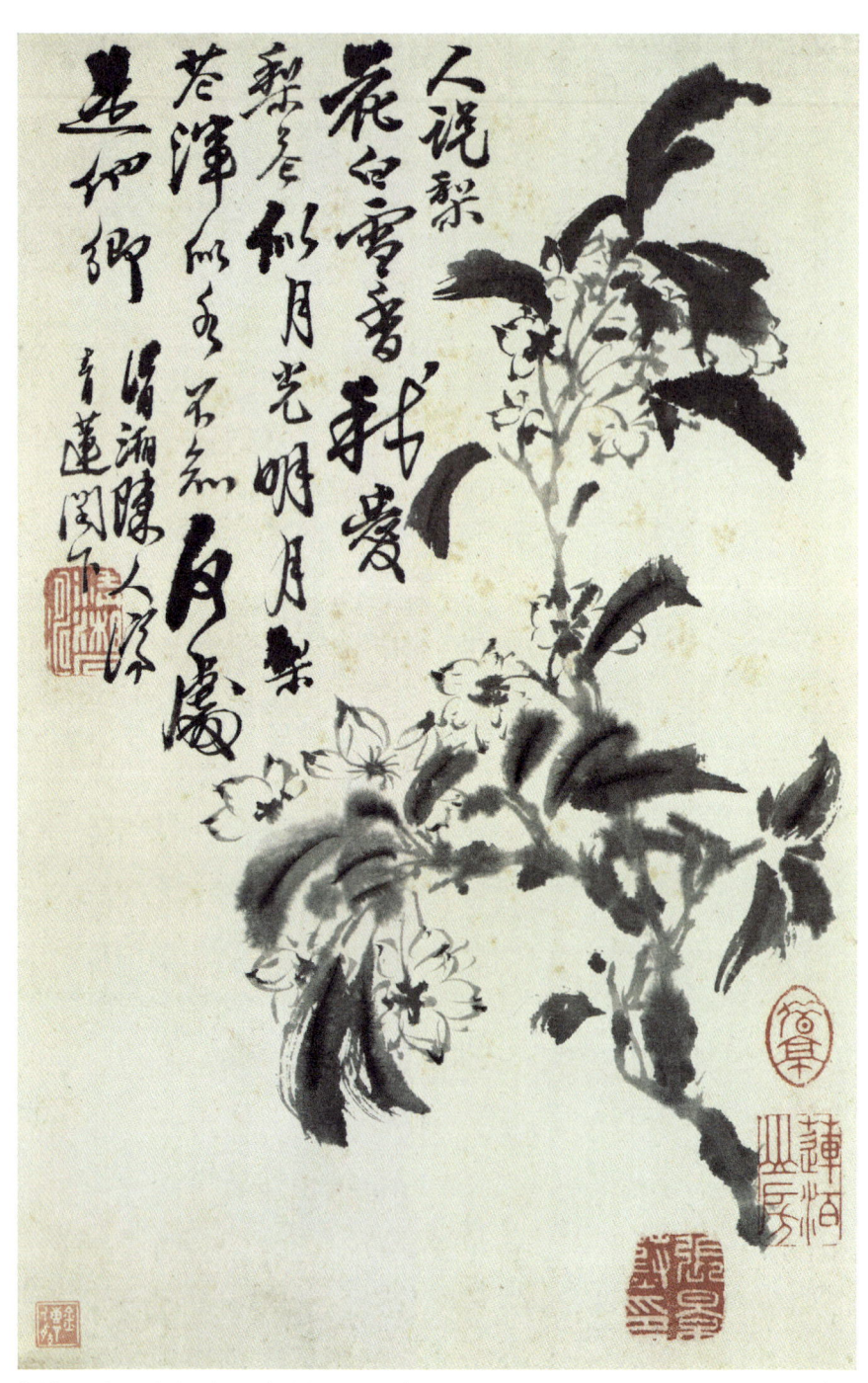

[清]石涛,《花卉册》之《梨花图》,纸本水墨,纵 31.2 厘米、横 20.4 厘米,上海博物馆藏

石涛原题： 人说梨花白雪香，我爱梨花似月光。明月梨花浑似水，不知何处是他乡。清湘陈人济 青莲阁下。

观《梨花图》步其原题诗韵

卓荦一枝春雪香，溶溶冷浸月生光。

丹铅不染还如水，旁礴焉从姑射乡。

注释
1. 丹铅不染：言梨花高洁，只宜水墨画之。
2. 旁礴：混同。《庄子·逍遥游》："之人也，之德也，将旁礴万物以为一。"

论恽寿平

画家小传

恽寿平（1633—1690），初名格，字寿平，以字行，又字正叔，别号南田，一号白云外史、云溪史、瓯香馆主等。武进（今属江苏常州）人。早年随父参加抗清斗争。诗文画俱佳，尤以没骨花鸟名重一时，为常州画派创立者。有《南田画跋》、《瓯香馆集》传世。

载记选录

清冯金伯辑《国朝画识》卷四："恽寿平，以字行，武进人，名格，一字正叔，号南田，又号白云外史，工诗文，好画山水，及见虞山王石谷，自以材质不能出其右，则谓石谷曰：'是道让兄独步矣，格妄，耻为天下第二手。'于是舍山水而学花卉，斟酌古今，以北宋徐崇嗣为归，一洗时习，独开生面，为写生正派，由是海内宗之。正叔虽专写生，山水亦间为之，如《丹邱小景》、《赵承旨水村图》、《细柳枯杨图》，皆超逸名贵，深得元人冷淡幽隽之致，然其虚怀，终不敢多作也。正叔写生简洁精确，赋色明丽，天机物趣，毕集毫端，大家风度，于是乎在，石谷推重不置，故正叔怀石谷诗云：'墨花飞处起云烟，逸兴纵横玳瑁筵。自有雄谈倾四座，诸侯席上说南田。'正叔性落托雅尚，遇知己或匝月为之点染，非其人视百金如土芥，不市一花片叶也,以故邀游数十年而贫如故,所居有瓯香馆,唱酬皆一时名士,年六十余卒于家。(《画征录》)恽寿平生而敏慧,八岁咏莲花,惊其长老,尤工绘画,花卉禽鱼,意态飞动,而题语、书法兼工,故世称南田三绝。为人孝友敦笃,不谒当事,有古君子风。(《江南通志》)吾乡恽正叔工没骨写生,不用笔墨钩勒,而渲染生动,浓淡浅深间,妙极自然。(邵长蘅《青门簏稿》)余访恽子正叔,登其堂,门庭闃寂,丛菊盈阶,真不愧名士风流也。正叔为予画《潇湘夜雨图》,复赋诗二首送余,其一曰:'霜满芙蓉此送君,手搴秋草怨离群。轻帆九月湘江冷,一路青山入楚云。'其二云:'渚宫黄叶雁声低,故国浮云野戍迷。我向毘陵山上望,月明人隔洞庭西。'复为余画《潇湘白云图》,送家兄骏男。(诸匡鼎《说诗堂集》)恽正叔抗志养亲,工诗画,每至杭必寓东园高云阁上,又尝自号东园客,有在东园束毛稚黄诗,风致俊逸,可夺昌谷、玉溪之席。(《杭州府志》)"(清乾隆五十六年刻本)

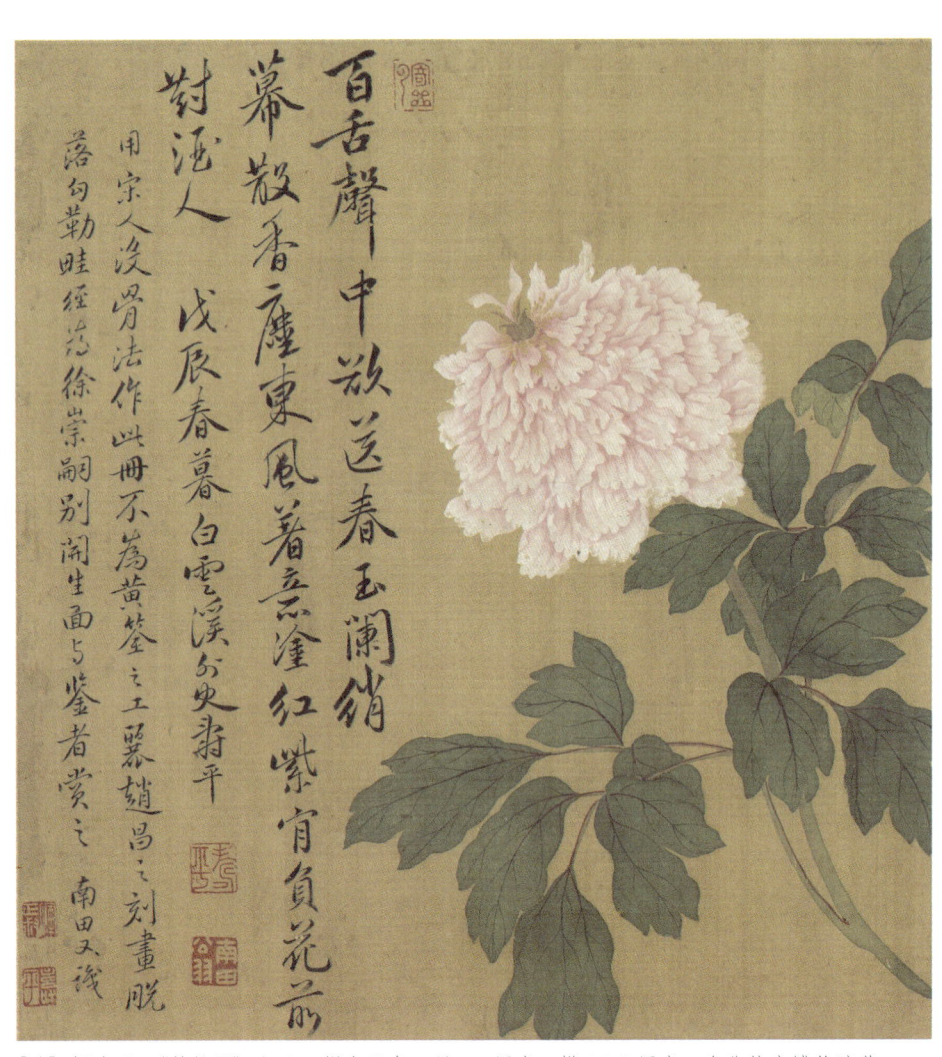

百舌聲中欲送春玉闌䫻幕散香塵東風著意塗紅紫肯貞花前對酒人 戊辰春暮白雲溪外夀平 用宋人沒骨法作此冊不蔦黃筌之工繁趙昌之刻畫脫落句勒睅睨經營徐崇嗣別開生面与鑒者賞之 南田又識

[清] 恽寿平，《牡丹册》之八，绢本设色，纵41厘米、横38.8厘米，台北故宫博物院藏

恽寿平原题： 百舌声中欲送春，玉阑绡幕散香尘。东风著意涂红紫，肯负花前对酒人。戊辰春暮白云溪外史寿平。用宋人没骨法作此册，不为黄筌之工丽、赵昌之刻画，脱落勾勒畦径，为徐崇嗣别开生面，与鉴者赏之，南田又识。

观恽寿平《牡丹》步其原题诗韵

着意东君属殿春，天香一夜压凡尘。

倾城最是重楼紫，仿佛华清出浴人。

注释
1. 属：嘱托。
2. 重楼紫：细观此牡丹，淡紫，起楼，娇艳欲滴，写生意味浓厚，当为名贵之"重楼紫"。
3. 仿佛华清出浴人：华清，华清池。此以杨贵环为喻。

沅瀣沆瀣洗玉房翠
烟丛裹弄霓
裳摇姬环珮无
声疲隔座徽
闻黯澹香　寿平

[清] 恽寿平，《写生十种》之一，绢本设色，纵 20.4 厘米、横 29.2 厘米，上海博物馆藏

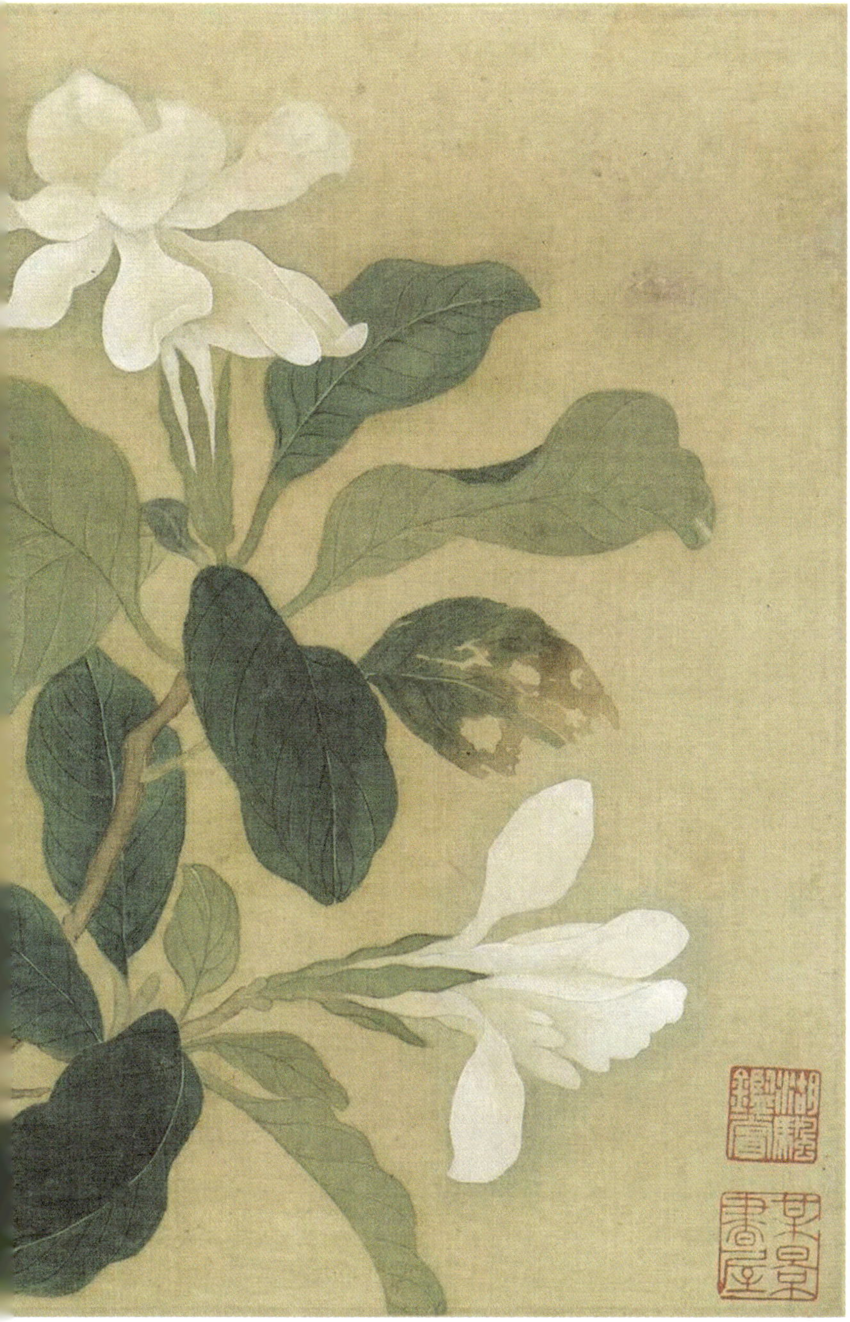

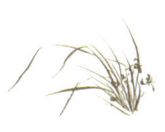

恽寿平原题： 沉潏沉沉洗玉房，翠烟丛里舞霓裳。瑶姬环珮无声夜，隔座微闻黯淡香。寿平。

观恽寿平《栀子花》步其原题诗韵（二首）

片玉层层攒玉房，翠华熠熠护云裳。
摩诃池畔月圆夜，可有清风送此香。

再和

六出玲珑雪月房，能除热毒能染裳。
更消无着无眠夜，佛法东来也借香。

注释

1.摩诃池：《通鉴胡注》卷二百五十二，元胡三省注曰："《成都记》：'摩诃池在张仪子城内。隋蜀王秀取土筑广子城因为池。有胡僧见之曰：摩诃宫毗罗。'盖胡僧谓摩诃为大宫，毗罗为龙，谓此池广大有龙耳，因名摩诃池。或曰萧摩诃所开，非也。池今在成都县东南十二里。"宋张唐英《蜀梼杌》卷上："诏以来年正月有事于南郊，改明年为乾德元年，以龙跃池为宣华池，即摩诃池也。"宋苏轼《洞仙歌》："仆七岁时，见眉州老尼姓朱，忘其名，年九十余。自言尝随其师入蜀主孟昶宫中。一日大热，蜀主与花蕊夫人夜起，避暑摩诃池上，作一词。朱具能记之。今四十年，朱已死，人无知此词者，但记其首两句。暇日寻味，岂《洞仙歌令》乎？乃为足之。冰肌玉骨，自清凉无汗。水殿风来暗香满。绣帘开、一点明月窥人，人未寝、欹枕钗横鬓乱。起来携素手，庭户无声，时见疏星渡河汉。试问夜如何？夜已三更，金波淡、玉绳低转。但屈指、西风几时来，又不道、流年暗中偷换。"宋杨绘《时贤本事曲子集·孟蜀后主》："钱塘有一老尼，能诵后主诗首章两句，后人为足其意以填此词。余尝见一士人诵全篇云：冰肌玉骨清无汗，水殿风来暗香暖。帘开明月独窥人，欹枕钗横云鬓乱。 起来琼户寂无声，时见疏星渡河汉。屈指西风几时来，只恐流年暗中换。"（按：宋胡仔《苕溪渔隐丛话前集》卷六十："云钱唐一老尼诵后主诗首章两句，与东坡《洞仙歌序》全然不同，当以序为正也。"）

2. 六出：言栀子花瓣六出，如雪花之六出。唐段成式《酉阳杂俎》卷十八："栀子，诸花少六出者，唯栀子花六出。陶真白言，栀子剪花六出，刻房七道，其花香甚。相传即西域薝葡也。"

3. 能除热毒：栀子能清热解毒。东汉张机述，西晋王叔和集《金匮要略方论》卷中，呕吐哕下利病脉证治第十七："下利后更烦，按之心下濡者，为虚烦也，栀子豉汤主之。栀子豉汤。栀子十四枚，香豉四合，右二味以水四升先煮栀子，得二升半，内豉煮取一升半，去滓分二服，温进一服，得吐则止。"东汉张机撰，西晋王叔和编，金成无己注《注解伤寒论》卷二："湿家之为病，一身尽疼，发热，身色如似熏黄。"注曰："身黄如橘子色者，阳明瘀热也。此身色如似熏黄，即非阳明瘀热身黄发热者，栀子蘗皮汤主之。"魏吴普述，清孙星衍辑《神农本草经》卷三："栀子，解踯躅毒。"明李时珍《本草纲目》卷三十六，木部，卮子："［主治］五内邪气，胃中热气，面赤，酒疱，皶鼻，白癞，赤癞，疮疡。（《本经》）疗目赤热痛，胸心大小肠大热，心中烦闷（《别录》）。"

4. 能染裳：言栀子可作染料。梁任昉《述异记》卷下："洛阳有支茜园，《汉官仪》云：染园出芝、茜，供染御服，是其处也。"明李时珍《本草纲目》卷三十六，木部，卮子："弘景曰：处处有之，亦两三种小异，以七棱者为良，经霜乃取，入染家，用于药甚稀。"

5. 更消无着无眠夜：无着，无着落。此言栀子治失眠。明李时珍《本草纲目》卷三十六，木部，卮子："治心烦懊恼不得眠，脐下血滞而小便不利（元素）。"

6. 佛法东来也借香：言栀子本中国土生，佛法东来，遂讹为西土之薝葡花，以供佛为常矣。明李时珍《本草纲目》卷三十六，木部，卮子："时珍曰：卮，酒器也，卮子象之，故名，俗作栀。司马相如赋云：'鲜支黄烁'，注云：'鲜支，即支子也。'佛书称其花为薝葡，谢灵运谓之林兰，曾端伯呼为禅友。或曰薝葡，金色，非卮子也。"

[清]恽寿平，《写生十种》之四，绢本设色，纵 20.4 厘米、横 29.2 厘米，上海博物馆藏

恽寿平原题： 不学梅欺雪，轻红照碧池。小桃新谢后，双燕却来时。香属登龙客，烟笼宿蝶枝。临轩须貌取，风雨易离披。杏花诗作者甚多，惟此篇为警拔。并书。

观恽寿平《杏花》步其原题唐人郑谷《杏花》诗韵

如梦复如雪,年年洗砚池。

春醅深酌后,新茗乍来时。

影醉乘龙客,香传伏虎枝。

芳魂惊摄取,百代未离披。

注释

1. 春醅:春天的新酒。
2. 影醉乘龙客:乘龙,即登龙、登龙门。唐制,进士放榜,醵钱宴乐于曲江亭,称曲江宴或曲江会、闻喜宴。因举办地一般设在曲江岸边的杏园,亦称"杏园宴"。唐李远《陪新及第赴同年会》:"曾攀芳桂英,处处共君行。今日杏园宴,当时天乐声。"
3. 伏虎枝:晋葛洪《神仙传》卷六:"(董)奉居山不种田,日为人治病,亦不取钱。重病愈者,使栽杏五株,轻者一株。如此数年,计得十万余株,郁然成林。乃使山中百禽群兽,游戏其下。卒不生草,常如芸治也。后杏子大熟,于林中作一草仓,示时人曰:'欲买杏者,不须报奉,但将谷一器置仓中,即自往取一器杏去。'常有人置谷来少,而取杏去多者,林中群虎出吼逐之,大怖,急掣杏走,路旁倾覆,至家量杏,一如谷多少。或有人偷杏者,虎逐之到家,啮至死。家人知其偷杏,乃送还奉,叩头谢过,乃却使活。奉每年货杏得谷,旋以赈救贫乏,供给行旅不逮者,岁二万余斛。"
4. 离披:凋谢貌。战国宋玉《九辩》:"白露既下百草兮,奄离披此梧楸。"

论李鱓

画家小传

李鱓（1686—1756），字宗扬，号复堂，别号懊道人、墨磨人。江苏兴化（今归泰州代管）人，明代状元宰相李春芳第六世孙。康熙五十年中举，康熙五十三年为内廷供奉。乾隆三年出任山东滕县知县，得罪上司罢官。后居扬州，卖画为生。工诗擅花卉竹石松柏，早年工细严谨，中年变法，粗笔写意，气势充沛，为"扬州八怪"之一。

载记选录

清张庚《国朝画征录》卷下："李鱓，字宗扬，号复堂。兴化人。康熙辛卯举人，检选知县。花鸟学林良，纵横驰骋，不拘绳墨，而多得天趣。尝作五松图，题云予以直者比之大臣，秃者比之名将。一侧一卧，似蛟似龙。蒲团之松，或仙或佛，爰作长歌纪之。"（清乾隆四年刻本）

清李斗《扬州画舫录》卷二，草河录下："李鱓，字宗扬，号复堂，兴化孝廉，官知县。花鸟学林良，纵横驰骋，不拘绳墨，而得天趣。往来扬州，与贺吴村友善。其时陈撰字楞山，写生与鱓齐名，陈馥字松亭，戴礼字石屏，皆从学焉。"（清嘉庆二年自然盦刻本）

[清] 李鱓，《秋光万古图》，绢本设色，纵 115 厘米、横 136.5 厘米，佳士得 2013 年秋拍

李鱓原题：薄宦归来白发新，人言作画少精神。谁知笔底纵横甚，一片秋光万古春。乾隆十年岁在乙丑夏，写奉纶翁年学长兄教。复堂懊道人李鱓。

观李鱓《秋光万古图》步其原题诗韵

一片秋光晔晔新，五花桐下正精神。
洋洋意气纵横甚，留得人间万古春。

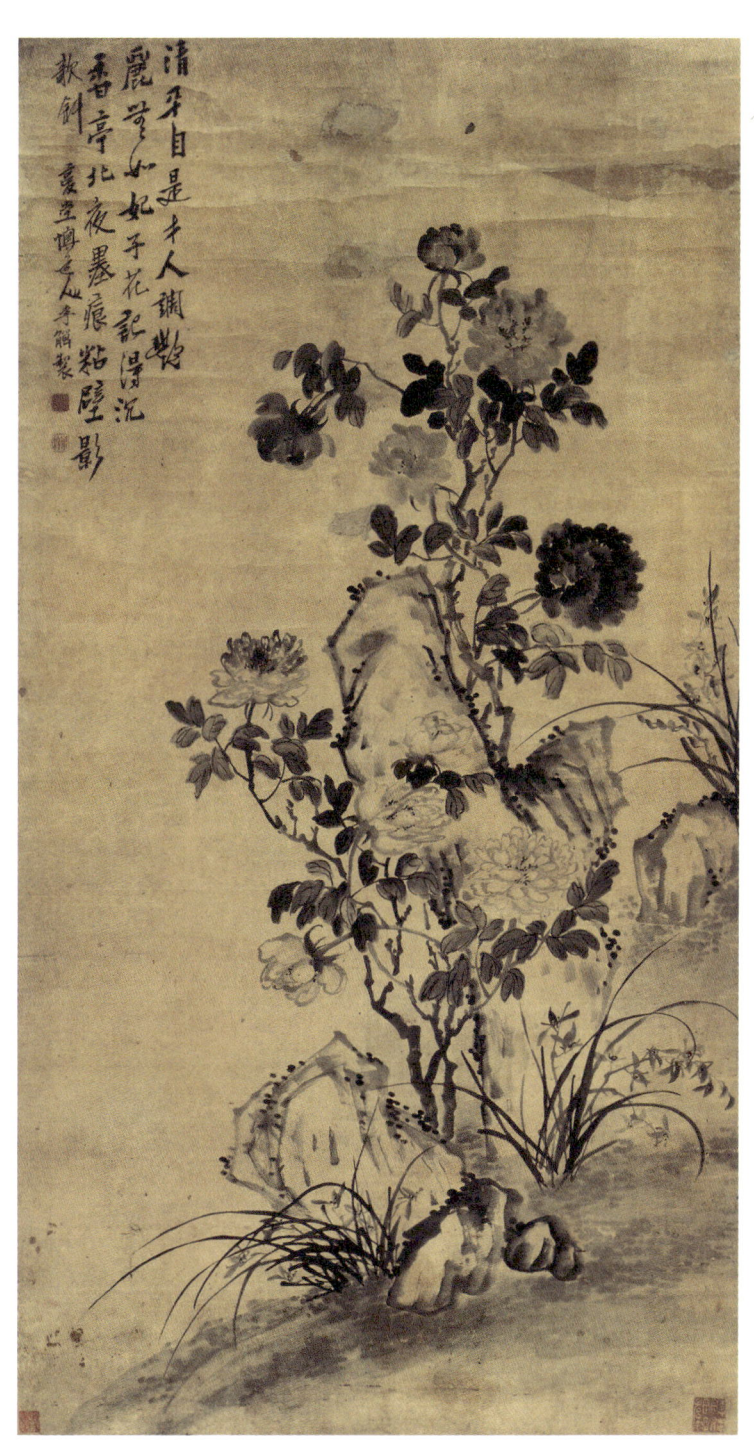

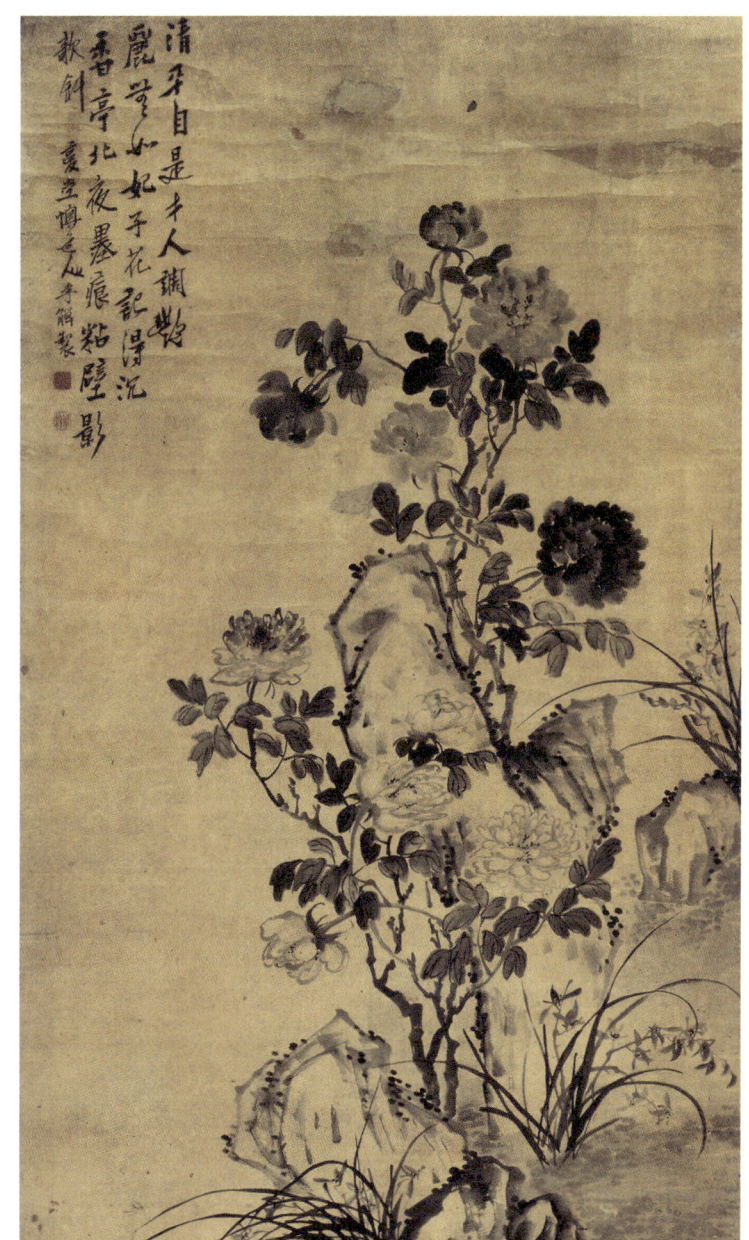

［清］李鱓,《牡丹双清图》，纸本立轴，纵168厘米、横90厘米，上海泓盛2007年春拍

李鱓原题： 清平自是才人调，艳丽无如妃子花。记得沉香亭北夜，墨痕粘壁影欹斜。复堂懊道人李鱓制。

观李鱓《牡丹双清图》步其原题诗韵

天生赋性本同调，玉骨幽姿具足花。

记取月明霜露夜，道人挥笔写欹斜。

注释

1. 具足：充足圆满。《法华经·普门品》："观音妙智力，能救世间苦。具足神通力，广修智方便。"《六祖坛经·自序品》："何期自性本自清净，何期自性本不生灭，何期自性本自具足，何期自性本无动摇，何期自性能生万法。"

[清] 李鱓，《松石牡丹图》，纸本墨笔，纵 139 厘米、横 78 厘米，北京保利 2013 年春拍

李鱓原题： 鼠姑花傍老龙鳞，富贵华封须吉人。但愿斯人与斯画，百千年看洛阳春。乾隆十三年岁在戊辰春正月，写奉赐履年学兄教。复堂懊道人李鱓。

观李鱓《松石牡丹图》步其原题诗韵

浓勾瘦石淡皴鳞，点写牡丹如美人。

懊道老仙有天相，斯图果见洛阳春。

注释

1. 懊道老仙：李鱓自号懊道人，复有闲章曰"神仙宰相之家"。
2. 斯图果见洛阳春：北京保利 2013 年春拍，此图以 264.5 万元成交。

引用书目

经部

《周易注疏》，中华书局校刊《聚珍仿宋版十三经注疏》本，2020。

《毛诗注疏》，中华书局校刊《聚珍仿宋版十三经注疏》本，2020。

《礼记注疏》，中华书局校刊《聚珍仿宋版十三经注疏》本，2020

《论语注疏》，中华书局校刊《聚珍仿宋版十三经注疏》本，2020

杨伯峻编著《春秋左传注》（修订本），中华书局，2009。

史部

［夏］伯益撰，［东晋］郭璞注《山海经传》，经训堂丛书汇印本。

［汉］司马迁撰《史记》，中华书局，1982。

［汉］刘向集录，范祥雍笺证，范邦瑾协校《战国策笺证》，上海古籍出版社，2006。

［汉］班固撰《汉书》，中华书局，1962。

［南朝宋］范晔撰《后汉书》，中华书局，1965。

［北魏］郦道元原注，陈桥驿注释《水经注》，浙江古籍出版社，2001。

［西晋］陈寿撰《三国志》，清乾隆四年武英殿校刻本。

［唐］房玄龄等撰《晋书》，清乾隆四年武英殿校刻本。

［唐］令狐德棻撰《周书》，清乾隆四年武英殿校刻本。

［唐］李延寿撰《南史》，中华书局，1975。

［唐］李吉甫撰《元和郡县图志》，岱南阁丛书本。

［宋］陶岳撰《五代史补》，清光绪十三年山阴宋氏刻忏花盦丛书本。

［宋］欧阳修、宋祁撰《新唐书》，中华书局，1975。

［宋］欧阳修撰，［宋］徐无党注《新五代史》，中华书局，1974。

［宋］马令撰《南唐书》，清海虞张氏刻墨海金壶本。

［宋］司马光撰，［元］胡三省音注《资治通鉴》，清嘉庆二十一年鄱阳胡克家覆元兴文署刻本。

［宋］张唐英撰《蜀梼杌》，清嘉庆间南汇吴氏听彝堂刻艺海珠尘本。

［宋］潜说友纂《（咸淳）临安志》，清道光十年钱塘汪氏振绮堂刻同治六年递修本。

［元］钟嗣成撰《录鬼簿》，武进董氏刻诵芬室丛刊本。

［明］王宾撰《元处士云林倪先生旅葬墓志铭》，［元］倪瓒撰《清閟阁全集》卷十一，凤凰出版社《无锡文库》2012年影印康熙五十二年曹培廉城书室刻本。

［明］周南老撰《元处士云林先生墓志铭》，［元］倪瓒撰《清閟阁全集》卷十一，凤凰出版社《无锡文库》2012年影印康熙五十二年曹培廉城书室刻本。

［明］张端撰《云林倪先生墓表》，［元］倪瓒撰《清閟阁全集》卷十一，凤凰出版社《文锡文库》2012年影印康熙五十二年曹培廉城书室刻本。

［明］宋濂撰《元史》，清乾隆四年武英殿校刻本。

［明］王鏊《石田先生墓志铭》，明王鏊《震泽集》卷二十九，明万历震泽王氏三槐堂刻清印本。

［明］徐象梅撰《两浙名贤录》，明天启三年光碧堂刻本。

［明］顾清纂《正德松江府志》，明正德七年刻本。

［明］史玄撰《旧京遗事》，北京古籍出版社，1986。

［清］张廷玉等撰《明史》，中华书局，1974。

［清］陈鼎撰《留溪外传》，常州先哲遗书本。

［清］周亮工撰《闽小纪》，丛书集成初编本。

姚寿慈、汪坚青等纂《杭县志稿》，余杭县志办公室整理复印，1987。

子部

朱谦之校释《老子校释》，中华书局，1984。

［清］郭庆藩撰，王孝鱼点校《庄子集释》，中华书局，1961。

［东周］列御寇撰，［东晋］张湛注《列子》，湖海楼丛书本。

［战国］韩非子撰《韩非子》，四部丛刊影黄荛圃校宋本。

［西汉］焦延寿撰《易林》，学津讨原本。

［西汉］桓宽撰《盐铁论》，岱南阁丛书本。

［西汉］扬雄撰《法言》，汉魏丛书本。

［东汉］王充撰《论衡》，汉魏丛书本。

［南朝梁］刘勰著，范文澜注《文心雕龙注》，人民文学出版社，1958。

［唐］李瀚撰，［宋］徐子光注《蒙求集注》，学津讨原本。

［元］佚名撰《灵宝玉鉴》，道藏本。

［后秦］鸠摩罗什译《妙法莲华经》，大正新修大藏经本。

［后秦］鸠摩罗什译《维摩诘所说经》，大正新修大藏经本。

［东晋］僧肇撰《肇论》，大正新修大藏经本。

［北凉］昙无谶译《优婆塞戒经》，大正新修大藏经本。

［南朝宋］求那跋陀罗译《杂阿含经》，大正新修大藏经本。

［北周］于阗国三藏实叉难陀译《大方广佛华严经》，大正新修大藏经本。

［唐］中天竺国般剌密谛译《楞严经》，大正新修大藏经本。

［唐］唐义净译《金光明经》，大正新修大藏经本。

［唐］释道世《法苑珠林》，四部丛刊景明万历刻本。

［元］宗宝编《六祖大师法宝坛经》，大正新修大藏经本。

［唐］澄观《大方广佛华严经疏》，大正新修大藏经本。

［宋］释道宁撰《偈六十三首》，《全宋诗》卷一一四三，北京大学出版社，1995。

［宋］普明禅师撰《牧牛图颂》，清乾隆四十九年刻本。

［宋］廓庵禅师撰《住鼎州梁山廓庵和尚十牛图颂并序》，卍新续藏本。

［宋］普济著，苏渊雷点校《五灯会元》，中华书局，1984。

［东汉］张机撰，［西晋］王叔和编，［金］成无己注《注解伤寒论》，明万历二十七年赵开美校刻仲景全书本。

　　［三国魏］吴普述，［清］孙星衍、孙冯翼辑《神农本草经》，清嘉庆承德孙氏刻问经堂丛书本。

　　［西晋］王叔和集《金匮要略方论》，四部丛刊景明刻本。

　　［唐］孙思邈撰《千金翼方》，元大德梅溪书院刻本。

　　［唐］苏敬撰《新修本草》，日本森氏旧藏钞本。

　　［明］李时珍撰《本草纲目》，明万历三十一年张鼎思刻本。

　　［西周］《穆天子传》，清嘉庆间兰陵孙氏刻平津馆丛书本。

　　［西汉］东方朔《海内十洲记》，文渊阁四库全书本。

　　［西汉］刘向撰《列仙传》，道藏本。

　　［西汉］刘向撰《说苑》，汉魏丛书本。

　　［东汉］班固撰《汉武帝内传》，守山阁丛书本。

　　［东晋］葛洪撰《神仙传》，无锡丁氏排印道藏精华录本。

　　［东晋］陶潜撰《搜神后记》，学津讨原本。

　　［南朝梁］任昉撰《述异记》，汉魏丛书本。

　　［五代］杜光庭撰《广成集》，明正统刻道藏本。

　　［南朝宋］刘义庆撰，张艳云校点《世说新语》，辽宁教育出版社，1997。

　　［唐］赵璘撰《因话录》，明万历间商氏半埜堂刻清康熙间振鹭堂重编补刻稗海本。

　　［唐］袁郊撰《甘泽谣》，学津讨原本。

　　［唐］柳宗元撰《龙城录》，百川学海本。

　　［唐］段成式《酉阳杂俎》，学津讨原本。

　　［唐］苏鹗撰《苏氏演义》，艺海珠尘本。

　　［唐］刘恂《岭表录异》，清武英殿聚珍版书本。

　　［唐］郑处诲撰《明皇杂录》，守山阁丛书本。

　　［唐］孟棨撰《本事诗》，丁福保辑《历代诗话续编》（上）本，中华书局，2006。

　　［五代］孙光宪撰《北梦琐言》，增修雅雨堂丛书本。

［五代］王定保撰《唐摭言》，学津讨原本。

旧题南唐史虚白撰《钓矶立谈》，丛书集成初编本。

［宋］钱易撰《南部新书》，学津讨原本。

［宋］范镇撰《东斋记事》，守山阁丛书本。

［宋］张端义撰《贵耳集》，学津讨原本。

［宋］张舜民《画墁集》，知不足斋丛书本。

［宋］高承撰《事物纪原》，惜阴轩丛书本。

［宋］沈括著，胡道静校证《梦溪笔谈校证》，上海古籍出版社，1987。

［宋］陈师道撰《后山谈丛》，宝颜堂秘籍本。

［宋］周密撰《癸辛杂识》，学津讨原本。

［宋］周密撰《齐东野语》，学津讨原本。

［宋］罗大经撰，王瑞来点校《鹤林玉露》，中华书局，1983。

［宋］庄绰撰，萧鲁阳点校《鸡肋编》，中华书局，1983。

［元］赵孟頫《松雪斋题跋》，浙江人民美术出版社，2017。

［元］陶宗仪撰《南村辍耕录》，四部丛刊三编本。

［清］厉鹗《东城杂记》，粤雅堂丛书本。

［东汉］蔡邕撰《琴操》，平津馆丛书本。

［宋］陈敬撰《陈氏香谱》，适园丛书本。

［宋］杜绾著《云林石谱》，浙江人民美术出版社，2019。

旧题宋《渔阳公石谱》，《笔记小说大观（二十五编）》影印《说郛》卷十六本，台北新兴书局有限公司，1985。

［南朝梁］袁昂撰《古今书评》，［宋］陈思编纂《书苑菁华》卷五，北京图书馆出版社影印《翠琅玕馆丛书》本，2003。

［唐］张怀瓘撰《玉堂禁经》，［宋］朱长文纂《墨池编》卷三，明隆庆二年永和堂刻本。

［清］康有为撰《广艺舟双楫》，清光绪十九年南海万木草堂刻本。

［唐］张彦远著，秦仲文、黄苗子点校，启功、黄苗子参校《历代名画记》，人民美术出版社，2016。

［宋］郭若虚著，黄苗子点校《图画见闻志》，人民美术出版社，2016。

［宋］郭熙撰《林泉高致》，黄宾虹、邓实编《美术丛书》本，江苏古籍出版社，1997。

［宋］米芾撰《画史》，黄宾虹、邓实编《美术丛书》本，江苏古籍出版社，1997。

［宋］郭若虚撰《图画见闻志》，人民美术出版社，2016。

［宋］刘道醇撰《圣朝名画评》，明刻王氏书画苑本。

［宋］《宣和书画谱》，中国书店影印《钦定四库全书》本，2014。

［宋］董逌撰《广川画跋》，十万卷楼丛书本。

［宋］邓椿《画继》，人民美术出版社，2016。

［元］庄肃著，黄苗子点校《画继补遗》，人民美术出版社，2016。

［元］汤垕撰《古今画鉴》，学海类编本。

［元］夏文彦撰《图绘宝鉴》，丛书集成初编本。

［元］李衎撰《竹谱详录》，知不足斋丛书本。

［明］汪砢玉撰《珊瑚网》，适园丛书本。

［明］朱谋垔撰《画史会要》，明崇祯刻清初朱统鍂重修本。

［明］曹昭撰，［明］王佐增《新增格古要论》，惜阴轩丛书本。

［明］李日华撰《紫桃轩杂缀》，《四库全书存目丛书》子部第一〇八册，齐鲁书社，1995。

［清］吴历撰《墨井画跋外卷》，清康熙五十八年陆道淮飞霞阁刻本。

［清］恽格撰《南田画跋》（朱季海著作集），中华书局，2013。

［清］石涛撰《苦瓜和尚画语录》，黄宾虹、邓实编《美术丛书》本，江苏古籍出版社，1997。

［清］李斗撰《扬州画舫录》，清嘉庆二年自然盦刻本。

［清］徐沁《明画录》，顾氏刻读画斋丛书本。

［清］方薰撰《山静居画论》，知不足斋丛书。

［清］冯金伯撰《国朝画识》，清乾隆五十六年刻本。

［清］王概编《芥子园画传》，人民美术出版社，2009。

［清］吴升撰《大观录》，民国九年武进李氏圣译廎排印本。

［清］张庚撰《国朝画征录》，清乾隆四年刻本。

［清］潘正炜《听帆楼续刻书画记》，黄宾虹、邓实编《美术丛书》本，江苏古籍出版社，1997。

［唐］欧阳询等辑《艺文类聚》，宋绍兴刻本。

［唐］徐坚等著《初学记》，中华书局，2004。

［唐］白居易撰《白氏六帖事类集》，文物出版社，1987。

［宋］李昉等编《太平御览》，四部丛刊影印静嘉堂文库藏宋刊本。

［宋］王应麟辑《玉海》，清嘉庆十一年江宁藩署刻本。

［宋］陆佃撰《埤雅》，丛书集成初编本。

［清］陈梦雷等辑《古今图书集成·博物汇编·草木典·王蕊部》，中华书局、巴蜀出版社1985。

徐邦达《古书画伪讹考辨》（上卷），江苏古籍出版社，1984。

［古埃及］《奥西里斯对死者的审判》，公元前1275年，莎草纸画，英国伦敦大英博物馆藏。

［古埃及］《阿尼纸莎草》，约公元前1250年，莎草纸画，英国伦敦大英博物馆藏。

［古希腊］埃克塞基亚斯《黑绘瓶画》，约公元前6世纪，梵蒂冈博物馆藏。

［古罗马］普林尼著，李铁匠译《自然史》，上海三联书店，2018。

［荷兰］《乌特勒支诗篇》，9世纪初，乌特勒支大学图书馆藏。

［英国］《教化圣经》，13世纪20年代，牛津大学博德利图书馆藏。

［德］莱辛著，朱光潜译《拉奥孔》，安徽教育出版社，2006。

宋画全集编辑委员会编《宋画全集》，浙江大学出版社，2008。

［美］方闻著，李维琨译《超越再现：8世纪至14世纪中国书画》，浙江大学出版社，2011。

李霖灿著《中国名画研究》，浙江大学出版社，2014。

［美］高居翰著，张坚等译《溪山清远：中国古代早期绘画史（先秦至宋）》，北京大学出版社，2023。

徐邦达《宋赵孟坚的水墨花卉画和其他》，《文物资料》1958年第10期。

王季迁、李霖灿《王蒙的花溪渔隐图》，台北故宫博物院《故宫季刊》1966年7月第1卷第1期。

启功《鉴定书画二三例》,《文物》1981年第6期。

陈传席《〈雪景寒林图〉应是范宽作品》,《文物》1985年第4期。

内蒙古文物考古研究所、阿鲁科尔沁旗文物管理所《内蒙古赤峰宝山辽壁画墓发掘简报》,《文物》1998年第1期。

陈明《印度两大史诗的图像呈现与流传》,《广西民族大学学报(哲学社会科学)》2022年第5期。

集部

[宋]洪兴祖撰,白化文等点校《楚辞补注》,中华书局,1983。

[南朝梁]萧统编,[唐]李善注《文选》,中华书局,1977。

[后蜀]赵崇祚辑《花间集》,文学古籍刊行社1955年据北京图书馆藏本影印本。

[宋]李昉等编《文苑英华》,中华书局1966年配补影印本。

[宋]郭茂倩编《乐府诗集》,四部丛刊景明末汲古阁刻本。

[明]张溥辑《汉魏六朝百三家集》,清光绪五年彭懋谦信述堂刻本。

[清]严可均辑《全上古三代秦汉三国六朝文》,民国十九年丁福保影印清光绪二十年黄冈王氏刻本。

[清]彭定求等编《全唐诗》,中华书局,1960。

[清]梅成栋纂《津门诗钞》,天津古籍出版社,1993。

[清]顾嗣立辑《元诗选》,清康熙顾氏秀野草堂刻雍正印本。

[清]陈邦彦纂《御定历代题画诗类》,清康熙四十六年内府刻本。

唐圭璋编《全宋词》,中华书局,1965。

逯钦立辑校《先秦汉魏晋南北朝诗》,中华书局,1983。

北京大学古文献研究所《全宋诗》,北京大学出版社,1991—1998。

[三国魏]文帝曹丕撰《魏文帝集》,明刻七十二家集本。

[晋]陶潜《陶渊明集》,宋刻递修本。

[梁]沈约撰《沈隐侯集》,明刻七十二家集本。

[北周]庾信撰,[明]屠隆评《庾子山集》,四部丛刊本。

[北周]庾信撰,[清]倪璠注《庾子山集注》,中华书局,1980。

[唐]杜甫撰,[清]仇兆鳌注《杜诗详注》,中华书局,1979。

〔唐〕李白撰，杨镰校点《李太白集》，辽宁教育出版社1997年据北宋蜀刻本整理排印。

〔唐〕王维撰，〔清〕赵殿臣笺注《王右丞集笺注》，上海古籍出版社，1984。

〔唐〕乔潭撰《霜钟赋序》，〔明〕彭大翼辑，〔明〕张幼学增定《山堂肆考》征集卷十八，明万历二十三年金陵书林周显刻本。

〔唐〕乔潭撰《裴将军剑舞赋并序》，〔宋〕李昉等编《文苑英华》卷八十二，中华书局，1966。

〔唐〕韩愈撰，〔唐〕李汉编集，〔宋〕朱熹考异，〔宋〕王伯大音释《朱文公校昌黎先生文集》，四部丛刊景元刊本。

〔唐〕裴铏著，周楞伽辑注《裴铏传奇》，上海古籍出版社，1980。

〔唐〕沈亚之撰《沈下贤文集》，郋园先生全书本。

〔唐〕李商隐撰，刘学锴、余恕诚编年校注《李商隐文编年校注》，中华书局，2002。

〔唐〕温庭筠撰，刘学锴校注《温庭筠全集校注》，中华书局，2007。

〔宋〕欧阳修撰《欧阳文忠公集》，四部丛刊景元刻本。

〔宋〕苏轼撰，〔清〕王文诰辑注，孔凡礼点校《苏轼诗集》，中华书局，1982。

〔宋〕苏轼撰，孔凡礼点校《苏轼文集》，中华书局，1986。

〔宋〕杨绘撰《时贤本事曲子集》，唐圭璋编《词话丛编》第一册本，中华书局，2005。

〔宋〕刘弇撰《龙云先生文集》，豫章丛书本。

〔宋〕胡仔撰《苕溪渔隐丛话》，中华书局聚珍仿宋版四部备要本。

〔宋〕文天祥《文山集》，四部丛刊景明刻本。

〔宋〕郑思肖撰《心史》，明崇祯十三年汪骏声林古度刻本。

〔金〕董解元撰《董解元西厢》，暖红室汇刻传奇本。

〔元〕王恽撰《秋涧集》，四部丛刊景明弘治翻元本。

〔元〕倪瓒撰《清闷阁全集》，凤凰出版社《无锡文库》2012年影印康熙五十二年曹培廉城书室刻本。

［明］宋濂撰《宋学士文集》，金华丛书本。

［明］《沈周集》，上海古籍出版社，2013。

［清］邵长蘅撰《青门稿》，常州先哲遗书本。

［清］李驎撰《虬峰文集》，清康熙刻本。

［清］张潮辑《虞初新志》，文学古籍刊行社，1954。

［古希腊］荷马著，罗念生、王焕生译《荷马史诗·伊利亚特》，人民文学出版社，1994。

注：所用电子古籍出自爱如生中国基本古籍数据库、鼎秀古籍数据库。

部分诗词原发表情况简录

观郭熙《早春图》
原载《中国书画报》,《墨迹诗心》专栏,2023 年 2 月 22 日。

观宋徽宗《祥龙石图》步其原题诗韵
原载《中国书画报》,《墨迹诗心》专栏,2023 年 5 月 17 日。

观宋徽宗《瑞鹤图》步其原题诗韵
原载《中国书画报》,《墨迹诗心》专栏,2023 年 1 月 18 日。

观宋徽宗款《芙蓉锦鸡图》步其原题诗韵
原载《中国书画报》,《墨迹诗心》专栏,2022 年 5 月 11 日。

观宋徽宗款《腊梅山禽图》步其原题诗韵
原载《中国书画报》,《墨迹诗心》专栏,2022 年 3 月 30 日。

观宋徽宗款《文会图》步其原题诗韵
原载《中国书画报》,《墨迹诗心》专栏,2022 年 10 月 12 日。

观宋徽宗《五色鹦鹉图》步其原题诗韵
原载《中国书画报》,《墨迹诗心》专栏,2024 年 1 月 3 日。

观苏汉臣《靓妆仕女图》
原载《中国书画报》,《墨迹诗心》专栏,2023 年 6 月 28 日。

观苏汉臣《秋庭戏婴图》
原载《中国书画报》,2024 年 2 月 28 日。

观扬无咎《四梅图》步其原题词韵(四首)
原载《中国书画报》,《墨迹诗心》专栏,2023 年 7 月 26 日。

观马远《江亭望雁图》
原载《中国书画报》,《墨迹诗心》专栏,2019年8月7日。

观马远《梅石溪凫图》
原载《中国书画报》,《墨迹诗心》专栏,2024年6月12日。

观夏珪《西湖柳艇图》步乾隆题诗韵
原载《中国书画报》,2024年3月20日。

观夏珪《遥山书雁图》
原载《中国书画报》,《墨迹诗心》专栏2019年9月4日。

观李嵩《木末孤亭图》
原载《中国书画报》,《墨迹诗心》专栏,2023年12月27日。

观李嵩《画阑游赏图》
原载《中国书画报》,2024年1月17日。

观戴泽《牧童图》
原载《中国书画报》,《墨迹诗心》专栏,2019年7月10日。

观赵孟坚《水仙图》步其《题水仙》诗韵
原载《中国书画报》,《墨迹诗心》专栏,2019年7月10日。

观宋佚名《风雨归舟图》(古体)
原载《中国书画报》,《墨迹诗心》专栏,2022年8月10日。

观南宋佚名《松风楼观图》
原载《中国书画报》,《墨迹诗心》专栏,2023年10月18日。

观南宋佚名《蕉阴击球图》
原载《中国书画报》,2024年5月15日。

观钱选《山居图》步其原题诗韵
原载《中国书画报》,《墨迹诗心》专栏,2019年5月28日。

观钱选《烟江待渡图》步其原题诗韵
原载《中国书画报》,《墨迹诗心》专栏,2022年6月8日。

观黄公望《九峰雪霁图》步其《顾恺之秋江晴嶂图》诗韵
原载《凤凰网·国学频道》2019年8月12日。

观吴镇《秋江渔隐图》步其原题诗韵
原载"凤凰网·国学频道",2019年8月12日。

观吴镇《洞庭渔隐图》步其原题词韵
原载《中国书画报》,《墨迹诗心》专栏,2019年11月20日。

观赵雍《挟弹游骑图》步遹贤原题诗韵（古体）
原载《中国书画报》，《墨迹诗心》专栏，2022年1月19日。

观倪瓒《江岸望山图》步其原题诗韵
原载"中国美术报网"，2018年12月10日。

观倪瓒《安处斋图》步其原题诗韵
原载《中国美术报》，2016年5月23日。

观倪瓒《容膝斋图》步其原题诗韵
原载《中国美术报》，2016年5月23日。

观倪瓒《渔庄秋霁图》步其原题诗韵
原载《中国美术报》，2016年5月23日。

观倪瓒《琪树秋风图》步其原题诗韵
原载《中国书画报》，《墨迹诗心》专栏，2019年5月8日。

观倪瓒《虞山林壑图》步其原题诗韵
原载《中国书画报》，《墨迹诗心》专栏，2020年8月12日。

观倪瓒《秋亭嘉树图》步其原题诗韵
原载《中国书画报》，《墨迹诗心》专栏，2021年12月22日。

观王蒙《竹石图》步其原题诗韵（四首）
原载《美术报》，2017年8月7日。

观王蒙《丹崖翠壑图》步其原题诗韵
原载《光明日报》，2017年4月18日。

观王蒙《谷口春耕图》步其原题诗韵
原载《中国书画报》，《墨迹诗心》专栏，2019年10月16日。

观王蒙《春山读书图》步其原题诗韵（二首）
原载《光明日报》，2018年3月23日。

观王蒙《花溪渔隐图》步其原题诗韵（二首）
原载《美术报》，2017年4月8日。

观王蒙《空林草亭图》步其原题诗韵（古体）
原载《中国书画报》，《墨迹诗心》专栏，2019年6月26日。

观王蒙《秋山萧寺图》步其原题诗韵（二首）
原载"中国美术报网"2018年12月10日。

观王蒙《丹山瀛海图》
原载作者论文《沧海扬尘黯归鹤 丹青留影忆飞鸿——王蒙〈丹山瀛海图〉山水原型为南通狼山考》，《中国书画》2018年第3期。

观沈周《青山红树图》步其原题诗韵
原载《中国书画报》,《墨迹诗心》专栏,2021年9月15日。

观沈周《瓶荷图》步其原题诗韵
原载《中国书画报》,《墨迹诗心》专栏,2021年10月20日。

观沈周《竹林茅屋图》步其原题诗韵
原载《中国书画报》,《墨迹诗心》专栏,2022年12月7日。

观沈周《黄菊丹桂图》步其原题诗韵
原载《中国书画报》,《墨迹诗心》,专栏2021年8月25日。

观沈周《仿王蒙山水图》步其原题诗韵(三首)
原载《中国书画报》,《墨迹诗心》专栏,2021年7月7日。

观唐寅《骑驴归思图》步其原题诗韵
原载《中国书画报》,《墨迹诗心》专栏,2020年4月1日。

观唐寅《松林扬鞭图》步其原题诗韵(二首)
原载《中国书画报》,《墨迹诗心》专栏,2021年1月13日。

观唐寅《葑田行犊图》步其原题诗韵
原载《中国书画报》,《墨迹诗心》专栏,2019年12月18日。

观唐寅《事茗图》步其原题诗韵
原载《中国书画报》,《墨迹诗心》专栏,2020年9月23日。

观唐寅《雪山会琴图》步其原题诗韵
原载《中国书画报》,《墨迹诗心》专栏,2021年2月24日。

观唐寅《溪山渔隐图》步其原题诗韵
原载《中国书画报》,《墨迹诗心》专栏,2021年6月2日。

观唐寅《蜀宫妓图》步其原题诗韵
原载《中国书画报》,《墨迹诗心》专栏,2020年12月9日。

观唐寅《金昌送别图》步其原题诗韵
原载《中国书画报》,《墨迹诗心》专栏,2020年9月2日。

观唐寅《山路松声图》步其原题诗韵
原载《中国书画报》,《墨迹诗心》专栏,2021年3月31日。

观唐寅《烧药图》步其原题诗韵
原载《中国书画报》,《墨迹诗心》专栏,2021年5月5日。

观蓝瑛《溪山雪霁图》
原载《中国书画报》,《墨迹诗心》专栏,2020年7月1日。

观李鱓《秋光万古图》步其原题诗韵
原载《中国书画报》,《墨迹诗心》专栏,2020 年 2 月 26 日。

观李鱓《牡丹双清图》步其原题诗韵
原载《中国书画报》,《墨迹诗心》专栏,2020 年 1 月 1 日。

观李鱓《松石牡丹图》步其原题诗韵
原载《中国书画报》,《墨迹诗心》专栏,2020 年 2 月 5 日。

图版目录

论展子虔
1. [隋]展子虔，《游春图》局部（第9页）
2. [隋]展子虔，《游春图》，绢本设色，纵43厘米、横80.5厘米，故宫博物院藏（第10—11页）
3. 《游春图》题跋选录（第12页）

论顾闳中
1. [五代十国]顾闳中，《韩熙载夜宴图》局部之人物（第15页）
2. [五代十国]顾闳中，《韩熙载夜宴图》，绢本长卷，设色，纵28.7厘米、横342.7厘米，故宫博物院藏（第16—17页）
3. 《韩熙载夜宴图》题跋选录（第18—19页）
4. [五代十国]顾闳中，《韩熙载夜宴图》局部之人物（第23页）

论李成
1. [宋]李成（传），《寒林策驴图》，绢本立轴，淡设色，纵162厘米、横100.4厘米，美国大都会艺术博物馆藏（张大千大风堂旧藏）（第27页）
2. [宋]李成（传），《寒林策驴图》局部之人物（第28页）
3. 录《寒林策驴图》之张大千题（第29页）
4. [宋]李成，《晴峦萧寺图》，绢本立轴，设色，纵111.8厘米、横56厘米，美国纳尔逊—阿特金斯艺术博物馆藏（第32页）
5. [宋]李成，《晴峦萧寺图》局部之萧寺、局部之水榭茅店、局部之人物木桥（第33页）

论范宽
1. [宋]范宽，《溪山行旅图》，绢本立轴，浅设色，纵206.3厘米、横103.3厘米，台北故宫博物院藏（第38页）

2.［宋］范宽，《溪山行旅图》局部（39页）
3.［宋］范宽（传），《雪景寒林图》，绢本立轴，水墨，纵193.5厘米、横160.3厘米，天津博物馆藏（第41页）
4.［宋］范宽（传），《雪景寒林图》局部之萧寺（第42页）
5.［宋］范宽（传），《雪景寒林图》局部之民居（第43页）
6.［宋］范宽（传），《雪景寒林图》局部之"臣范宽制"落款（第44页）

论郭熙
1.［宋］郭熙，《早春图》，绢本立轴，浅设色，纵158.3厘米、横108.1厘米，台北故宫博物院藏（第48页）
2.［宋］郭熙，《早春图》局部之人物（第49页）
3.［宋］郭熙，《早春图》局部之人物（第51页）

论宋徽宗
1.［宋］宋徽宗，《祥龙石图》，绢本设色，纵53.9厘米、横127.8厘米，故宫博物院藏（第54-55页）
2.录《祥龙石图》之宋徽宗原题（第55页）
3.［宋］宋徽宗，《瑞鹤图》，绢本设色，纵51厘米、横138厘米，辽宁省博物馆藏（第58—59页）
4.录《瑞鹤图》之宋徽宗原题（第59页）
5.［宋］宋徽宗，《芙蓉锦鸡图》，绢本设色，纵81.5厘米、横53.6厘米，故宫博物院藏（第61页）
6.录《芙蓉锦鸡图》之宋徽宗原题（第62页）
7.［宋］宋徽宗，《腊梅山禽图》，绢本设色，纵82.8厘米、横52.8厘米，台北故宫博物院藏（第63页）
8.录《腊梅山禽图》之宋徽宗原题（第64页）
9.［宋］《文会图》，绢本设色，纵184.4厘米、横123.9厘米，台北故宫博物院藏（第65页）
10.［宋］《文会图》局部之人物（第66页）
11.录《文会图》之宋徽宗原题、蔡京原题（第67页）
12.［宋］宋徽宗，《五色鹦鹉图》，绢本设色，纵53.3厘米、横125.1厘米，美国波士顿艺术博物馆藏（第68页）
13.录《五色鹦鹉图》之宋徽宗原题（第68页）

论苏汉臣
1.［宋］苏汉臣，《妆靓仕女图》，绢本设色，纵25.2厘米、横25.7厘米，美国波士顿艺术博物馆藏（第71页）
2.［宋］苏汉臣，《秋庭戏婴图》，绢本设色，纵197.5厘米、横108.7厘米，台北故宫博物院藏（第72页）

351

论李唐

1.［宋］李唐，《万壑松风图》，立轴，绢本设色，纵187.5厘米、横138.7厘米，台北故宫博物院藏（第74页）

2.录《万壑松风图》之李唐原题（第75页）

3.［宋］李唐，《采薇图》，绢本设色，纵27.2厘米、横89.6厘米，故宫博物院藏（第76—77页）

4.录《采薇图》之李唐原题（第76页）

论扬补之

1.［宋］扬无咎，《四梅图》，纸本水墨，纵37厘米、横357.8厘米，故宫博物院藏（第78—79页）

2.录《四梅图》之扬无咎原题、柯九思跋（第79—80页）

论马远

1.［宋］马远，《宋帝命题册》其一，册页，绢本设色，纵27厘米、横28厘米，王季迁旧藏（第83页）

2.录原题杨万里《岭云》（第83页）

3.［宋］马远，《宋帝命题册》其二，册页，绢本设色，纵27厘米、横28厘米，王季迁旧藏（第84页）

4.录原题陈与义《观雪》（第84页）

5.［宋］马远，《宋帝命题册》其三，册页，绢本设色，纵27厘米、横28厘米，王季迁旧藏（第85页）

6.录原题王安石《杂咏五首》其五（第85页）

7.［宋］马远，《宋帝命题册》其四，册页，绢本设色，纵27厘米、横28厘米，王季迁旧藏（第86页）

8.录原题李石《扇子诗》（第86页）

9.［宋］马远，《宋帝命题册》其五，册页，绢本设色，纵27厘米、横28厘米，王季迁旧藏（第87页）

10.录原题邵雍《和王规甫司勋见赠》（第87页）

11.［宋］马远，《宋帝命题册》其六，册页，绢本设色，纵27厘米、横28厘米，王季迁旧藏（第88页）

12.录原题宋徽宗《宫词》（第88页）

13.［宋］马远，《宋帝命题册》其七，册页，绢本设色，纵27厘米、横28厘米，王季迁旧藏（第89页）

14.录原题杨万里《晚登连天观望越台山》（第89页）

15.［宋］马远，《宋帝命题册》其八，册页，绢本设色，纵27厘米、横28厘米，王季迁旧藏（第90页）

16.录原题宋祁《大椿》（第90页）

17.［宋］马远，《宋帝命题册》其九，册页，绢本设色，纵27厘米、横28厘米，王季迁旧藏（第91页）

18.录原题范成大《浯溪道中》（第91页）

19.［宋］马远，《宋帝命题册》其十，册页，绢本设色，纵 27 厘米、横 28 厘米，王季迁旧藏（第 92 页）
20. 录原题宋徽宗《宫词》（第 92 页）
21.［宋］马远，《江亭望雁》，绢本水墨，纵 23 厘米、横 23 厘米，台北故宫博物院藏（第 93 页）
22.［宋］马远，《梅石溪凫图》，绢本，纵 26.7 厘米、横 28.6 厘米，故宫博物院藏（第 94—95 页）

论夏珪
1.［宋］夏珪，《西湖柳艇图》，立轴绢本，浅设色，纵 107.2 厘米、横 59.3 厘米，台北故宫博物院藏（第 97 页）
2. 录《西湖柳艇图》题跋（第 98 页）
3.［宋］夏珪，《山水十二景图卷》（残卷）之《遥山书雁》，绢本设色，原卷纵 27.9 厘米、横 230.5 厘米，美国纳尔逊—阿特金斯艺术博物馆藏（第 100 页）

论李嵩
1.［宋］李嵩，《木末孤亭图》，绢本设色，纵 26.1 厘米、横 26 厘米，故宫博物院藏（第 102—103 页）
2.［宋］李嵩，《画阑游赏图》，绢本设色，纵 22 厘米、横 20.6 厘米，私人藏（第 104—105 页）

论戴泽
1.［宋］戴泽，《牧童图》，绢本设色，纵 41 厘米、横 37 厘米，日本东京国立博物馆藏（第 106 页）

论赵孟坚
1.［宋］赵孟坚，《水仙图》，纸本墨笔，纵 24.5 厘米、横 670.2 厘米，天津博物馆藏（第 110—111 页）
2.［宋］赵孟坚，《水仙图》局部（第 112 页）
3. 录《水仙图》旧题（第 111 页）
4.［宋］赵孟坚，《墨兰》，纸本水墨，纵 34.5 厘米、横 90.2 厘米，故宫博物院藏（第 114—115 页）
5. 录《墨兰》赵孟坚原题（第 114 页）

论宋佚名者
1.［宋］佚名，《风雨归舟图》，绢本设色，纵 25.6 厘米、横 26.2 厘米，故宫博物院藏（第 116 页）
2.［宋］佚名，《松风楼观图》，绢本设色，纵 25.6 厘米、横 27.1 厘米，上海博物馆藏（第 118 页）
3.［宋］佚名，《山水图》，绢本设色，纵 26 厘米、横 27.3 厘米，台北故宫博物院藏（第 119 页）
4.［宋］佚名，《蕉阴击球图》，绢本设色，纵 25 厘米、横 24.5 厘米，故宫博物院藏（第 120 页）

论钱选

1.［元］钱选，《山居图》，纸本设色，纵 26.5 厘米、横 111.6 厘米，故宫博物院藏（第 122—123 页）

2. 录《山居图》钱选原题（第 123 页）

3.［元］钱选，《烟江待渡图》，纸本设色，纵 21.6 厘米、横 111.2 厘米，台北故宫博物院藏（第 124—125 页）

4. 录《烟江待渡图》钱选原题（第 125 页）

论赵孟頫

1.［元］赵孟頫，《饮马图》，纸本水墨，纵 28 厘米、横 64 厘米，辽宁博物馆藏（第 130—131 页）

2.《饮马图》题跋选录（第 131—132 页）

3.［元］赵孟頫，《秀石疏林图》，纸本水墨，纵 27.5 厘米、横 62.8 厘米，故宫博物院藏（第 134—135 页）

4. 录《秀石疏林图》赵孟頫原题（第 135 页）

5.［元］赵孟頫，《鹊华秋色图》，纸本设色，纵 28.4 厘米、横 93.2 厘米，台北故宫博物院藏（第 136—137 页）

6.《鹊华秋色图》题跋选录（第 138—139 页）

论黄公望

1.［元］黄公望，《九峰雪霁图》，绢本立轴，水墨，纵 117.2 厘米、横 55.3 厘米，故宫博物院藏（第 143 页）

2. 录《九峰雪霁图》黄公望原题（第 143 页）

3.［元］黄公望，《剩山图》，纸本水墨，纵 33.64 厘米、横 68.41 厘米，浙江省博物馆藏（第 145 页）

4.［元］黄公望，《富春山居图》（无用师卷），纸本水墨，纵 33.64 厘米、横 652.4 厘米，台北故宫博物院藏（第 146—147 页）

5. 录《富春山居图》黄公望原题（第 145 页）

6.［元］黄公望，《富春山居图》局部之观景者、过桥者（第 148 页）

论吴镇

1.［元］吴镇，《秋江渔隐图》，绢本立轴，水墨，纵 189.1 厘米、横 88.5 厘米，台北故宫博物院藏（第 151 页）

2. 录《秋江渔隐图》吴镇原题（第 151 页）

3.［元］吴镇，《洞庭渔隐图》，纸本立轴，水墨，纵 146.4 厘米、横 58.6 厘米，台北故宫博物院藏（第 153 页）

4. 录《洞庭渔隐图》吴镇原题（第 153 页）

5.［元］吴镇，《芦滩钓艇图》，纸本水墨，纵 39 厘米、横 65 厘米，美国大都会艺术博物馆藏（第 154 页）

6. 录《芦滩钓艇图》吴镇原题（第 154 页）

7.［元］吴镇，《草亭诗意图》局部之人物（第 155 页）

8.［元］吴镇，《草亭诗意图》，纸本水墨，纵23.8厘米、横99.4厘米，美国克利夫兰艺术博物馆藏（第156—157页）

论赵雍

1.［元］赵雍，《挟弹游骑图》，纸本设色，纵109厘米、横46.3厘米，故宫博物院藏（第159页）
2. 录《挟弹游骑图》酒贤原题（第159页）
3.［元］赵雍，《挟弹游骑图》局部之人物（第160页）

论倪瓒

1.［元］倪瓒，《江岸望山图》，立轴，纸本设色，纵111.3厘米、横33.2厘米，台北故宫博物院藏（第166页）
2. 录《江岸望山图》倪瓒原题（第166页）
3.［元］倪瓒，《安处斋图》，纸本水墨，纵25.4厘米、横71.6厘米，台北故宫博物院藏（第168—169页）
4. 录《安处斋图》倪瓒原题（第168页）
5.［元］倪瓒，《容膝斋图》，纸本水墨，纵74.7厘米、横35.5厘米，台北故宫博物院藏（第170页）
6. 录《容膝斋图》倪瓒原题（第171页）
7.［元］倪瓒，《容膝斋图》局部（第171页）
8.［元］倪瓒，《渔庄秋霁图》，纸本水墨，纵96.1厘米、横46.1厘米，上海博物馆藏（第172页）
9. 录《渔庄秋霁图》倪瓒原题（第173页）
10.［元］倪瓒，《琪树秋风图》，纸本水墨，纵62厘米、横43.3厘米，上海博物馆藏（第174页）
11. 录《琪树秋风图》倪瓒原题（第175页）
12.［元］倪瓒，《虞山林壑图》，立轴，纸本水墨，纵94.6厘米、横34.9厘米，美国大都会艺术博物馆藏（第176页）
13. 录《虞山林壑图》倪瓒原题（第177页）
14.［元］倪瓒，《秋亭嘉树图》，纸本水墨，纵134厘米、横34.3厘米，故宫博物院藏（第178页）
15. 录《秋亭嘉树图》倪瓒原题（第178页）

论王蒙

1.［元］王蒙，《竹石图》，纸本水墨，纵77.2厘米、横27厘米，苏州博物馆藏（第181页）
2. 录《竹石图》王蒙原题（第181页）
3.［元］王蒙，《丹崖翠壑图》，立轴，纸本水墨，纵67.9厘米、横34.3厘米，美国大都会艺术博物馆藏（第183页）
4. 录《丹崖翠壑图》王蒙原题（第184页）
5.［元］王蒙，《谷口春耕图》，纸本水墨，纵124.9厘米、横61.1厘米，台北故宫博物院藏（第185页）
6. 录《谷口春耕图》王蒙原题（第185页）
7.［元］王蒙，《春山读书图》，纸本水墨，纵132.4厘米、横55.5厘米，上海博物馆藏（第186页）

8. 录《春山读书图》王蒙原题（第 186 页）

9. ［元］王蒙，《春山读书图》局部之织布女、读书男、观景老（第 187 页）

10. ［元］王蒙，《花溪渔隐图》，立轴，纸本设色，纵 124.1 厘米、横 56.7 厘米，台北故宫博物院藏（第 189 页）

11. 录《花溪渔隐图》王蒙原题（第 189 页）

12. ［元］王蒙，《空林草亭图》，绢本设色，纵 25.1 厘米、横 28.3 厘米，美国大都会艺术博物馆藏（第 191 页）

13. 录《空林草亭图》王蒙原题（第 192 页）

14. ［元］王蒙，《秋山萧寺图》，纸本设色，纵 148 厘米、横 39 厘米，2010 年 6 月北京保利春拍美国回流之庞莱臣旧藏（第 193 页）

15. 录《秋山萧寺图》王蒙原题（第 193 页）

16. ［元］王蒙，《丹山瀛海图》，纸本设色，纵 28.5 厘米、横 80 厘米，上海博物馆藏（第 194-195 页）

论王冕

1. ［元］王冕，《墨梅》，纸本水墨，纵 31.9 厘米、横 50.9 厘米，故宫博物院藏（第 198 页）

2. 录《墨梅》王冕原题（第 198 页）

3. ［元］王冕，《墨梅》，立轴，纸本水墨，纵 90.3 厘米、横 27.6 厘米，上海博物馆藏（第 199 页）

4. 录《墨梅》王冕原题（第 199 页）

5. ［元］王冕，《墨梅》局部（第 200 页）

论沈周

1. ［明］沈周，《青山红树图》，立轴，绢本设色，纵 65 厘米、横 147.2 厘米，天津博物馆藏（第 204 页）

2. 录《青山红树图》沈周原题（第 205 页）

3. ［明］沈周，《杖藜远眺图》，纸本水墨，纵 38 厘米、横 59 厘米，美国纳尔逊—阿特金斯艺术博物馆藏（第 206 页）

4. 录《杖藜远眺图》沈周原题（第 206 页）

5. ［明］沈周，《瓶荷图》，纸本设色，纵 144 厘米、横 60.7 厘米，天津博物馆藏（第 208 页）

6. 录《瓶荷图》沈周原题（第 209 页）

7. ［明］沈周，《竹林茅屋图》，纸本设色，纵 25.5 厘米、横 110 厘米，美国弗利尔美术馆藏（第 210-211 页）

8. 录《竹林茅屋图》沈周原题（第 210 页）

9. ［明］沈周，《黄菊丹桂图》，立轴，纸本设色，纵 397.1 厘米、横 127.4 厘米，美国克利夫兰艺术博物馆藏（第 212 页）

10. 录《黄菊丹桂图》沈周原题（第 212 页）

11. ［明］沈周，《黄菊丹桂图》局部（第 213 页）

12. ［明］沈周，《仿王蒙山水图》，立轴，纸本设色，纵 121.2 厘米、横 60.2 厘米，美国弗利尔美术馆藏（第 214 页）

13. 录《仿王蒙山水图》沈周原题（第 214 页）

[明]沈周,《仿王蒙山水图》局部之人物（第 215 页）

14.［明］沈周,《落花图》,纸本设色,纵 35.9 厘米、横 60.1 厘米,南京博物院藏（第 217 页）

15. 录《落花图》沈周原题（第 218—220 页）

论唐寅

1.［明］唐寅,《骑驴归思图》,绢本设色,纵 77.3 厘米、横 37.5 厘米,上海博物馆藏（第 236 页）

2.［明］唐寅,《骑驴归思图》局部之樵夫（第 237 页）

3.［明］唐寅,《骑驴归思图》局部之士人（第 238 页）

4. 录《骑驴归思图》唐寅原题（第 239 页）

5.［明］唐寅,《松林扬鞭图》,绢本设色,纵 145.3 厘米、横 72.5 厘米,旅顺博物馆藏（第 240 页）

6. 录《松林扬鞭图》唐寅原题（第 241 页）

7.［明］唐寅,《松林扬鞭图》局部之人物（第 242 页）

8.［明］唐寅,《松林扬鞭图》局部之人物（第 243 页）

9.［明］唐寅,《葑田行犊图》,纸本墨笔,纵 74.7 厘米、横 42.7 厘米,上海博物馆藏（第 244 页）

10. 录《葑田行犊图》唐寅原题（第 245 页）

11.［明］唐寅,《事茗图》,纸本设色,纵 31.1 厘米、横 105.8 厘米,故宫博物院藏（第 246—247 页）

12. 录《事茗图》唐寅原题（第 246 页）

13.［明］唐寅,《雪山会琴图》,纸本设色,纵 117.1 厘米、横 31.4 厘米,上海博物馆藏（第 248 页）

14. 录《雪山会琴图》唐寅原题（第 248 页）

15.［明］唐寅,《雪山会琴图》局部之人物（第 249 页）

16.［明］唐寅,《溪山渔隐图》,绢本设色,纵 30.0 厘米、横 610.0 厘米,台北故宫博物院藏（第 250—251 页）

17.［明］唐寅,《溪山渔隐图》局部之人物（第 252 页）

18. 录《溪山渔隐图》唐寅原题（第 253 页）

19.［明］唐寅,《蜀宫妓图》,绢本设色,纵 124.7 厘米、横 63.6 厘米,故宫博物院藏（第 254 页）

20. 录《蜀宫妓图》唐寅原题（第 255 页）

21.［明］唐寅,《蜀宫妓图》局部之人物（第 256—257 页）

22.［明］唐寅,《金昌送别图》,纸本设色,纵 21 厘米、横 132 厘米,吴湖帆梅景书屋旧藏（第 258—259 页）

23.［明］唐寅,《金昌送别图》局部之城楼（第 258 页）

24.［明］唐寅,《金昌送别图》局部之送别（第 259 页）

25. 录《金昌送别图》唐寅原题（第 260 页）

26.［明］唐寅,《山路松声图》,绢本设色,纵 194.5 厘米、横 102.8 厘米,台北故宫博物院藏（第 261 页）

27.［明］唐寅,《山路松声图》局部之人物（第 262 页）

28. 录《山路松声图》唐寅原题（第 263 页）

29.［明］唐寅，《烧药图》，纸本设色，纵 28.8 厘米、横 119.6 厘米，台北故宫博物院藏（第 264—265 页）

30. 录《烧药图》唐寅原题（第 264 页）

论董其昌

1.［明］董其昌，《燕吴八景图册》之《西山雪霁》，绢本设色，纵 26.1 厘米、横 24.8 厘米，上海博物馆藏（第 268 页）

2. 录《西山雪霁》董其昌原题（第 269 页）

3.［明］董其昌，《山水图》（《楚天清晓图》），纸本水墨，纵 154.7 厘米、横 70 厘米，台北故宫博物院藏（第 270 页）

4. 录《山水图》（《楚天清晓图》）董其昌原题（第 270 页）

5.［明］董其昌，《石磴飞流图》，纸本水墨，纵 147.1 厘米、横 55.8 厘米，台北故宫博物院藏（第 272 页）

6. 录《石磴飞流图》董其昌原题（第 273 页）

论蓝瑛

1.［明］蓝瑛，《溪山雪霁图》，绢本设色，纵 82.3 厘米、横 28.9 厘米，台北故宫博物院藏（第 276 页）

2. 录《溪山雪霁图》蓝瑛原题（第 276 页）

3.［明］蓝瑛，《溪山雪霁图》局部之人物（第 277 页）

论八大山人

1.［清］朱耷，《河上花图》局部之兰石（第 281 页）

2.［清］朱耷，《河上花图》，纸本水墨，纵 47 厘米、横 1292.5 厘米，天津博物馆藏（第 282—283 页）

3. 录《河上花图》朱耷原题（第 284 页）

论石涛

1.［清］石涛，《搜尽奇峰打草稿》，纸本水墨，纵 42.8 厘米、横 285.5 厘米，故宫博物院藏（第 290—291 页）

2. 录《搜尽奇峰打草稿》石涛原题（第 292 页）

3.［清］石涛，《花卉册》之《白菜图》，纸本水墨，纵 31.2 厘米、横 20.4 厘米，上海博物馆藏（第 294 页）

4. 录《白菜图》石涛原题（第 295 页）

5.［清］石涛，《花卉册》之《芭蕉图》，纸本水墨，纵 31.2 厘米、横 20.4 厘米，上海博物馆藏（第 296 页）

6. 录《芭蕉图》石涛原题（第 297 页）

7.［清］石涛，《花卉册》之《蔷薇图》，纸本设色，纵 31.2 厘米、横 20.4 厘米，上海博物馆藏（第 298 页）

8. 录《蔷薇图》石涛原题（第 299 页）

9. [清]石涛,《花卉册》之《水仙图》,纸本设色,纵31.2厘米、横20.4厘米,上海博物馆藏(第300页)
10. 录《水仙图》石涛原题(第301页)
11. [清]石涛,《花卉册》之《桃花图》,纸本设色,纵31.2厘米、横20.4厘米,上海博物馆藏(第302页)
12. 录《桃花图》石涛原题(第303页)
13. [清]石涛,《花卉册》之《梅花图》,纸本设色,纵31.2厘米、横20.4厘米,上海博物馆藏(第304页)
14. 录《梅花图》石涛原题(第305页)
15. [清]石涛,《花卉册》之《绣球花图》,纸本设色,纵31.2厘米、横20.4厘米,上海博物馆藏(第306页)
16. 录《绣球花图》石涛原题(第307页)
17. [清]石涛,《花卉册》之《芍药图》,纸本设色,纵31.2厘米、横20.4厘米,上海博物馆藏(第308页)
18. 录《芍药图》石涛原题(第309页)
19. [清]石涛,《花卉册》之《石榴图》,纸本设色,纵31.2厘米、横20.4厘米,上海博物馆藏(第310页)
20. 录《石榴图》石涛原题(第311页)
21. [清]石涛,《花卉册》之《杏花图》,纸本设色,纵31.2厘米、横20.4厘米,上海博物馆藏(第312页)
22. 录《杏花图》石涛原题(第313页)
23. [清]石涛,《花卉册》之《玉兰山茶图》,纸本设色,纵31.2厘米、横20.4厘米,上海博物馆藏(第314页)
24. 录《玉兰山茶图》石涛原题(第315页)
25. [清]石涛,《花卉册》之《梨花图》,纸本设色,纵31.2厘米、横20.4厘米,上海博物馆藏(第316页)
26. 录《梨花图》石涛原题(第317页)

论恽寿平

1. [清]恽寿平,《牡丹册》之八,绢本设色,纵41厘米、横38.8厘米,台北故宫博物院藏(第320页)
2. 录《牡丹图》恽寿平原题(第321页)
3. [清]恽寿平,《写生十种》之一,绢本设色,纵20.4厘米、横29.2厘米,上海博物馆藏(第322—323页)
4. 录《写生十种》之《栀子花图》恽寿平原题(第324页)
5. [清]恽寿平,《写生十种》之四,绢本设色,纵20.4厘米、横29.2厘米,上海博物馆藏(第326页)
6. 录《写生十种》之《杏花图》恽寿平原题(第326页)

论李鱓

1. [清]李鱓，《秋光万古图》，绢本设色，纵115厘米、横136.5厘米，佳士得2013年秋拍（第329页）
2. 录《秋光万古图》李鱓原题（第330页）
3. [清]李鱓，《牡丹双清图》，纸本立轴，纵168厘米、横90厘米，上海泓盛2007年春拍（第331页）
4. 录《牡丹双清图》李鱓原题（第332页）
5. [清]李鱓，《松石牡丹图》，纸本墨笔，纵139厘米、横78厘米，北京保利2013年春拍（第333页）
6. 录《松石牡丹图》李鱓原题（第334页）